Author of CALL ME BY YOUR NAME

안드레 애치먼

1951년 1월 2일 이집트 알렉산드리아 출생. 1965년 이탈리아 로마로 이주하여 영어학교를 다녔다. 1968년 다시 미국 뉴욕으로 이주하여 1973년 리먼칼리지를 졸업하고 하버드대학에서 비교문학으로 박사 학위를 받았다. 프린스턴대학과 바드칼리지에서 프랑스 문학을 강의했으며 뉴욕대학, 쿠퍼유니언, 예시바대학에서 창작 글쓰기를 가르치기도 했다. 지금은 뉴욕시립대학 대학원 비교문학 석좌교수로 문학 이론의 역사와 마르셀 프루스트의 작품을 가르치는 한편 비교문학 박사 과정 의장과 대학원의 작가연구소 설립자로서 이사직을 함께 맡고 있다. 1995년 회고록《아웃 오브 이집트(Out of Egypt)》로 화이팅 어워드 논픽션 부문을 수상했고, 1997년 구겐하임 펠로십 수상자에 선정되었다. 2007년 람다문학상 게이소설 부문을 수상한《콜 미 바이 유어 네임(Call Me by Your Name)》은 2017년 루카 구아다니노 감독, 제임스 아이보리 각본, 티모시 샬라메와 아미 해머 주연의 영화로 제작되었다.

《콜 미 바이 유어 네임》《여덟 개의 하얀 밤(Eight White Nights)》《하버드 스퀘어(Harvard Square)》《수수께끼 변주곡(Enigma Variations)》《파인드 미(Find Me)》《아웃 오브 이집트》《폴스 페이퍼(False Papers)》《알리바이(Alibis)》등을 출간했다.

HOMO IRREALIS

ANDRÉ ACIMAN

ESSAYS

HOMO IRREALIS

시간 그리고 경험과 예술에 대한 고찰

호모 이레알리스

비현실적 인간

안드레 애치먼 지음
정미나 옮김

잔

로버트 J. 콜라니노를 기억하며.
친애하는 나의 벗이여, 평안히 쉬기를.

나는 나와 내가 아닌 것 사이의 틈이다.

―페르난두 페소아

차례

비현실적 서법(非現實的 敍法, irrealis mood)은 동사적 서법의 한 범주이며 일어난 적이 없거나, 일어날 가능성이 없거나, 일어나야 하거나 일어났으면 좋겠는데 그럴 만한 조짐이 없는 특정 사건을 암시한다. 비현실적 서법은 반사실적 서법(counterfactual mood)이라고도 한다. 조건법, 가정법, 기원법, 명령법 등이 포함되는데 이 책에 맞춰 표현하자면 현재 존재할 수 있거나 과거에 존재했을 수 있는 일이라고 할 법하다.

들어가는 글

INTRODUCTION

자꾸만 생각나고 또 생각나는 네 문장이 있다. 몇 년 전 내가 쓴 문장인데 지금도 내가 그 문장을 제대로 이해하는 건지 잘 모르겠다. 마음 한편에서는 그 네 문장을 철두철미하게 이해하고 싶으면서도 또 다른 한편에서는 그렇게 하려다 말로는 전달될 수 없는 의미를 완전히 꺾어 버릴까 봐 두렵다. 그 의미를 이해하려는 시도 자체가 의미가 더 깊이 숨어들 여지를 만드는 게 아닐까, 하는 두려움마저 든다. 거의 이런 느낌이다. 그 네 문장이 작가인 나조차 그것을 통해 말하고자 하는 바가 무엇이었는지 알아내기를 바라지 않는 듯한 느낌이랄까. 내가 말을 부여했으나 그 의미는 내 것이 아닌 셈이다.

내가 그 문장을 쓴 시점은 그동안 써 온 모든 글에 맴도는 묘한 향수(鄕愁)적 경향의 근원을 파헤치던 시기다. 이집트에서 태어났고 이집트의 수많은 유대인처럼 열네 살 때 추방되었으니, 나의 향수는 이집트에 뿌리내려야 마땅할 것 같았다. 다만 문제라면 반유대주의 경찰국가가 된 이집트에서 청소년기를 보내며 이집트가 점점 싫어져 어서 빨리 유럽 땅을 밟고 싶은 마음이 간절했고, 프랑스어를 모국어로 쓴 데다 우리 가족이 생각하는 우리 나름의 프랑스 문화에 강한 애착이 있었기에 유럽에서도 프랑스에 가고 싶어 했다는 점이다. 하지만 이미 유럽에 정착한 지인과 친척들이 편지를 보내, 하루라도 빨리 알렉산드리아를 떠나고 싶어 하는 우리 가족에게 줄기차게 상기시키는 점이 참으로 아이러니했다. 이집트를 떠난 이들이 프랑스나 이탈리아나 잉글랜드나 스위스에 살며 겪는 최악의 고충이 향수병이라니. 한때는 고향이었으나 이제는 고국이 아닌 곳을 그리며 향수병에 시달린다니. 아직 알렉산드리아를 떠나지 않은 우리 가족은 그 향수병에 대해 얘기하며, 곧 덮쳐 올지 모를 향수를 미리 불러오다 보면 유럽 생활 중 불쑥 향수병이 엄습하기 전에 면역력이 생기지 않을까 생각하기도 했다. 우리는 곧 잃어버릴 알렉산드리아가 떠오를 수밖에 없을 만한 물건과 장소를 찾아보며 향수를 연습했다. 어떤 의미에서 우리 가족 중 몇몇은, 특히 젊은 사람들은 애정이 식어 빨리 떠나 버리고 싶은 곳에 대한 향수를 이미 품었던 셈이다.

우리는 조만간 이혼에 처할 위태로운 상황을 떠올림으로써, 정말로 이혼했을 때 둘 다 견딜 수 없었던 결혼생활이 그리워지는 별난 감정이 생기더라도 놀라지 않도록 대비하는 부부처럼 행동했다.

하지만 미신적 희망에 사로잡히기도 해서 향수를 대비하는 건 기만적 희망이기도 했다. 이집트의 모든 유대인이 추방당할 듯한 기미가 엿보이는 그 와중에 그런 일이 예기치 않게 연기되기를 바라는. 우리는 조만간 추방될 수밖에 없다는 섬과 유럽에 가면 향수병에 시달릴지라도 정말로 추방되길 원한다는 점을 확신해 마지않는 척하면서 그런 희망을 기만했다. 어쩌면 우리 가족은 나이가 어리거나 많거나 다들 유럽행이 두려워서 목매어 기다려 온 그 이주에 익숙해질 만한 시간이 1년은 더 필요했던 건지도 모른다.

하지만 프랑스에 도착하고 얼마 지나지 않아 깨달았다. 이집트에서 꿈꿔 온 우호적이고 상냥한 프랑스가 아니었다. 따지고 보면 그런 이미지의 프랑스는 우리가 이집트를 잃어버린 삶을 순순히 받아들이게 만든 허상에 불과했다. 하지만 3년 후 내가 프랑스를 떠나 미국으로 건너간 뒤 예전에 꿈꾼 상상 속의 그 프랑스가 홀연히 잿더미에서 피어올랐고, 요즘 뉴욕에 사는 미국 시민으로서 과거를 되돌아볼 때면 존재한 적도 없고 존재할 수도 없었으나 여전히 그곳, 알렉산드리아와 파리와 뉴욕 중간 어디쯤에 있는 프랑스를 다시 한번 갈망한다. 하지만 그 위치가 어디쯤인지 콕 집어 말할 수는 없다. 딱히 위치가 없기 때문이다. 환상 속의 프랑스이며, 환상이란 기대 속의 환상이든, 상상이나 기억 속의 환상이든 비실재적이라 꼭 사라져야 할 필요는 없다. 사실 환상을 너무 애지중지하는 경우도 있지만, 다시 떠올린 환상은 그 과거에 진짜로 일어난 일들 못지않게 과거 속에 머물러 있다.

내게 애정이 가는 알렉산드리아는 아버지, 할아버지, 할머니가 아는 그 예전의 알렉산드리아뿐인 것 같았다. 세피아 톤의 도시 알렉산드리아는 이런저런 기억으로 내 상상력을 자극했다. 비록 내 기억은 아니지만, 내가 영영 잃어버릴 이 도시가 우리 집안의 고향 땅이던 시절을 떠올리게 하는 기억들로. 그렇다, 나는 2세대전의 옛 알렉산드리아를 동경했다. 내가 상상한 모습의 알렉산드리아는 존재한 적이 없을지도 모르고, 내가 아는 알렉산드리아가 진짜임을 인정하면서도. 내가 우리의 시간대에서 다른 시간대로 넘어가 한때 존재했을 것 같은 그 알렉산드리아를 복원할 수 있다면 얼마나 좋을까.

나는 여러모로 알렉산드리아에서 이미 알렉산드리아 향수병을 앓고 있었다.

지금은 알렉산드리아를 그리워하는지 어떤지 잘 모르겠다. 할머니의 아파트가 그리운 걸 수도 있다. 온 가족이 짐을 싸며 다른 가족들이 이미 정착한 파리로 이주하는 일에 대해 이러쿵저러쿵 하던 그 집이. 집 안으로 여행가방이 들어오고 또 들어오고 줄기차게 들어와 넓은 거실 한편에 겹겹이 쌓이던 광경이며, 방마다 가죽 냄새가 배어 나오는 할머니 집에서 아이러니하게도 《두 도시 이야기》(찰스 디킨스의 역사소설. 혁명의 물결에 휩쓸린 두 도시, 런던과 파리에서 벌어지는 이야기다.—옮긴이)를 읽던 기억이 눈에 선하다. 그 시절이 그리운 이유는 떠날 시간이 임박해서 학교를 자퇴한 덕에 짧은 방학을 즐기듯 내가 원하는 대로 자유롭게 행동했고, 하인들이 짐 싸는 일을 거드느라 왔다 갔다 해서 큰 잔치라도 준비하는 듯 들뜬 분위기였기 때문이다. 그 시절이 그리운 건 우리가 딱히 이집트에 있는 것도 프랑스에 있는 것도 아니었기 때문일지도 모른다. 내가 그리워하는 건 그 과도기다. 유럽의 앞날을 생각하며 두려움을 선뜻 인정하지 않으려는 동시에 이제 곧 크리스마스가 되면 프랑스를 피부로 직접 접한다는 사실이 실감 나지 않던 그 순간들이 그립다. 추방과 망명을 앞두고 온 가족이 옹기종기 모여 다 함께 용기와 단결을 끌어내야 했기에 그랬을 테지만, 다 함께 저녁 먹으러 나오던 그 늦은 오후와 초저녁의 시간들이 그립다. 어느 누구도 가르쳐 주지 않았으나 성(性)에 관한 경험이 그리 멀지 않음을 직감하여 갈망하기 시작했고, 마음속에서는 프랑스에 대한 동경으로 혼란스러워하던 날들이 그리운 것이다.

알렉산드리아의 마지막 몇 달을 떠올릴 때 그리워지는 것은 알렉산드리아가 아니다. 이집트에 꼼짝없이 매어 버린 사춘기 소년으로서 지중해 건너편의 또 다른 삶을 꿈꾸며 그 삶의 이름이 프랑스라고 납득한 그 순간이다. 그 순간으로 되돌아가고 싶어진다. 알렉산드리아의 따뜻한 봄날이었다. 숙모와 둘이 창문을 열어 놓고 창턱에 기대어 바다를 멍하니 바라보는데, 숙모가 바다를 보고 있으니 파리의 집이 생각난다며 그 집에서는 창밖으로 몸을 조금만 빼면 센강이 보인다고 했다. 그 순간 나는 알렉산드리아에 있었지만 나의 모든 것은 이미 파리로 건너가서 센강의 한 조각을 바라보았다.

단순한 파리의 꿈에 잠긴 게 아니었다. 그리 멀지 않은 날 센강을 바라보고 서서 숙모와 함께 센강을 상상했던 알렉산드리아의 그날 저녁을 떠올리며 향수에 젖을 파리를 꿈꾸었다.

이쯤에서 나를 아주 애먹여 온 그 네 문장을 읽어 보자.

알렉산드리아를 생각하면 떠오르는 것은 알렉산드리아만이 아니다. 알렉산드리아를 떠올리면 이미 다른 어딘가에 가 있는 것을 상상하길 좋아했던 장소가 머릿속에 그려진다. 알렉산드리아에서 파리를 동경하는 나 자신을 떠올리지 않은 채 알렉산드리아를 생각하는 것은 잘못된 기억이다. 이집트의 삶은 이미 이집트를 떠난 척 가장하기의 무한 연속이었다.

나는 현대 초기 스페인의 마라노(스페인, 포르투갈에서 그리스도교로 개종당한 유대인—옮긴이)인 셈이다. 마라노는 박해를 피하려고 기독교로 개종하고 몰래 유대교를 믿었지만, 시간이 지나고 세대가 바뀌면서 두 신앙을 혼동하여 둘 중 뭐가 자신들의 진정한 신앙인지 분간할 수 없으리란 걸 미처 몰랐다. 그 위기 상황이 끝나는 날이 오면 유대교로 되돌아가길 기대했으나 그 기대는 이루어지지 않았고 기독교에 대한 충성도 그야말로 환상이었다. 나는 알렉산드리아에서 하나의 자아감을 키우는 동시에 파리의 또 다른 자아감을 기르며, 바다 건너편에 정착하면 세 번째 자아가 내가 놔두고 온 자아감을 돌아볼 거라 믿었다.

나는 아직 일어나지 않았지만 일어난 일이 아니라고 해서 비실재적이진 않았으며, 여전히 일어날 가능성이 있지만 끝내 일어나지 않을까 봐 두렵고, 때로는 아직 일어나지 않길 바라기도 하지만 일어났을지도 모르는 것에 대해 흥미를 가지고 있었다.

이 문장은 이 책에서 앞으로 여러 번 나올 예정인 만큼 다시 읽어 볼 필요가 있다. 나는 아직 일어나지 않았지만 일어난 일이 아니라고 해서 비실재적이진 않았으며, 여전히 일어날 가능성이 있지만 끝내 일어나지 않을까 봐 두렵고, 때로는 아직 일어나지 않길 바라기도 하지만 일어났을지도 모르는 것에 대해 흥미를 가지고 있었다.

죽은 별처럼 희미한 이 문장은 나를 애먹인 네 문장의 비밀 파트너다. 동사의 시제, 서법, 상(相, 동작의 지속, 반복, 순간, 완료 등을 나타내는 동사 형식―옮긴이)을 교란하고 보통의 시간 개념을 따르지 않는 시제를 추구한다. 언어학계에서는 이런 시제를 *비현실적 서법*이라고 일컫는다.

나의 비현실적 서법은 단순히 과거에 대한 동경이 아니다. 유럽에 상상의 미래를 투영하지 않았던 과거의 시간에 대한 동경이다. 말하자면 내가 동경하는 건 유럽에 가서 하루빨리 잃고 싶었던 그 알렉산드리아를 되돌아볼 것을 벌써부터 기대한 알렉산드리아에서 보낸 마지막 며칠의 기억이다. 지금의 나를 내다본 나자신을 동경하는 것이다.

그 시절의 나는 누구였고, 어떤 생각을 했고, 무엇을 두려워했고, 무엇으로 괴로워했을까? 이제 곧 영영 내버릴 내 알렉산드리아의 정체성에 마음 졸이며 벌써부터 유럽으로 그 정체성의 조각들을 보내려 애썼던 걸까? 아니면 곧 놔두고 떠나 버릴 정체성에 상상 속 내 유럽의 정체성을 이식하려던 거였을까?

이 비현실적 정체성의 본질에는 곧 잃어버릴 걸 아는 뭔가를 지키기 위한 이런 우회적 소통이 있다. 내가 지키려는 것이 뭐든, 전적으로 실재적이지 않을 수 있으나 그렇더라도 완전한 허위는 아니다. 지금까지도 여전히 나 자신과의 우회적 만남을 벌이고 있다면, 계속해서 내가 밟고 설 대지를 찾기 때문이다. 나는 아무것에도 정착한 데가 없고, 시간이나 장소에서 뿌리내린 지점도 없고, 닻도 없으며, 내가 자주 쓰는 말인 '*거의*(almost)'가 그렇듯 나에겐 그렇다와 아니다, 밤과 낮, 언제나와 절대 사이에 확실한 경계가 없다. 비현실적 서법에서는 있는 것과 없는 것, 일어난 일과 일어나지 않을 일 사이의 경계가 없다. 예술가, 작가, 위인에 대해 이야기하는 이 책의 에세이들은 여러모로 나의 정체성이나 그들의 정체성과 아무 상관이 없을지도 모르며, 그들에 대한 나의 해석은 완전히 오독일 수도 있다. 다만 내가 그들을 오독하는 이유는 나 자신을 더 제대로 해석하기 위한 것이다.

* * *

아버지가 찍어 준 그 사진은 이집트의 마지막 사진이 되었다. 이제 막 열네 살이 된 때였다. 사진의 나는 얼굴로 비쳐 드는 햇살에 눈을 감지 않으려 애쓰느라 실눈을 뜨고선, 이번 한 번이라도 똑바로 좀 서 있지 못하겠냐는 아버지의 잔소리에 다소 무안한 웃음을 짓고 있다. 알렉산드리아에서 32킬로미터가량 떨어진 그 사막의 오아시스가 너무 싫어서 어서 빨리 돌아가 영화를 보고 싶은 생각뿐이었을 것이다. 그 오아시스와 마지막이 될 줄 미처 몰랐다. 그 뒤로 이집트에서 찍은 사진이 한 장도 없다.

그 사진은 이집트를 떠나기 2~3주 전의 나 자신을 보여 주는 마지막 증거다. 나는 두 손을 호주머니에 찔러 넣은 채 내키지 않는 표정으로 엉거주춤하게 서서 우리가 이 외딴 사막에서 뭘 하는 것인지, 나는 왜 아버지가 시키는 대로 순순히 사진을 찍는지 의아해한다.

아버지가 나를 탐탁지 않아 하는 게 대번에 느껴진다. 나 나름 대로는 아버지가 생각하는 바람직한 포즈를 취하려 애쓰고 있다. 똑바로 서서 얼굴을 찡그리지 않고 강단 있는 표정을 지어 보려 한다. 하지만 그것은 내가 아니다. 아니, 지금 그 사진을 들여다보니 그것이 그 시절의 나였다. 다른 사람이 되려고 애쓰는 나. 마음에 들지 않는 모습의 나와 주변에서 기대하는 모습의 나 사이에 아주아주 뻘쭘하게 끼어 있는 나.

그 흑백사진을 보고 있으면 60년 전의 그 소년이 가여워진다. 그 소년에게 무슨 일이 일어났을까? 그 소년은 결국 어떤 사람이 되었을까?

그 소년은 사라지지 않았다. 어쩌면 나는 소년이 사라졌길 바라는지도 모르겠다. 소년은 말한다. *전부터 널 찾았어. 언제나 난 널 찾고 있어.* 하지만 나는 소년에게 절대 말을 걸지 않는다. 웬만해선 생각도 하지 않는다. 하지만 이제는 소년이 대담하게 목소리를 냈기에 *나도 너를 찾고 있었다고*, 나도 말한다. 대답 차원에서 내가 말해 놓고도 그 말이 진심인지 알쏭달쏭한 채로.

그러다 문득 떠오른다. 그 사진에 찍힌 그 당시의 나였던 그 사람에게, 툭하면 그러듯 '한 번이라도 좀'이라는 상처 되는 말까지 덧붙여 똑바로 서 있으라고 잔소리하며 기어이 아픈 데를 찌르려는 듯한 아버지를 빤히 바라보는 그 사람에게 어떤 일이 일어났다고. 사진의 소년을 보면 볼수록 그때 우리 가족에게 변화가 생기지 않았거나, 내가 그곳을 떠나지 않았거나, 아버지가 달랐거나, 이집트에 남을 수 있는 상황이었다면 운명적으로 그렇게 되었을 사람이나 심지어 되고 싶어 했을 만한 사람으로부터 나를 분리시킨 일이 일어났다는 생각이 든다. 내가 그렇게 될 운명이었거나 되고 싶었던 그 사람이 지금도 내 마음을 괴롭히는 이유는, 그 사람이 그 사진 속에 있으나 아주 꽁꽁 숨어 버렸기 때문이다.

보통은 자신이 어떤 사람이 되려고 노력 중인지 잘 모르는 법이라, 내가 앞으로 어떤 사람이 될지 모르는 채 되려고 노력하던 그 사람은 어떻게 되었을까? 나는 그 사람의 흑백사진을 들여다보며 말하고 싶어진다. *이 사람은 여전히 나야.* 하지만 사실은 그렇지 않다. 나는 나로 머물지 않았으니까.

햇살이 얼굴을 내리비추는 와중에 아버지가 사진을 찍도록 포즈를 취해 주는 소년의 사진을 보고 있으면 소년이 나에게 묻는다. *나한테 뭘 한 거야?* 나는 소년을 쳐다보며 스스로 묻는다. 나는 도대체 내 삶에 뭘 한 걸까? 내가 그를 차단해서 그가 되지 못한 것처럼, 차단되어 내가 되지 못한 이 사진의 나는 누구일까?

소년은 단 한마디도 위안의 말은 건네지 않는다. *나는 뒤에 남겨졌고 너는 떠났어. 너는 나를 버렸어. 과거의 너를 버렸어. 나는 뒤에 남겨졌고 너는 떠났어.*

소년은 이어서 묻지만 나는 대답할 말이 없다. *왜 나를 데려가지 않았어? 왜 그렇게 빨리 포기한 거야?*

나는 소년에게 묻고 싶다. 우리 둘 중 누가 진짜이고 누가 진짜가 아닌지.

하지만 나는 소년의 대답을 알고 있다. 우리 둘 다 진짜가 아니니까.

* * *

이탈리아 네르비를 떠나기 전, 제노아 남쪽의 소도시 보글리아스코와 네르비를 잇는 굽이진 주도로 비아마르코살라를 사진에 담았다. 내 아이폰으로 그 해 질 녘 풍경을 담은 이유는, 텅 비고 굽이진 도로에 땅거미가 내려앉는 모습에 어쩐지 마음이 끌리기도 했고, 도로에 신비로운 빛이 드리워지기도 해서였다. 자동차 한 대가 자리를 비켜 주길 기다렸다가 찍었는데, 사진이 언제 어디에서 찍힌 것인지나, 시기가 몇 년대인지 알려 주는 구체적인 암시 없이 그 장면이 시간을 벗어나 존재하길 바라는 마음에서 그랬으리라 싶다. 사진을 찍고 페이스북에 올렸더니, 내가 외젠 앗제(19세기 말부터 20세기 초에 활동한 프랑스 사진작가. 산업혁명 이후 사라져 가는 파리의 옛 모습을 사진으로 기록했다.—옮긴이)를 언급한 데 호감을 느낀 누군가가 내가 올린 그 컬러 이미지를 흑백판으로 전환해서 흐릿한 20세기 초 스타일의 인상을 부여해 주었다. 내가 드러내 놓고 부탁한 일은 아니지만 어딘가에 그런 부탁의 기운이 어려 있었거나, 누군가가 내 내밀한 바람을 추론하여 자기가 해 주기로 마음먹은 것 같다. 그 뒤엔 또 다른 누군가가 이 사람이 편집한 사진을 보고 마음에 와 닿아 더 좋게 바꿔 보기로 결심해 준 덕분에 사진이 1910년이나 1900년에 찍은 듯한 분위기를 풍기며 아련한 세피아 톤을 띠었다. 사진의 원래 목적을 간파하여 내가 애초에 바란 대로 연출해 준 셈이다. 나는 네르비의 1910년대 사진을 원했고, 미처 의식하지 못했을 뿐 내 나름대로 시간을 되돌리려 애쓰고 있었다. 또 다른 페이스북 친구는 드와노(프랑스 사진작가 로베르 드와노―옮긴이) 스타일의 네르비를, 또 어떤 친구는 브라사이(헝가리 출신의 사진작가 조지 브라사이―옮긴이) 스타일의 네르비를 만들어 주기도 했다.

나는 *vieux*(옛) 파리의 이미지를 좋아한다. 그런 이미지는 사라진 과거의 세계로 데려다 준다. 앗제와 브라사이 같은 사진작가들이 필름에 담고 싶어 한 이미지와 크게 달랐을 그 시절의 세계로. 사진작가들이 담아내는 것은 건물과 거리다. 사람들의 일상이나 시끄러운 목소리나 옥신각신 다투는 소리나 냄새, 지저분한 거리의 시궁창 악취가 아니다. 반면 프루스트(《잃어버린 시간을 찾아서》를 쓴 프랑스의 소설가 마르셀 프루스트―옮긴이)는 냄새, 소리, 분위기, 날씨를 포착해서 담아냈다.

그런데 알아챘어야 하건만 그때는 몰랐던 것이 있다. 사실 내가 찍은 것은 시간의 표식을 모조리 벗겨 낸 네르비가 아니라 알렉산드리아였다. 내가 상상하는 모습의 알렉산드리아, 조부모님이 이주해 온 100년도 더 전의 알렉산드리아.

결국 페이스북의 변형판 사진은 내가 애초에 그 사진을 찍은 잠재적 이유를 드러내 주었다. 연상이 되는 것 같긴 한데 이제는 내가 잘 알았던 적이 있는지 잘 모르겠는 가공의 알렉산드리아를, 내가 의식하지 못하는 사이에 상기시켜 준 것이다. 페이스북이 이탈리아의 소도시 네르비에서 가공의 알렉산드리아를 흉내 낸 모조 파리를 통해 나를 비현실적인 알렉산드리아로 돌려보내 주었다.

나는 더 이상 숙모와 상상 속의 파리에서 창밖을 내다보는 소년이 아니었다. 그때도 예상했듯이 나를 내다보는 그 소년을 어렴풋이나마 포착하려 애썼다. 단지 그 소년이 그때 느낀 것만큼 실재적으로 느끼지 못했을 뿐이다. 나는 여전히 나를 내다보며 알렉산드리아에 갇힌 그 소년이 누구인지 절대 모를 것이다. 소년 역시 내가 누구인지, 내가 비아마르코살라의 그날 저녁에 뭘 하고 있었는지 절대 모를 것이다. 우리는 서로 건너편 강둑에 있으면서 연결되기를 동경하는 두 영혼이었다.

아이폰을 집어넣고 알아챈 사실은 언젠가 알렉산드리아로 돌아가 비아마르코살라에서 발견한 것이 내가 꾸며 낸 게 아님을 직접 확인해야 하리라는 것뿐이었다. 하지만 돌아간들 아무것도 증명되지 않을 테고, 이런 점을 안다 한들 아무것도 증명되지 않긴 마찬가지리라.

지하에서

UNDERGROUND

뉴욕 지하철 벽보에 시랍시고 올려놓은 글은 읽지 않는 편이다. 대개는 홀마크사 카드의 운문보다 나을 게 없다. 달콤한 말로 감미롭게 꾸며서 지하철을 기다리는 승객들의 눈요깃거리가 되기 좋은 딱 그만큼의 풍자로 흥미를 끄는 수준이다.

하지만 이번엔 시를 읽었다. 시간에 대한 시였다. 아니, 시간의 구원에 대한 것인 듯도 하고 아리송했다. 그 시를 끝까지 다 읽고 나서 잠시 호기심이 들었다가 어느 틈엔가 생각이 딴 데로 흘러가는 바람에 잊어버렸다. 며칠 후 다른 지하철을 탔는데 그 시가 다시 나를 빤히 응시하고 있었다. 여전히 뭔가를 질문하며 끈질기게 물고 늘어지는 것처럼. 그래서 다시 한번 읽어 봤는데 처음과 똑같이 흥미가 일었다. 곰곰이 생각해 보고 싶었다. 한편으론 그 의미가 알듯 말듯 감질나서 자꾸만 잡힐 것 같다가도 스르륵 빠져나가서였고, 또 한편으론 시가 전하는 메시지를 완벽하게 이해했으나 그 시 자체에서 추론해 낸 거라고 단정할 수 없는 면이 있어서였다. 나도 비슷한 생각을 품었던 까닭에 그 시에 내가 원하는 메시지를 투영한 것은 아닐까 싶었다.

지하철에서 같은 시를 마주치는 일이 세 번, 네 번, 다섯 번까지 이어지자 이제는 우리 사이에 정말로 무슨 일이 일어나는 중이고, 그 무슨 일이 시와 나 그리고 마주침의 연속과 깊은 관련이 있는 듯한 느낌이 들다 못해, 급기야는 그 시가 시 자체보다는 우리의 아기자기한 로맨스와 더 엮여 있는 듯한 의미로 와 닿았다. 몇 번은 일부러 그 시를 찾아보며 내 눈앞에 나타나길 기대하다 보이지 않으면 살짝 실망하기도 했다. 지하철 시스템의 적정 게시 기간을 넘겨 일반 광고로 대체된 걸까 봐 슬슬 걱정되기도 했다.

하지만 괜한 걱정이었고 다시 그 시를 만났다. 지하철 마지막 칸에서 나를 기다린 시가 윙크와 함께 '나 여기 있어요!'라거나 '정말 오랜만이에요!' 하고 인사를 건네듯 맞아 준 그때의 기쁨이란. 잃은 줄 알고 걱정하다 다시 조우하는 기쁨을 느끼면서부터는 시 자체와 연관성이 없는 건 아닌 의미를 띠었다. 걱정도 기쁨도 서서히 시에 스며들며 꽃가루처럼 옮겨 붙어, 이동교통망에서 가볍게 눈인사만 나누는 우리 인연조차 시간의 이동을 얘기하는 그 시 안으로 엮여 들어가는 듯했다.

하지만 더 심오한 일이 일어나고 있었는지도 모를 일이다.

* * *

시를 이해하기 위하여 내가 그 시를 통해 체험하는 일을 이해하고 싶었다. 기억이 흐릿해지는 첫 만남의 느낌부터 기회가 닿는 대로 다시 읽어 볼 수 있을 때의 전율, 흥미가 생겨서 시의 의미를 탐색하다 번번이 실패하고 당혹감에 빠지면서 해독의 실패가 궁극적으로 그 시의 감추어진 의미, 아니 더 진실된 의미는 아닐까 하는 느낌에 이르기까지 전부 다. 시가 나뿐만 아니라 그 시를 읽는 내 정체성에 미치는 영향을 두루 이해하고 싶다면 그 어떤 외면적 내면적 사실도 제쳐 두거나 무시해선 안 된다.

우리가 예술품, 책, 아리아, 아이디어, 사고 싶은 옷 혹은 만지고픈 얼굴을 얻는 방법이나 지점은 어떤 경우든 그 책, 얼굴, 곡 등과 무관할 수 없다. 나의 잠정적이고 잘못된 첫 해독조차 뭔가 의미했기를 바라며, 그 오독이 잊히지 않기를 원한다. 시를 잘못 이해했다고 느낄 경우 그 오독은 우리의 오류만이 아니라 시의 오류이기도 하다. 다만 오류가 적절한 말인지는 모르겠다. 적절한 말이 아닐 수도 있다. 해독에서 오류를 일으키는 것이, 그 시가 잠시 우리를 혼란스럽게 만들었을 때조차 시 자신도 모른 채 암시하는 비의도적이고 잠재적인 의미일 수 있기 때문이다. 여기서 잠재적 의미란 끊임없는 추론과 끊임없는 지연이 거듭되는 상황에서 채비를 갖추고 대기 중인 의미를 말한다. 다시 말해 의미의 암시가 조건적이어서, 의미가 딱히 없거나 한때는 어느 정도 있었다가 시인이나 독자에 의해 제거되어 현재로선 불확실한 상태에 놓인 채 여전히 그 시 속으로 비집고 들어가려 애쓰는 잠재적이고 비실재적인 의미다. 모든 예술 작품은 보이지 않는 것을 보도록 끊임없이 요구하는 오류 경향으로 가득하다. 예술의 모호성은 현재 우리 안에 있고 언제나 우리 안에 있었고, 또 예술 자체보다 우리 안에 더 많을 수도 있거나 우리 때문에 작품 안에 있거나, 반대로 그 작품 때문에 이제는 우리 안에 있는 것을 생각하고 모험하고 직감하도록 청하는 초대 같은 것이다. 예술에서 이런 요소들을 식별할 수 없는 건 드문 일이다. 그것이 예술이다.

의미와 여운과 황홀감은, 궁극적으로 아름다움도 예술이 없다면 온전히 헤아려지지 못한 채 침묵 속에 묻혀 버릴 것이다. 예술은 매개체다. 다른 누군가의 재능과 말을 빌리거나 다른 누군가의 시선과 색감을 빌려서 가장 깊이 내재된 우리 자신의 가장 진실되고 가장 변함없는 자아에 다다르게 해 준다. 매개체 없이 제멋대로 하게 내버려 두면 예술만이 데려가 줄 수 있는 곳으로 들어설 의지나 용기는커녕 그럴 통찰력이나 포괄적 시야도 갖지 못할 것이다.

예술가는 '현실 세계'에서 보이는 것 外에 다른 것을 본다. 장소, 얼굴, 사물 등을 현실 상태 그대로 보거나 좋아하는 경우는 드물다. 현실 상태 그대로에 감동하지도 않는다. 예술가에게 중요한 건 자기 앞에 놓인 것 外의 것을 보는 일이고, 그 이상을 보면 더 좋다. 달리 말해 예술가가 도달하려 애쓰는 것과 궁극적으로 예술가를 감동시키는 것은 경험도, 현재도, 눈앞의 공간도 아니다. 경험의 광휘와 울림과 기억, 즉 경험의 왜곡과 굴절과 지연이다. 경험을 다루는 것이 곧 경험이고, 경험이 된다. 예술가는 단지 세상을 알기 위해 세상을 해석하는 데 그치지 않고 해석 그 이상을 한다. 세상을 변형시켜 세상을 다르게 보며 궁극적으로 자신만의 방식으로 세상을 소유한다. 새로운 시, 그림, 곡 작업에 들어가기 전의 잠깐일지라도. 그것이 예술기기 붙잡고 싶어 하는 세상의 신기루이자, 그런 식이 아니면 생명이 숨 쉬지 않을 장소와

대상에 정수를 불어넣는 신기루이자, 예술가가 붙잡아 내고 싶어
하고 자신이 죽어도 완결된 형태로 남아 있기 바라는 신기루다.

예술은 삶이 아니라 형태를 추구한다. 삶 자체는, 그와 더불어
이 세상 역시 사물, 그것도 뒤죽박죽 혼란스러운 사물의 문제다.
반면 예술은 혼돈으로 설계와 논리를 착상하는 것이다. 예술은
형태를 통해, 단순히 형태를 통해 지금까지 보이지 않은 것이자
앎이나 이 세상이나 경험이 아닌 형태만이 드러낼 수 있는 것들
을 불러일으키길 원한다. 예술은 경험을 포착해 그 경험에 형태
를 부여하려는 시도가 아니라 형태 자체로 경험을 발견하려는 시
도이며, 형태가 경험이 되면 더욱 좋은 시도가 된다. 예술은 노동
의 산물이 아니라 사랑의 노동이다.

모네와 호퍼(양차 대전 사이에 도시인의 고독과 절망을 표현한 미국 화가 에드
워드 호퍼—옮긴이)는 세상을 있는 그대로 보지 않았다. 눈앞에 놓인
것 외의 것을 보며 주어진 것이 아니라 언제나 붙잡기 어렵고 기묘
하게 보류된 듯 느껴져 착상이나 복원, 상상이나 기억이 필요한 것
을 경험했다. 두 사람이 그런 경험에 성공했다면 착상, 복원, 상상,
기억 중 무엇이 되었든 그것이 중요하지 않았기 때문이다. 예술은
크나큰 부정, *gran rifiuto*(위대한 거부), 끊임없는 *nyet*(반대)다. 말
하자면 사물을 있는 그대로, 삶을 있는 그대로, 사람들을 있는 그
대로, 일들을 일어나는 그대로 수용할 수 없고 수용하지도 못하
는 것이다. 실제로 호퍼는 일요일 아침 정경이나 빈 침대에 아주
외롭게 앉아 있는 여인(그의 작품 〈이른 일요일 아침〉과 〈아침 햇살〉을 가리킨
다.—옮긴이)을 그리는 게 아니라 자신을 그리는 거라고 말했다. 모

네 역시 본인이 쓴 글에서 루앙대성당이 아니라 성당과 자기 사이의 공기를 그리는 것이라 밝혔다. 또한 이렇게 사이에 있는 것들을 대상 자체가 아니라 그 대상을 덮는 것이라는 의미에서 '덮개(envelope)'라고 불렀다. 그가 흥미를 느낀 건 자신과 모티프(주된 문제) 사이의 끝없는 소통이었다. "모티프는 중요하지 않다. (중략) 내가 재현하고 싶은 것은 모티프와 나 사이에 놓인 것."이라고 쓰기도 했다. 그가 재현하고픈 건 보이는 것과 보이지 않는 것 사이에서, 설계와 소재 사이에서 맴도는 것이다.

* * *

이쯤에서 이동 중에 계속 마주친 그 시를 보자. 1970년생 패트릭 필립스가 썼고, 제목은 〈천국〉이다.

그것은 과거가 될 것이며
우리는 그 과거에서 함께 살리라.

예전에 살았던 대로가 아니라
기억되는 대로.

그것은 과거가 될 것이다.
우리 모두 함께 돌아가리라.

우리가 사랑했고,

잃었고, 기억해야 할 모든 이들.

그것은 *과거가 될 것이다.*

그리하여 영원하리라.

이 시에서 시인은 소중한 과거를 떠올리고 있다. 이 과거를 얼마 전이나 오래전의 일일 뿐 더는 이어지지 않고 기억 속에만 존재하는 사랑이라고 쳐 보자. 시인은 과거를 붙잡으려는 고통 속에서 그 과거로 돌아가게 해 줄 미래의 시간을 마술 부리듯 불러낸다. 예전에 있었던 그대로가 아니라, 한때 살았던 과거가 아니라, 시인 레오파르디가 말한 *le ricordanze*, 즉 창의적 행위로서의 회상력과 마음으로 만들어 내고 소중히 품어 온 모습으로 불러내어 과거가 영원히 보존되고, 영원히 붙잡히고, 영원히 되살아난다. 예전 모습이 아니라 언제나 동경해 온 모습으로 뭔가 더해지지도, 바뀌지도, 빼앗기지도, 잃지도 않은 채 영원히 남아 있는 베니스처럼. 시간을 초월하는 과거인 영원한 베니스처럼.

이는 부수적인 것들을 전부 제거해서 균일화되고 재단장된 과거가 아니다. 오히려 실제로 존재한 적이 없으나 여전히 고동치는 과거다. 과거였던 예전의 그때조차 이루어지지 못한 바람으로 마음속에 품었고, 그렇게 될 가능성이 있었기에 존재하지 않는다고 해서 비실재적이진 않았던 모습의 과거다.

이 시인이 묘사하는 것은 과거가 영원한 현재가 될 미래의 시간이다. 고대 로마의 시인 베르길리우스의 말마따나 "어쩌면 우리가 이런 고통을 기쁘게 떠올릴 날이 올 수도 있다." 이런 과거, 현재, 미래 시제의 융합을 지칭하는 이름은 없다. 하기야 그럴 만도 하다. 이 시에서 시인이 바라는 것은 시간을 완전히 초월하고 무효화하고 극복해서 자신이 사랑했고 잃었으나 여전히 사랑하고 동경하는 모든 이들과 함께 하는 것이다. 그러고 나면 이제 그것은 더 이상 시간이 아니다. 영원이다. 삶이 아닌 내세다. 시의 제목이 '천국'인 이유다. 이 시는 죽음을 얘기한다. 지하철에서 이 시를 계속 읽은 게 놀랄 일이 아니다. 게다가 지하에서 죽음을 얘기한 글을 읽은 우연의 일치는 확실히 뭔가 의미 있다. 우연의 일치는 우리가 시간을 이해하려고 시도하는 방식을 뒤엎고 밀어젖히는 일인데, 바로 이 시가 시간을 극복해 시간을 벗어나고 넘어서서 시간을 지나쳐 갈 때 어떤 일이 일어날지 얘기한다는 점에서 그런 느낌이 든다. 이 시는 영원한 과거인 영원한 미래를 얘기한다. 궁극적 환상과 궁극적 허구와 궁극적 승리의 얘기다. 존재하지 않는 시간의 한 지점을 읊는다.

여기에서 우리는 궁극적 역설과 마주한다. 과거와 현재와 미래가 있는 이 천국에서 시간을 벗어난 우리 자신을 생각한다는 것은 곧 시간이나 사랑은 말할 것도 없고 뭐든 생각할 수조차 없는 시간을 생각한다는 것이다. 이 시는 풍성한 시간을 투영하면서 이렇게 투영된 풍성함으로부터 조화, 구제, 성취의 느낌을 끌어내는데, 이런 풍성함이 영원히 일어난다고 해도 그곳에선 의식 자체는 말할 것도 없고 풍성함에 대한 의식도 갖기 힘들 것이다.

죽은 자는 의식이 없으니까.

마음 한편에서는 이 문제를 이쯤에서 그만 접고 싶어 하지 않는다. 확실히 헤아리기 힘든 이런 상황을 찬찬히 짚어 보고 싶어 한다. 그래서 생각해 봤는데, 사후 정신의 이런 역설을 헤아릴 최선의 방법은 정반대의 시나리오를 상상해 보는 것일지도 모른다. 노인이 그동안 큰 행복을 안겨 준 아내, 자식과 손주들에게 에워싸여 임종을 맞이하고 있다. 당연한 얘기겠지만 노인은 아주 슬퍼한다. 가족들의 슬픔을 생각하면 안타깝다며 말한다. "슬픔이 평생 가시지 않을 수도 있겠지만 그렇게 슬퍼하지 않았으면 좋겠구나. 너희가 슬퍼할 생각을 하면 너무 슬프구나. 내가 그 슬픔의 원인이기 때문이 아니라 내 자식인 너희의 삶이 슬픔에 빠지는 게 싫구나. 나를 애타게 그리워할까 봐. 내 방, 내 책상, 내 식탁 자리를 보며 마음 아파할까 봐." 하지만 죽어 가는 노인의 슬픔에는 또 다른 이유도 있다. "지금 내가 죽도록 괴로운 것은 너희의 슬픔만이 아니라 나의 슬픔 때문이기도 하다. 너희가 너무도 그리울 걸 아니까. 지금의 너희도, 어릴 적의 너희도 모두 다 그리울 거야. 백일이 가고 백년이 가고 만년이 가도 영원히 그리울 거야. 내 사랑은 절대 죽지 않으니까. 내가 죽자마자 너희를 사랑했다는 걸 자각할 머리조차 없어질 거라고 생각하니 너희를 영원히 그리워하며 아파하고 싶구나. 벌써부터 그립다. 잊는다고 생각하면, 내 생각에서조차 너희가 없어진다고 생각하면 견딜 수가 없고, 나에겐 그것이 죽음보다 더 끔찍해서 슬픔을 가늘 수가 없구나."

예술은 생각할 수 없는 것을 생각하게 해 주고, 우리가 삶과 감정의 단편들을 단단하게 만들길 바라는 마음으로 모양과 설계와 일관성을 부여하여 이런저런 역설을 사실로 가정할 수 있게도 해 준다. 그 역설이 지금도 앞으로도 영원히 모순될지언정. 모순은 엄연히 존재하며, 바로 그것이 작품, 즉 예술이 존재하는 이유다. 문법학자들은 이렇게 생각할 수 없고 가늠할 수 없고 미묘하고 유동적이고 일시적이고 모순된 영역을 비현실적 서법이라고 일컫는다. 일어날 가능성이 없고, 일어날 수 없고, 일어나서는 안 되고, 일어날 것 같지 않지만 그럼에도 불구하고 여전히 일어날 수 있는 일을 나타내는 동사적 서법이다. 가정법과 조건법뿐만 아니라 명령법과 기원법도 모두 비현실적 서법이다. (《옥스포드 영어사전》에 이 단어가 등재되지 않아서 대신 인용한) 위키피디아의 정의에 따르면 비현실적 서법이란 "특정 상황이나 행동이 화자가 말하는 시점에 일어난 것으로 알려지지 않은 상태"를 가리킨다. 비현실적 서법의 예는 내가 방금 언급한 예 외에도 아주 많다.

우리가 흔히 주장하는 것과 달리, 우리는 대부분의 시간을 현재 시제가 아니라 비현실적 서법으로 보낸다. 이런 상상 속 삶의 서법에서, 지금과 다른 식의 삶이 진짜 삶이 될 수 있는 방법을 알았다면 상황이 어떻게 되었을지, 어떻게 되어야 했을지, 어떻게 될 수 있었을지, 그리고 우리가 어떤 모습이면 좋았을지 부끄러울 것 없이 상상할 수 있다. 비현실적 서법은 그 위대한 제6감과도 연관되어 있다. 바로 이 6감이 우리의 감각이 언제나 의식하는 것은 아니라는 걸 이렇게 저렇게 추측하도록 해 주고, 때로는 예술을 통해 직감으로 알게도 해 주기 때문이다. 우리가 여러 시제와 서법을 단편적으로 오가는 이유는 지금의 현실에서 벗어나게 해 주는 듯한 이런 표류 속에서 현재 살거나 예전에 살았던 방식이 아니라 그렇게 살려고 했으며 그렇게 살았어야 했던 방식의 삶을 언뜻언뜻 보기 때문이다. 나는 언제나 딱히 그곳에 없는 것을 찾는다. 그곳에 있다고들 말하는 것에 등을 돌리면 그 외의 더 많은 걸 찾기 때문이다. 그중 상당수는 처음엔 비실재적인 것 같지만 일단 말을 가져다 붙이며 탐색해서 내 것으로 만들고 나면 결국은 더 실재적인 것이 된다. 더 이상 존재하지 않는 장소, 오래전에 허물어진 건축물, 가 본 적 없는 여행지, 계속해서 우리를 이끌어 준 삶과 아직 오지 않은 삶을 살펴보노라면, 어느 순간 갑자기 알아채는 일이지만, 확실한 근거가 없더라도 뭔가가 일어날 수 있다고 상상하는 것만으로 그 뭔가가 더 명확해진다. 내가 아직은 딱히 존재하지 않는 줄 알면서도 그런 것들을 찾는 이유는, 마침표를 찍지 않음으로써 숨어서 때를 기다리는 뭔가가 자신을 드러낼 수 있게 해 주길 바라는 마음으로 문장을 끝맺지 않으려는 이유와 똑같다. 내가 모호함을 탐구하는 이유는 모호함 속에서 사물들의 성운, 즉 아직 일어나지 않은 것들이나 한때 존재했다가 사라진 이후에도 여전히 빛을 내뿜는 것들을 발견하기 때문이다. 나는 그 속에서 내 시간의 오점을 발견한다. 그렇게 되었을 수도 있는데 실제로 일어나진 않았으나 일어나지 않았다고 해서 비실재적인 것은 아니며 여전히 일어날 가능성이 있되 이번 생에서 일어나지 않을까 봐 초조한 그런 삶을.

***

오늘 C라인 열차를 타고 가다가 같은 게시물을 다시 보았다. 이제는 오래되어 누레져 버렸다. 아무래도 게시 기간이 얼마 남지 않은 모양이다. 어쨌든 여전히 그 자리에서 다시 읽히길 기다리기에 또 읽어 보니 시가 뭔가 새로운 것을 드러내고 싶어 하는 느낌이 들었다. 시 자체에 대한 느낌이라기보다, 그 시를 다시 보니 모든 행이 새롭게 다가오며 거듭거듭 알쏭달쏭함을 일으키던 그때를 돌이켜 생각해 보는 것과 관련된 느낌이었다. 그날들이 그리웠다. 으리으리한 호텔에 묵을 때 복잡하게 이어진 복도에서 길을 잃어, 번번이 잘 살피지 못하고 걷다 뭔가를 보며 또 길을 잘못 들었다고 아차, 하던 처음 며칠에 대한 그리움과도 같았다. 복도를 잘못 꺾을 때마다 미스터리와 발견의 전율이 차올랐던 그때의 그리움. 새로운 연인과 보내는 처음 몇 주에 대한 그리움과도 같았다. 버릇과 요리 스타일부터 새로 알아낸 전화번호까지 그 사람의 모든 것이 신기하게 다가오던 그때, 아직 전화번호를 잘 외우지 못하지만 그 특별함과 마음 설레게 하는 낯섦을 잃을까 봐 외우고 싶지도 않던 그때가 그리운 마음과 같았다.

내가 그 시를 처음 읽은 순간과 두 번째와 세 번째로 읽은 순간을 다시 살고 싶은 이유는 그 순간순간마다 또 다른 내가 존재하기 때문이다. 그 시를 맨 처음부터 다시 발견해 "우리가 사랑했고, 잃었고, 기억해야 할 모든 이들"에서 내 삶을 인식하는 듯한 뭔가가 상기되는 게 아니라, 단지 동사 세 개가 말끔히 포개지며 마치 내가 쓴 것처럼 느껴져서 리듬이 착착 감기는 척하고 싶다.

그 시를 N번째 보니 내가 이 시에 대해 쓸 얘기가 아직 다 끝나지 않은 모양이라는 생각이 들기 시작한다. 정말로 쓸 얘기가 완전히 끝나지 않았을 수도 있다. 어제 포착했다고 생각한 의미가 오늘은 숨어 버리거나 맞는 의미가 아닐 수 있겠다 싶다가도 며칠이 지나면 (시 자체와 무관하지 않은 일련의 일들로) 그 의미가 다시 떠올라 맞는 것으로 확인될지 모른다는 생각도 들기 때문이다. 이런 생각이 드는 건 이 시는 그 무엇도 명확한 의미가 없기 때문이며, 그 진짜 의미 자체가 '……일 수도 있다'는 식의 의미여서, 사실상 의미가 아직은 부상하지 않았으나 부상하지 않았다고 해서 비실재적이진 않으며, 여전히 머지않은 어느 날 부상할 가능성이 있긴 한데 시를 처음 읽었을 때 부상했다가 그 뒤로 다시는 부상하지 않았을까 봐 조마조마하기 때문이다.

프로이트의 그늘 아래에서, 파트 1

IN FREUD'S SHADOW, PART 1

올여름 또다시 로마에 왔다. 한때 빌라알바니라는 이름으로도 알려진 빌라토를로니아를 방문할 기회가 있다는 말을 듣고 온 것이다. 부디 그 저택에서 4세기 아테네 조각가 프락시텔레스의 〈도마뱀을 죽이는 아폴론〉 원작으로 추정되는 작품을 보고 싶다. 이 조각상을 볼 수 있을지 모른다는 말에 솔깃해서 이탈리아를 찾은 게 처음은 아니다. 그동안 번번이 못 보고 돌아간 터라 의심의 경계를 놓지는 못하겠다. 토를로니아 가문은 예전부터 저택을 보여주려 하지 않았다. 소중한 고미술품은 더 꺼렸다. 고미술품 가운데 일부는 알바니 추기경의 비서인 요한 요아힘 빙켈만의 전문적 도움으로 이 저택에서 소장한 거였다. 빙켈만은 학자이자 고고학자이자 근대미술사의 아버지로, 1717년에 태어나 1768년에 살해당하며 생을 마감했다. 이 조각상을 보려고 로마를 세 번째 방문한 건데, 또 한번 헛걸음이 될까 봐 조바심이 난다. 문득 로마에 올 때마다 꼭 미켈란젤로의 모세 조각상을 찾아가 감상했던 프로이트가 생각난다.

내가 로마에서 프로이트의 발자취를 따라가고 있다는 생각을 즐겨 한다. 호텔 에덴, 바티칸미술관, 핀초언덕, 산피에트로인빈콜리성당. 프로이트의 방문지들을 하나하나 떠올리다 보면 나의 로마 체류에 학구적 진지함이 드리워져서 좋다. 덕분에 이곳을 찾은 진짜 목적이 가려져 덜 괴롭고, 덜 조급하고, 덜 원초적이거나 나만의 느낌으로 이 도시에 흥미를 갖는다. 포폴로광장에서 카라바조(이탈리아 초기 바로크의 대표 화가—옮긴이)의 작품을 감상한 뒤 카페 로사티에 자리를 잡고 키노토(감귤류의 일종—옮긴이) 음료를 주문한다. 이 광장으로 말하자면 괴테가 환희에 들떠 마침내 로마에 왔다는 걸 실감한 그곳이 아닌가.

　나는 지금 로마에 왔지만 딱히 경이로움에 들뜨지도 않고 기대한 것만큼 황홀하지도 않다. 이런 마음은 로마가 뭔가로 나를 깜짝 놀라게 해 주었으면 하는, 나의 에두른 요구에 지나지 않을지도 모른다. 로마가 새로운 뭔가로, 잊고 있던 뭔가로, 아니면 내가 사랑하는 곳이라는 사실은 아는데 그 사랑이란 게 선뜻 다가오지 않아 양말이 가득 들어찬 서랍에 넣어 두었다 잃어버린 오래된 장갑처럼 이리저리 뒤져야 찾을 수 있는 그런 도시에 내가 정말로 다시 왔음을 절실하게 실감할 만한 뭔가로 자극을 주었으면 하는 게 아닐까? 1년 내내 카페 로사티에서 맞을 이 아침을 기다리며, 여기에 오면 키노토를 주문하고, 신문을 사고, 빙켈만과 괴테 그리고 끝내 못 볼까 봐 여전히 조마조마한 그 아폴론 조각상으로 이리저리 자유롭게 마음의 방랑을 하려니 했다. 그런데 웬걸, 어찌 된 일인지 지금 내 마음속엔 로마를 사랑해 버려 이곳에서 편안함을 느낀 프로이트가 떠오른다. 이런 식의 느낌이 좋다. 내가 이 순간에 있으면서 여기에 속한다는 느낌이 드는 게 좋다.

하지만 그런 느낌이 어떻게 일어나는지는 모른다. 내가 여기에 속한다는 느낌을 정말로 원하는지조차 잘 모르겠다. 어쩐지 〈도마뱀을 죽이는 아폴론〉이나 토를로니아 가문이나 빙켈만이 아니라 프로이트를 생각하려고 왔다는 생각도 든다. 이 생각 역시 확실하진 않다. 혹시 로마와 나 사이에 내 사춘기까지 거슬러 올라가는, 해결되지 않은 용건이 있어서 온 것은 아닐까? 지금 생각해 보니 프로이트가 그 용건과 상관없는 건 아니다.

* * *

1901년 9월 2일 프로이트는 마흔네 살에 드디어 로마에 발을 디뎠다. 이탈리아는 여러 번 와 본 터라 예전에도 로마를 방문할 기회가 있었지만, 비평가와 전기작가들이 그의 '로마 공포증'이니 '로마 노이로제'니 일컫는 심리적 저항에 발목이 잡혀 버렸다. 프로이트는 감춰진 내밀한 억압이 학창 시절부터 그의 상상력을 크게 차지해 온 게 분명한 도시에 가지 못하도록 자꾸만 발목을 잡는다는 걸 잘 알았다. 어린 시절의 프로이트는 남달리 책을 많이 읽었고, 빈의 수많은 학생이 그랬듯 고전과 고대사에 정통했을 뿐만 아니라 고대 예술에 매료되었다. 고대 기념물에 훤했고 고고학에 마음 끌린 만큼 그곳들을 방문하기 훨씬 전부터 로마나 아테네와 관련된 거라면 뭐든 사랑했을 것이다. 하지만 우리도 알고 그 자신도 알았다시피 뭔가가 그의 발길을 가로막았다.
　프로이트는 자신의 공포증 이면에 자리한 원인을 알아내려 했으나 그가 남긴 설명은 아주 피상적일 뿐이다. 그동안 비평가와 전기작가들이 그의 서신과 《꿈의 해석》을 바탕으로 빈의 마흔네 살 의사에게 로마가 어떤 의미였는지 파악하여, 인간 프로이트에 대한 프로이트주의 해석이나 유사 프로이트주의 해석을 제시해 왔다. 이러한 해석은 그럴싸한 이론도 있지만, 억지스러운 수준부터 종잡을 수 없는 심리학 용어의 나열에 불과한 수준에 이르기까지 가지각색이다. 프로이트가 너무 오래도록 꿈을 키워 온 나머지 그 꿈을 거의 현실에 가까운 것으로 대한 탓에 로마에 가려는 오랜 꿈의 실현을 꺼렸을 거라고 보는 이들도 있다. 지나치게 단순한 견해여서 해석이라고 할 수도 없다. 아주 켜켜이 중첩된 로마의 역사와 고고학을 떠올리는 것만으로도 의욕이 꺾여 버렸을 거라는 설도 있다. 거의 나을 게 없는 해석이다. 이외에도 이런저런 해석이 난무한다.

프로이트는 서구 문명의 이상화된 수도 로마를 방문할 가치가 없다고 느꼈을지도 모른다. 아니면 유대인이라 기독교 세계의 심장부에 발 들이는 걸 망설였을 여지도 있다. 기독교로 개종해 볼까, 생각하다 결국 개종을 거부한 뒤로 더 그랬을 것이다. 그것도 아니면 괴테와 같은 행로를 택해서 고대 로마는 좋아했지만 근대 도시 로마에는 마음이 가지 않아, 근대의 로마가 옛 로마의 이미지를 망칠까 봐 우려했을지도 모를 일이다. 아니면 로마의 모든 것이, 마음을 어지럽히는 유대계 아버지에 대한 기억이나 유대인으로서의 죄책감을 부추겨 놓았다거나, 로마가 자신이 별 열의가 없어 탐색하지 않았던 바람들을 상징하는 비유가 된 게 아닐까, 하는 의혹을 더욱 들쑤셔 놓았을 수도 있다. 프로이트가 벗이자 동료인 플리스에게 보낸 편지에 "로마를 향한 내 갈망은 아주 신경증적이고 (중략) 뜨겁게 갈망하는 또 다른 소망들을 은폐하는 상징"이라고 썼는데, 역사학자이자 프로이트의 전기작가 피터 게이는 로마를 "최고의 상이자 불가해한 위협"이었다며, "프로이트의 감춰진 가장 강한 성애적 소망과 그보다 살짝 덜 감춰진 공격적 소망을 (나타내는) (중략) 강렬하고 양면 가치적인 상징"이었다는 말로 표현했다. 이는 빈의 안락한 집에서 먼 여행을 떠날 예정인 사람의 전형적인 불안으로 받아들여도 무난한 말을 아주 극단적으로 해석한 표현이다. 글쎄, 성애적? 공격적?

프로이트는 관광객용 삽화 팝업북이 아니라 진짜 도시와 마주하리라는 걸 알았다. 그러니 자신을 잘 아는 만큼 두려움도 크지 않았을까? 그토록 바라던 곳에 간다고 하니 너무 기뻐서 설레기도 하지만, 막상 갔다가 실망하거나 큰 충격을 받아 당황하거나 경악할까 봐 불안하지 않았을까? 실제로 갔다가 가 본 적 없는 로마의 매력을 잃어버릴까 봐.

이런 점에서는 프로이트 혼자만 그런 게 아니다. 100년 전의 괴테 역시 꿈에 부풀어 로마에 입성했을 때 잘 믿어지지도 않고 혼란스러워 당황했다. 1786년 11월 1일의 글에 그런 감응이 잘 담겨 있다. "여전히 꿈꾸는 것 같다는 생각을 떨치기 어려웠다. 포폴로광장의 포폴로문에 들어서고 나서야 정말 로마에 왔다는 실감이 났다." 몇 줄 뒤에 이런 글도 덧붙였다. "어린 시절의 꿈이 모두 이루어졌다. 기억 속의 첫 판화, 아버지가 복도에 걸어 둔 그

판화 속 로마의 풍경을 지금 현실에서 보고 있으며, 그토록 오랫동안 머리로 알아 온 모든 것이 (중략) 지금 눈앞에 펼쳐졌다. 걸음을 옮길 때마다 익숙하지 않은 세계에서 익숙한 대상을 마주친다." 설상가상으로 프로이트는 로마에 대한 꿈 몇 가지를 짚어 보며 로마 불안증을 설명하기도 했다. 그중 현명하고 신중한 이론가들조차 곧이곧대로 믿어 온 설명은 디아스포라(고대 팔레스타인 지역에서 다른 지역으로 이주한 유대인—옮긴이) 시기에 유대인이 탄압당한 오랜 역사를 바로잡으려 애쓰는 야심만만하고 투쟁적인 유대인으로서 내세우는 이론이었다. 프로이트를 정복자로, 프로이트의 말 그대로 의기양양한 해방자로 보는 이론이다. 프로이트가 직접 제시한 또 하나의 이론은 유대인으로서 자신의 충정은 로마를 향한 것이 아니라는 설명도 있다. 고대부터 근대까지 유대인에게 편협하고 가혹한 역사를 써 온 그 도시가 아니라 셈족(Semite, 셈어를 사용하는 민족들의 총칭으로, 유대교는 셈족에서 유래했다.—옮긴이)이자 로마의 강적인 카르타고의 명장 한니발 장군을 향한 충정이라는 것인데, 이 이론도 별 설득력은 없다. 프로이트는 고대 그리스·로마의 역사, 문학, 예술, 고고학에 의문의 여지가 없을 만큼 확고한 애정을 보여 주었다. 그러니 카르타고를 향한 충정은 논란의 여지가 다분하다.

우리가 아는 한 프로이트는 카르타고에 가 본 적도 없고, 가 보고 싶은 마음을 내비친 적조차 없다. 오히려 그 1901년에 첫걸음을 한 뒤로 못해도 여섯 번은 더 로마를 찾았다. 첫 방문에서 시험에 통과했고, 시험에 통과하고 나자 평생토록 부담 없이 로마를 찾았다. 한니발을 향한 충정은 꾸며 낸 얘기라는 느낌이 든다. 그 자신까지 포함해 모두를 현혹하려는 유인책이 아니었을까? 어느 쪽이든 프로이트와 한니발 두 사람에겐 한 가지 공통점이 있었다. 셈족이라는 혈통이나 자신의 신념을 위해 일어나 싸우려는 결의 말고도, 프로이트 본인이 아주 잘 알았듯이 프로이트도 한니발도 오래도록 기다려 온 순간 로마의 성문 밖에서 꾸물거렸다는 점이다. *Hannibal ante portas*(한니발이 성문 밖에 와 있다). *Freud ante portas*(프로이트가 성문 밖에 와 있다).

* * *

　프로이트의 망설임을 말하고 보니 절로 괴테의 망설임이 연상된다. 괴테는 이탈리아 여행 중 이렇게 썼다. "내가 보고 싶은 것은 영원한 로마지, 10년마다 바뀌는 로마가 아니다." 괴테가 말한 영원한 로마가 뭘 의미하는지는 확실치 않다. 고대의 로마일까? 아니면 그보다 훨씬 더 붙잡기 어려운 그 무엇을 의미해, 사실상 현대도 고대도 그 어느 쪽도 아닌, 이제껏 존재해 왔고 앞으로도 항상 존재할 로마의 모든 것이 교차되는 지점이었을까? 그 답은 끝내 알 길이 없다.

　수많은 로마가 존재한다. 그중엔 다른 시대에 속해 2500년 전으로 거슬러 올라가는 로마들이 있는가 하면, 아직 어떤 명칭을 붙일 만큼 오래되지 않은 로마들도 있다. 에트루리아 문명의 로마, 로마 공화정, 로마 제국, 고대 기독교의 로마, 르네상스·바로

크 시대 18세기 중세의 로마, 반 비텔(네덜란드 화가이자 작가인 가스파르트 반 비텔. 로마에서 유학하며 경력을 쌓은 인물로, 베두타라고 알려진 풍경화 장르의 발전에 중심적인 역할을 했다.―옮긴이)의 로마, 피라네시의 로마(이탈리아의 판화가이자 건축가 조반니 바티스타 피라네시. 이탈리아의 낭만주의 화풍에 많은 영향을 미쳤다.―옮긴이), 푸치니의 로마, 펠리니(이탈리아 영화감독 페데리코 펠리니―옮긴이)의 로마, 현대 로마 등 열거하자면 아주 많다. 이 모든 로마는 도저히 같은 도시라고 할 수 없을 만큼 달라도 아주 다르다. 다른 로마에 내재되거나 그 상위 혹은 하위에 들거나 반대되며, 더러는 다른 로마에서 뜯어내 약탈해 온 돌로 지은 로마도 있다.

지금의 로마인은 과거에 대해, 가령 아그리파라는 고대 로마인과 아그리피나라는 또 다른 고대 로마인 사이에 큰 차이가 있다는 등의 사실에 대해 군이 몰라도 되지만, 교양과 거리가 먼 촌사람으로 나고 자라 포럼(고대 로마의 대광장)이나 콜로세움을 본 적이 없거나 니소거리와 에우리알로거리가 만나는 이유를 알아내기 위해 골치 아프게 베르길리우스의 시를 읽어 본 일이 없는 로마인조차 두 거리가 과거와 관계있을 거라는 추론 정도는 한다(니수스와 에우리알로스는 베르길리우스의 《아이네이스》에서 이상적인 우정의 대명사로 나온다.―옮긴이). 로마의 모든 것은 과거와 관계를 맺고 있다. 도시 곳곳에 고대 유물이 산재하며, 이런 고대 유물은 로마에 사는 사람에게조차 시간이 로마에서 가장 번잡한 길이라고 말해 주는 또 하나의 방법이다. 이 도시에서는 시간을 생각하지 않는 순간조차 시간을 건넌다. 신발끈을 묶기 위해 벽에 기대는 순간 시간과 맞닿으며 깨닫는다. 오래되어 조각조각 벗겨지는 이 벽이, 괴테, 바이런, 스탕달 같은 이가 그 옆에 서서, 빙켈만이 바로 이 벽을 만졌다가 손을 비비면서 필시 미켈란젤로가 문질렀을 바로 그 흙먼지를 털어냈으리라고 회상하던 그때도 이미 아주 오래된 벽이었음을. 이곳에선 모든 것이 오래되고 겹겹이 층을 이루기에 어찌할 도리 없이 여러 시대가 한 덩어리로 묶여 사실상 서로 구분할 수가 없다. 새로운 최첨단 시대가 도래해도 언제나 오래된 자취를 띤다. 사람도 다르지 않다. 로마인은 나이 든 분위기를 풍긴다. 아이들은 나이에 비해 현명하고 성인들은 욱하는 기질이 있긴 해도 다른 지역이었다면 참고 넘어가지 않았을 만한 일들을 너그럽게 봐줄 줄 안다. 그것이 뭐든 오늘 짜증을 돋운 그 일은 예전에도 이미 일어났고, 언제나 일어나며, 앞으로도 다시 일어날 거라고 보는 것이다. 로마가 불멸인 이유는 너무 아름다워 모두가 사라지지 않길 바라기 때문이 아니라, 시간이 어디에나 있고 어디에도 없으며 사실상 아무것도 소멸하지 않고 모든 것이 되돌아오기 때문이다. 우리도 다시 돌아오게 된다. 로마는 수차례 덮어 쓰인 팰림프세스트(쓴 글자를 지우고 그 위에 다시 쓸 수 있도록 만든 양피지—옮긴이)다.

프로이트가 《문명 속의 불만》에 담은 로마의 묘사는 이 점을 훨씬 더 호소력 있게 전해 준다. 프로이트에게 로마는 인간의 마음과 더불어 궁극적으로는 인간의 경험까지 잘 빗대어 보여 주는 완벽한 비유다. 영원히 묻혀 버린 것이 없고, 모든 것이 다시 떠오르며, 모든 것이 궁극적으로는 다른 것들과 서로서로 이어지거나 양분을 삼거나 인접해 있다.

프로이트의 관점에서 볼 때 로마는 겹겹이 세워져 십자 형태로 교차하는 구조의 가장 오래된 "팔라티누스언덕의 울타리 친 정착지, 로마콰드라타"에서 "여러 언덕 정착지의 (중략) 연합체" "세르비아네 방벽으로 둘러싸인 도시", 그 훨씬 뒤에 "아우렐리아누스 황제가 자신의 이름을 딴 방벽으로 에워싼 도시"에 이르기까지 모두 그런 구조를 띠었다. 고대 유물에 애착을 지닌 프로이트는 "그 방벽의 상당수가 여전히 잘 버티고 있다."라고 쓰며 한편으론 또 다른 애착도 드러냈다. "한때 이 고대 지역을 점유한 건축물들은 더 이상 존재하지 않아 (방문객들이) 아무런 흔적을 찾지 못할 정도거나 빈약한 유적만 남은 상태다. (중략) 그 자리를 이제 폐허가 차지했으나 그것은 본 건축물의 폐허가 아니라 화재나 파괴 이후 복구된 건축물의 폐허다."

프로이트는 본 건축물의 폐허가 아닌 *이후에 복구된 건축물의 폐허*, 다시 말해 수차례 쌓이고 쌓인 폐허의 개념에 애착을 가진 게 분명하다. 생각해 보면 슐리만이 발견한 트로이 유적도 오랜 시간에 걸쳐 단 위에 또 다른 단을 쌓아 비늘처럼 겹친 형태를 띤다.

하지만 프로이트는 로마를 겹겹이 단을 이루는 이미지로 묘사해 보이다 갑자기 방향을 바꿔서 훨씬 더 대담한 유추를 이어 가며 "정신생활에서 한번 형성된 것은 그 무엇이든 소멸할 수 없음"을 독자에게 상기시킨다. 아무것도 사라지지 않고 아무것도 분해되지 않는다고. 게다가 프로이트의 관점에서는 첫 번째 단 후에 두 번째 단이, 두 번째 단 후에 세 번째 단이 쌓이는 순차적 단의 개념 자체가 전적으로 옳은 게 아니다. 로마든 인간의 정신생활이든 반드시 순차적 순서로만 이루어지는 건 아니기 때문이다. 프로이트는 순차적 모델 대신 대담한 모델을 제시하여, 원조로 존재했다가 이제 과거가 되었다 해도 그 원형은 계속 존속하면서 지금 눈에 보이는 형태 밑에 묻혀 있다기보다 가장 최근의 형태와 나란히 있을 수도 있다는 견해를 밝힌다. "원형이 (중략) 그 원형을 근원으로 생겨난 변형과 나란히 보존되는 경우도 흔하다."

'나란히(alongside)'는 프로이트의 로마에서 핵심 요소로 작용한다. 조상은 후손 밑에 사는 것이 아니다. 후손과 나란히 사는 것뿐 아니라 (더 나아가) 선조가 후손이 되기도 한다. 팰림프세스트에 적힌 최초의 이교도 글이 결코 사라지지 않거나 그 위에 덮어 쓰인 글과 동시에 존재함으로써 잔존할 뿐 아니라, 이후에 적힌 글에 그늘을 드리워 빛을 가릴 수도 있듯이 그렇게. 이후의 것이 이전의 것과 맞닿고, 이전의 것이 이후의 것에 대답을 한다.

프로이트는 앞서 온 것이 사라지는 게 아니라 후에 온 것과 공존한다고 보았다. "상상의 비약을 따라가서 로마가 인간의 거주지가 아닌 정신적 존재라고 가정해 보자. (중략) 팔라초 카파렐리가 차지한 자리에는 꼭 팔라초 카파렐리를 제거하지 않아도 다시 한번 유피테르카피톨리누스신전이 설 것이다. 로마제국의 로마인들이 본 대로 가장 최근의 모습뿐 아니라 에트루리아 문명의 형태를 갖추어 처마 끝에 테라코타 장식이 있는 가장 초기의 모습으로. 지금 콜로세움이 서 있는 곳에서 사라진 네로의 황금저택을 동시에 바라보며 감탄할 수도 있으리라. 판테온광장에서 지금의 판테온신전을 하드리아누스장성(잉글랜드에 있는 고대 로마의 성벽—옮긴이)으로 계승된 모습으로만 보는 게 아니라 같은 *자리에서*, 산타마리아소프라미네르바성당과 고대 신전을 떠받치던 바로 그 땅에서 아그리파가 세워 놓은 원형의 모습도 바라볼 것이다."

하지만 프로이트는 황당무계한 상상의 비약인 만큼 로마에 관한 한 과장된 상상을 거북해한다. 시간에 영향받지 않는 공간, 즉 옛 건물이 새 건물과 나란히 서 있는 게 아니라 새 건물 속에 박혀 있어, 석재를 강탈당한 로마의 고대 유물들이 강탈당한 바로 그 석재로 지은 현재의 궁전들과 같은 자리에 둥지를 틀 수도 있는 공간에 대한 환상은 프로이트에겐 오래 묵인해 줄 수 없는 초현실적 환상이다. 로마의 판테온 청동문을 해체하고 녹여서 베르니니(이탈리아의 조각가이자 건축가—옮긴이)의 성베드로대성당 제단 천개(天蓋)를 만들어 놓고도 여전히 판테온과 성베드로성당의 문과 천개가 똑같은 청동으로 만든 것이길 기대하는 건 무리라는 논리다. 전혀 틀린 생각은 아니지만, 프로이트는 로마의 모든 사례마다 로마의 모든 역사가 깃들어 있다고 여긴다. 따라서 프로이트로선 이 두 건축물이 같은 장소에 공존하는 것을 도저히 시각화할 수가 없다. 아니, 아예 시각화를 거부한다.

프로이트는 고고학적 모델을 좋아했으니 끊임없이 서로 부딪치고 이동하는 불안정한 텍토닉 플레이트[판상(板狀)을 이뤄 움직이는 지각의 표층—옮긴이] 식의 환상을 지지했을 법하지만, 여러 시간대가 *나란히* 공존하는 이미지는 너무 부담스러워한다. 그래서 환자들에게 자신의 가장 허황된 환상을 살펴보라고 했던 인물임에도 불구하고 모든 환상을 철회한다. "아무래도 우리의 상상을 더 전개하는 건 아무 의미가 없을 것 같다. 계속해 봐야 상상할 수도 없는 데다 터무니없는 상황으로 이어지기 때문이다. 공간적 관점에서 연속성을 나타내고 싶다면 공간의 병치를 통해서만 가능하다. 같은 공간이 서로 다른 두 개의 내용물을 가질 수는 없다." 이로써 프로이트의 성층화식 유추는 그 목적을 완수하며 이렇게 결론짓는다. 더 진전시킬 필요가 없다고.

무의식적으로 행한 일일지 모르나, 프로이트는 로마를 정신의 비유로 끌어내면서 전혀 생각할 수 없는 어떤 것을 활용했다. (전적으로 생각 가능한) 시간대의 연속이 아니라 시간대를 무너뜨려 궁극적으로 말소해 버리는 것이었다.

시간대의 층들이 끊임없이 재배치되는 프로이트의 상상 속 로마처럼, 정신도 수플레(거품을 낸 달걀흰자에 밀가루, 우유, 과일 등을 섞어 구운 음식—옮긴이)를 만드는 것과 유사하게 열망, 환상, 경험, 기억 모두 순서와 논리가 없거나 일관성 있는 얘기 같은 것 없이 서로서로 포개지는 것일 수도 있다. 줄리아 차일드(미국의 요리연구가이자 셰프. 1960~1970년대 미국에 프랑스 요리를 소개하여 대중화했다.—옮긴이)가 알려 주는 조리법을 좀 바꿔서 말하자면 포갠다는 것은 지그재그식 움직임이다. 고무 주걱을 8자로 움직이며 반죽을 맨 위로 밀어 올렸다가 뒤집어 포개듯 맨 밑으로 끌어내린 다음 다시 맨 위로 밀어 올리는 것이다. 과거였던 것이 현재이고, 미래가 될 것이 과거이고, 결코 있을 수 없는 것이 몇 번이고 되돌아올 수도 있다.

영원한 매립지, 로마는 끊임없이 재배치되고 다시 포개지는 시제들이 서로 뒤섞인 혼합물이나 다름없다. 대부분이 과거 시제이고, 현재 시제는 아주 미미하며, 조건법과 가정법의 비중이 높은 가운데 이 모두가 언어학자들이 말하는 비현실적 서법이라는 잡탕으로 뒤섞여 있다. 비현실적 서법은 말로 설명할 수 없는 반사실적 시간대로서 필멸의 존재인 우리는 이 시간대에서 대부분의 시간을 일어났을 수도 있었던 일들, 즉 실제로 일어난 일은 아니지만 일어나지 않은 일이라고 해서 비실재적이진 않으며 여전히 일어날 가능성이 있으나 일어나는 것과 일어나지 않는 것 모두를 바라고, 또 걱정하는 그런 일들로 보낸다.

위 문장은 각각의 절들이 꼭 앞 절이나 뒤 절을 반박하거나 일축한다기보다, 음악 표현을 빌려 말하자면, 180도 뒤집기와 반전의 상동곡(常動曲, 처음부터 끝까지 동일한 속도로 진행되는 기악곡. 종지형이 없는 특수한 형식이며 속도가 아주 빠르다.─옮긴이)으로 편입함으로써 오히려 증대시키고 포개 넣으려 한다.

비현실적 서법은 '더 이상은 아닌'과 '아직은 아닌', '어쩌면'과 '이미', '결코'와 '언제나' 사이에 낀 채 할 얘기가 없다. 플롯과 서사도 없이 욕망, 환상, 기억, 시간에 대해 늘어놓는 다루기 힘든 웅얼거림일 뿐이다. 비현실적 서법은 생각하기는 고사하고 글을 통해 제대로 옮길 수조차 없다.

하지만 우리의 삶에 엄연히 존재한다.

프로이트의 고고학적 유추에서 발생하는 문제점은 이 유추가 공상적이어서 그에게 갈등을 일으킨다는 점이 아니라 유추 자체가 다루기 어렵다는 점이다. 사물은 시간 차원에서 이동하고 공간 차원에서도 이동한다. 이 고고학적 유추가 제대로 작동하려면 두 차원에서 동시에 이동해야 하는데, 반사실적 사고를 싫어하지 않았던 프로이트는 이를 환상으로 일축한다. 프로이트는 어떻게 영원한 장소와 영원한 시간이 계속해서 동시에 발생할 수 있는지 도저히 상상되지 않았다. 그것은 반사실적일 뿐만 아니라 반상식적인 생각이다.

프로이트가 이런 식의 생각을 불편해한 이유는 시간의 비유에 공간을 활용하는 것은 오렌지의 비유에 사과를 활용하는 것처럼 여겨지기 때문일 수도 있다. 프로이트로선 공간을 불러내지 않고는 시간을 생각할 수 없는데, 그런 맥락에서 공간을 생각하려고 하면 절로 시간에 대한 생각 자체가 막혀 불편해했을 수도 있다.

하지만 내가 보기에 문제점은 따로 있는 듯하다. 프로이트가 고고학적 비유를 활용하긴 하지만 시간에 대한 관념에 포괄된 개념은 발굴이 아니다. 수직적이며 역사적으로나 연대기적으로나 통시적으로 한 번에 한 층씩 이동하는 발굴이 아니라 사뭇 다른 뭔가다.

* * *

비현실적 서법은 심리고고학자들이 쓰는 언어가 아니라 발굴 외에 잔류 자기라는 현상까지 이해하는 수맥탐사자의 언어를 뜻한다. 잔류 자기는 어떤 물체에서 외부 자기력이 사라진 이후에도 오랫동안 잔류 자력이 남아 있는 상태다. 팔다리를 잃은 경우처럼 이미 흔적도 남지 않았지만 여전히 그 자리에 있는 듯 존재감을 발휘하는 어떤 것에 대한 기억이다.

수직적이고 한 번에 한 층씩 순차적으로 움직이는 발굴과 달리 잔류 자기는 감춰져 있거나 지하 더 깊숙이 묻혀 버릴 수도 있거나 완전히 사라져서 더는 존재하지 못할 수도 있다. 어쩌면 존재한 적이 없을 수도 있는 어떤 것을 당기는 힘이지만, 여기에 반전을 더해 그 반대의 경우로 임박함이 아직 생성조차 안 되었으나 여전히 표면으로, 즉 미래로 나아가려 노력 중인 뭔가를 당기는 힘이 되기도 쉽다. 이 출현과 사라짐의 제스처는 동시에 발생하는데, 잔류 자기와 임박함이 궁극적으로 시간과 관련되지 않으며, 과거나 현재나 미래의 문제가 아니라 이 셋을 서로 엮는 문제이기 때문이다. 지하에 물이 흐를 수도 흐르지 않을 수도 있는 문제이자 말라 갈 수도 있고 차오를 수도 있고 그 둘이 동시에 일어날 수도 있는 문제다.

수맥탐사자를 계속 끌어당기는 것은 뭔가의 존재가 아니다. 그런 점에서는 뭔가의 부재도 아니다. 오히려 뭔가의 울림, 그림자, 흔적, 아니면 뭔가의 발단, 갓 시작됨, 중지, 잠재성이다. 세상을 뜬 존재의 그림자와 아직 태어나지 않은 뭔가의 초기 단계가 나란히 놓여 있다. 석판공의 언어로 말하자면 로마는 도시이면서 잔상(殘像)이기도 하다. 판화가 제작되어 팔려 나가고 오랜 시간이 지난 후에도 그 석판공의 석재에 남은 이미지이자 얼룩이다. 물고기 비늘이 그 물고기의 배가 갈리고 조리되어 먹힌 뒤로 한참

이 지나서도 도마에서 여전히 반짝반짝 빛나는 것처럼. 결국 로마는 시간보다 시간의 굴절, 시간의 영원한 역류와 관련이 깊다.

로마에 머문다는 것은 어느 정도는 상상하기고 어느 정도는 기억하기다. 로마가 소멸할 수 없는 이유는 로마가 실제로 존재한 적이 한 번도 없기 때문이다. 로마는 거의 존재했다가 존재하길 멈췄으나 여전히 고동치며 아직 오지 않았거나 이미 사라졌거나 다가오는 동시에 사라진 자신의 시간을 통해 존재하길 갈망하는 뭔가의 그림자다. 순전한 환상이다. 딱히 그곳에 없고 딱히 실제가 아니며 비실재적이지 않지만 *비현실적이다*.

***

프로이트는 마침내 아테네의 아크로폴리스를 마주한 1904년에도 로마와 관련해서 일어난 경험을 또 한번 체험한다. 그가 느낀 것은 실망감도 아니었고, 심지어 훌륭한 예술 작품을 보고 크게 감동받아 기절할 지경에 이르는 현상을 일컫는 스탕달 증후군에 빠져 가슴 벅차한 것도 아니었다. 어쩐지 질리는 기분이 들면서 무덤덤함, 괴리감, 소외감에 가까운 감정을 느꼈다. 제임스 스트레이치가 독일어 *Entfremdungsgefühl*을 번역해 옮긴 대로 *비현실감*(derealization)이었고, 프로이트 본인의 말마따나 "내 눈앞에서 보는 이곳의 광경이 실제가 아닌" 듯한 느낌이었다. 행복과 충족감의 원천이었을 만한 대상이 무감동과 불신을 일으키며 궁극적으로 당혹감을 안겨 준 셈이다. 프로이트는 아크로폴리스를 보고도 별 감동을 받지 못한다. 이렇게 실제에 직면하지 못한 점은 그가 경험의 정점에 이르지 못했음을 시사하는 가장 확실한 징후였다.

프로이트는 생애 처음 아크로폴리스의 땅을 밟고 선 순간 당황한다. "이 모두가 학교에서 배운 것처럼 실제로 존재한다니!" 파르테논신전이 존재한다는 사실을 의심할 이유가 없음을 알고 자신이 그곳에 왔으면서도 신전의 존재가 분명히 판명되는 현실을 받아들일 수 없는 것이다. 정신이 "빙글빙글 돌아가는 환상"에 빠지지 못해 멈춰 섰다가 이제는 정반대로 현실에도 빠지지 못하는 듯한 상태에 놓인다.

어떤 장소를 방문하는 것이 반드시 그곳을 경험하는 건 아니다. 실제로 체험하는 것은 반향, '원상(原象, pre—image)', 잔상(殘像, af-terimage), 경험의 해석, 경험의 왜곡, 경험을 경험하려는 노력이다. 경험을 생각할 때, 심지어 경험을 정확히 어떻게 생각해야 할지 모를 때조차 이미 그 자체로 경험하는 것이다. 경험은 우리가 대상에 투영하는 반향과 그 대상이 우리에게 돌려주는 반향으로 이루어진다. 우리는 자신의 환상을 로마로 데려와서 드러내보이며 해독하거나 이런 환상과 마주치길 기대하는데, 궁극적으로 로마는 이런 환상을 구현한다. 끝내 그 환상과 마주치지 않는 경우조차도.

우리는 일어날 수도 있었으나 결코 일어나지 않은 걸 가장 잘 기억한다.

**

프로이트에게 로마는 어떤 의미일까? 다른 뭔가의 대용품은 아닐까? 그 뭔가란 유아기부터 성년기까지 해결되지 않은 기억, 열망, 두려움, 환상, 트라우마, 장애, 억압 등이 한데 뒤섞인 채 그 하나하나가 그저 다른 것 위에 층층이 쌓인 게 아니라 다른 것과 (프로이트가 적절하게 여기는 표현대로) '*나란히*' 존재하는 그런 문제는 아닐까? 어쩌면 여기에서 던져야 할 질문은 프로이트가 어떻게 심리학 역사상 가장 탁월한 비유를 제시했는가일지도 모른다. 프로이트는 정신은 로마가 그렇듯 하나가 아니고 정체성 역시 하나가 아니라고 비유하면서, 정신과 정체성은 장소를 맞바꾸고, 얼굴을 바꾸고, 온갖 종류의 가면을 썼다 벗었다 하며, 거짓말하고, 속이고, 어떤 하나에서 훔쳐다 다른 것에 주면서 이동하고, 끊임없이 변하는 수많은 일시적 부분부분이 모인 집합체라고 밝혔다. 바로 이런 이유로 우리는 나 자신이 누구인지, 뭘 원하는지 모른 채 자기가 저질렀는지 확실하지도 않은 죄에 대해 용서를 구할 수 없는 게 아닐까?

하지만 여전히 의문스럽다. 왜 로마일까? 추측하건대 프로이트가 로마를 선택한 이유는 유년기의 충동들과 이 충동들에 대한 성인기의 억압 사이에서 벌어지는 끝없는 난투를 생각하다 로마로 흘러갔는데, 단순히 고대 예술과 고고학에 열성적인 사람으로서 로마가 적절한 비유였다거나, 프로이트와 로마에는 억압을 암시하는 뭔가가 있었기 때문이 아니라 *고대 유물과 고고학에 대*

한 그의 애착 자체가 묻혀 있고, *끊임없이 변하면서 드러나지 않는 원초적이며 야생적인 것을 향한 평생에 걸친 기호의 대용물*이기 때문은 아니었을까? 그런 애착이 프로이트가 이미 활용했고 청년기를 거치며 검열되었을 법한 것들의 대용물은 아니었을까? 피터 게이가 제시하듯 로마 방문은 애초부터 집요한 검열의 한 형태였을지도 모른다. 《문명 속의 불만》에서 4쪽 가까이 펼쳐낸 로마에 대한 생각도 불안정하지만 혼란스러운 것만은 아니고, 심지어 만족스러운 듯한 여지가 보인다. 로마를 비유로 제시하여 로마의 수많은 층을 이렇게 저렇게 따져 보고 여러 층을 생각하며 그 층을 한 겹 한 겹 벗기는 척하면서 임상에 가까운 정밀성과 역사 기록상의 의무적 상세함으로 대상들을 더 깊이 탐구한 그 과정은, 어쩌면 미루어지고 이름 붙여지지 않은 쾌락에 대한 더 안전하면서 궁극적으로 따지면 은밀히 육욕적이기도 한 대리적 쾌락이었을지도 모른다.

이런 의미에서 보면 로마를 끌어내는 것은 억압된 충동을 얘기하는 한 방법일 뿐만 아니라 로마를 보편적 비유로 제시함으로써 프로이트 자신의 억압을 에둘러 다루는 방법이기도 하다. 고고학은, 암시적으로 로마 자체도 억압에 대한 기제이자 비유가 된다. 궁극적으로 보면 억압된 것을 묻는 가장 확실한 방법은 그것을 드러내는 척하는 것이다. 마찬가지로 그것을 드러내는 가장 확실한 방법 역시 묻는 척하는 것이다.

프로이트는 1901년 이후 여러 차례 로마를 찾았다. 그때마다 로마가 내려다보이는 호텔 에덴의 객실에 서서 이전의 방문들을 떠올리며 로마로 발길을 뗄 수 없었을 때뿐 아니라 아직 일어나지 않은 이후 수년간의 방문에 대해 다시 생각해 봤을 것이다. 꼼꼼한 사람답게 머릿속으로 방문할 때마다 변화된 모습을 짚어 봤을 테고, 워즈워스(영국의 낭만주의 시인 윌리엄 워즈워스—옮긴이)가 스코틀랜드 야로 방문을 떠올리며 그러했듯 방문한 적 없는 로마, 방문해 본 로마, 다시 방문한 여러 로마를 헤아려 보려고 시도했을 만하다. 오스트리아 빈에서 로마를 철저히 연구하던 소년 시절의 프로이트부터 로마 땅을 밟은 40대의 프로이트, 그 이후 더 나이든 프로이트, 또 그 이후 아버지로서의 프로이트, 병든 프로이트에 이르기까지, 자신의 열정과 일생의 연구에 아주 큰 상징성을 가진 그 도시를 언제나 다시 찾고 싶어 하던 그 모든 프로이트를 떠올렸으리라.

미켈란젤로의 조각상을 보기 위해 산피에트로인빈콜리성당을 계속 찾으며 어느 시점에선가 깨달았을 것이다. 미술, 고고학, 고대 유물을 향한 그칠 줄 모르는 애정을 자극하는 영감 중에서 가장 중요하지만 등한시된 영감이 한니발이라기보다는 요한 요하임 빙켈만임을. 미술사와 고고학의 아버지이자 괴테도 읽은 책의 저자이며, 그리스에는 한 번도 발길을 하지 않은 채 평생을 그리스 조각상이 아니라 로마의 그리스 누드상 모사작 연구에 바친 바로 그 빙켈만임을. 하지만 프로이트는 빙켈만을 단 한 번밖에 언급하지 않는다. 로마를 향한 동경을 불러일으킨 사람이 한니발인지 빙켈만인지 의문스러워하다 답이 한니발임을 정당화하는 에두른 설명을 성급히 제시할 때 거론하고는 그만이다. 빙켈만에 대해서는 자세히 논하지도 않는다. 빙켈만은 남성의 신체에 대한 애정으로 미술사상 최고의 저작을 써낸 대단한 인물인데도 프로이트는 이 점마저 언급하지 않는다. 게다가 빙켈만의 저서들을 염두에 두었는가의 문제와는 별개로, 어쨌든 그는 모세 조각상을 마주했고 모세를 생각하다 에둘러 자신에 대해서도 생각하고 있음을 알았다. 결국 인간 모세와 조각상 모세를 분석하는 편이 분석가인 자신을 분석하는 것보다 쉬웠고, 나체의 아테네인들보다 유대인의 영웅 모세를 분석함으로써 (프로이트 자신의 진심이 드러나는 말마따나) 위험을 줄이고 침묵을 지키기도 더 쉽고 더 안전할 수 있었다. 하지만 레오나르도에 대한 표현으로 미루어 보면 프로이트는 아테네의 누드상에 무심하진 않았다. 레오나르도를 생각하는 대목에서 프로이트는 이렇게 썼다.

이 그림들은 꿰뚫어 볼 엄두를 못 내는 비밀에 신비주의를 불어넣는다. (중략) 이들 조각상도 중성적이다. (중략) 여성스러운 몸에서 여성스러운 부드러움이 느껴지는 미소년들이다. 눈은 아래로 내리깔지 않았으나 시선에 야릇한 의기양양함이 배어 있다. 입 밖으로 꺼내서는 안 될 그와 연관된 큰 행복을 알고 있다는 듯이. 낯설지 않은 그 매혹적 미소가 그것이 사랑의 비밀임을 짐작케 한다.

이 분석가는 바로 이 도시에서, 모든 것이 층을 이루고 단을 이루어 본질적으로 무한한 이 도시에서 자신과 꼭 닮은 사람을 찾아냈다. 프로이트는 로마에 사는 것을 꿈꾸며 1912년 아내에게 써 보낸다. "로마에 있으면 정말이지 자연스러운 느낌이 들어. 여기에서는 외국인같이 느껴지지 않아." 프로이트는 다른 사람이 아닌 바로 빙켈만과 흡사했다. 빙켈만은 로마를 사랑하여 로마를 거처로 삼았으며, 로마에 오고 나서는 인상적인 말을 썼다. 프로이트 역시 빙켈만의 글을 직접 읽진 않았더라도 영국의 미학자 월터 페이터가 빙켈만을 평가한 글에서 보았으리라 여겨지는 다음의 말을 했다. "이곳에서 복에 겨운 나날을 보내고 있는 건, 신이 나에게 이런 삶을 줄 만한 빚이 있기 때문이다."

프로이트의 그늘 아래에서, 파트 2

IN FREUD'S SHADOW, PART 2

프로이트라면 이런 나를 이해했을 것이다. 나는 로마를 갈망하지만, 로마는 왠지 불안감을 일으키고 당혹스러울 만큼 비실재적이라고 말해도 될 만한 감응으로 다가온다. 로마와 관련되어 행복한 기억도 별로 없고, 로마는 내가 로마에서 그 무엇보다 원했던 몇 가지를 한 번도 내어 준 적이 없다. 이 몇 가지는 여전히 미숙한 욕망의 유령처럼 사라지지 않고 나 없이, 나도 모르게 로마를 서성거린다. 내가 알아낸 모든 로마는 다음의 로마로 흘러들거나 파고 들어갈 뿐 그중 단 하나도 사라지지 않는다. 50년 전 내가 처음으로 본 로마. 내가 버리고 떠난 로마. 수년이 지나 다시 찾았으나 로마는 나를 기다리지 않았고 나는 이미 기회를 놓쳤기에 결국 찾지 못한 로마. 어떤 사람과 방문했다가 그 뒤에 또 다른 사람과 재방문해도 차츰 별 차이를 못 느낀 로마. 그토록 여러 해가 지났어도 여전히 가 보지 않은 로마. 그 웅장한 고대 석조 건축물에도 불구하고 상당수가 묻혀 있어 눈에 보이지 않고 붙잡기 어렵고 일시적이며 여전히 미완성인 채 해석되는 미완의 상태여서, 내가 완전히 다 헤아리지 못한 로마. 맨 밑바닥을 드러낸 적이 없는 영원한 매립지 로마. 나 나름의 여러 층과 단이 쌓여 있는 로마. 짐을 푼 호텔 객실 창문을 열고 응시하노라면 실제 같지 않은 로마. 끊임없이 나를 부르다가도 그곳이 어디든 내가 온 곳으로 되돌려 보내는 로마. *내 모든 것이 너의 것이지만 나는 결코 너의 것이 되지 않아*, 라고 말하는 것처럼. 너무 실제가 되면 내가 버리고 마는 로마. 로마가 나를 놓기 전에 내가 놓아 버리는 로마. 올 때마다 내가 찾는 것은 사실상 로마가 아니라 바로 나이기에 그 안에 로마 자체보다 나에 대해 더 많은 것을 품고 있으나 나를 찾으려면 로마도 찾아내야 하는 로마. 내가 다른 사람들을 데려와서 보여 주되, 우리가 같이 찾아온 그곳이 그들의 것이 아닌 나의 것이어야 하는 로마. 나 없이도 여전히 괜찮을 거라고는 믿고 싶지 않은 로마. 언젠가 그렇게 되길 바랐고 그렇게 되어야 했으나 그렇게 되지 못한 뒤로 다시 소생하도록 돌보기 위해 아무것도 하지 않고 방치해 둔 자아의 탄생지, 로마. 손을 뻗어 닿을 방법을 잘 모르고, 그 방법을 영영 배울 수도 없어 손을 뻗으면서도 좀처럼 닿지 못하는 로마.

나는 더 이상 로마인이라 할 수 없지만 일단 로마에서 여행 가방을 풀고 나면 자각이 된다. 일이 제대로 돌아가고 중심이 잡힌 듯한 기분이 들면서 로마가 고향으로 느껴진다. 듣기로는 내 아파트를 나와서 자니콜로언덕을 내려가 트라스테베레에 이르는 길이 7~9가지 된다는데, 여태 그 길들을 찾지 않았다. 아직은 지름길을 익히고 싶지 않다. 익숙함 대신 내가 새로운 곳에 왔고 새로운 가능성이 숱하게 펼쳐져 있다고 생각할 여지를 남겨 두고 싶다. 어쩌면 요즘 행복을 느끼는 것도 의무에 얽매일 필요 없이 내 마음대로 여유롭게 시간을 보내며 재치 있고 머리 좋은 로마인들이 저녁을 먹으러 집으로 가기 전에 들르는 와인 바, 일 고체토에 앉아 저녁나절을 즐기는 덕분이 아닐까 싶다. 나도 몇 번 그랬지만 일 고체토에서는 술을 마시다 마음이 바뀌어 저녁까지 먹는 이들도 있다. 그냥 와인 한 잔 마시러 왔다가 저녁까지 먹어 버리는 로마의 방식이 맘에 든다. 가끔은 와인을 마시고 나서 와인한 병을 사 들고 친구들을 보러 트라스테베레로 향한다. 집에 돌아가고 싶어지면 버스 대신 걸어서 언덕을 오르는 날도 있다.

밤에 테베레강을 가로질러 가다가 조명 밝힌 산탄젤로성으로 시선을 돌려 어둠 속에서 빛을 발하는 옅은 황갈색 성벽을 바라보는 것도 즐겁고, 한밤의 성베드로대성당도 바라보는 재미가 있다. 언젠가는 폰타노네에 가서 그 자리에 선 채 그 도시와 조명으로 환하게 밝힌 그 멋진 돔들에서 눈을 떼지 못하며, 그 모습이 금세 그리워질 걸 알아채겠지.

머무는 곳도 마음에 든다. 도시가 내려다보이는 발코니가 딸려 있고, 운이 좋을 땐 친구 몇이 찾아와 펠리니나 소렌티노 영화의 인물들처럼 도시의 야경을 내다보고 술을 홀짝이며 말없이 이런 저런 생각에 잠기곤 한다. 자기 삶에서 여전히 부족하거나 변화를 바라는 것이 뭔지, 혹은 강 건너편에서 자꾸만 손짓해 부르는 것이 뭘까 생각하지만, 우리가 바꾸고 싶지 않은 한 가지는 이곳에 머무는 것이다.

빙켈만의 말을 바꾸어 보자면 삶은 나에게 이렇게 해 줄 빛이 있다. 나는 이 순간을, 이 발코니를, 이 친구들을, 이 술을 그토록 오랜 세월에 대한 빚으로 돌려받을 자격이 있다.

* * *

   나에게 이 도시는 고향 같은 곳이다. 얼마 전에 읽은 책의 저자가 그랬다. 고향이란 처음으로 세상에 말을 거는 곳이라고. 정말 그럴지도 모른다. 우리는 누구나 삶에 표식을 남기는 방법이 있다. 그 표식은 때때로 이동하지만, 더러는 닻을 내리고 영원히 머물기도 한다. 내 경우는 말이 아니다. 다른 몸을 만지고, 다른 몸을 갈망하고, 부모님이 계신 고향으로 가고, 남은 저녁과 남은 생애 내내 그 다른 몸을 내 마음에서 몰아내고 싶지 않은 지점과 닿아 있다.

   어느 수요일 저녁, 학교가 끝나고 한참을 걷다가 막 집에 돌아온 길이었다. 그때는 늦은 오후에 도심지를 이리저리 돌아다니다 숙제할 시간에 딱 맞춰 집에 들어오는 걸 좋아했다. 버스를 타기 전엔 재고 도서를 싸게 파는 산실베스트로광장의 큰 책방에 들러 책 몇 권을 휘리릭 훑어보다 그 서점에 들어온 목적인 책을 찾을 때도 많았다. 리하르트 폰 크라프트에빙의 《광기와 성》이라는 두툼한 책이었다. 그 서점에는 여러 종류의 양장본이 있었는데 그쯤엔 익숙해진 의식에 따라 그중 한 권을 집어 들고 테이블 앞에 앉아 상상을 뛰어넘는 얘기가 펼쳐지는 전쟁 전의 세계관 속으로 빠져들었다. 그 책은 의료 전문가용이라 내가 몇 년이 지나서야 알았다시피 일부러 모호하게 쓰였고 라틴어로 설명된 부분이

군데군데 들어 있어 섹스라는 미답의 거친 바다를 항해하고픈 열정에 들뜬 호기심 많은 10대는 말할 것도 없고 일반 독자들에게도 위축감을 주었다. 하지만 도착과 성적 일탈에 대한 난해하고 상세한 사례 연구를 열심히 읽으면서 상당히 외설스러운 그 상황에 몸이 굳을 만큼 놀라워하다, 아주 사무적이고 아주 무덤덤한데다 도덕적 비난에 대한 부끄러움도 죄책감도 걷어낸 듯한 어조의 서술 때문에 못 견디도록 마음이 동요되기도 했다. 사례 연구와 연관된 사람들은 더할 나위 없이 고상하고 점잖고 예의 바른 듯 보였다. 여자친구와 여자친구의 자매 둘 다 사귀고 싶어 하다 자기 물잔에 침을 뱉고 그 물을 다 마신 청년, 밤에 이웃이 옷 벗는 모습을 엿보면서 그 이웃도 자기를 엿보는 사람이 있다는 걸 알고 그런다는 걸 눈치챈 남자, 그러면 안 되는 줄 알면서도 아버지에게 패륜이 될 만한 사랑의 감정을 품은 소심한 소녀, 공중 목욕탕에서 필요 이상으로 오래 씻으며 꾸물거리는 청년. 나는 이 모든 이에게 동질감을 느꼈다. 잡지 뒷부분의 열두 별자리 운세를 쭉 읽다 그 열두 별자리의 운세 모두가 자기 얘기인 듯이 동화하는 사람처럼.

그렇게 크라프트에빙의 사례 연구를 읽다 보면 어머니가 저녁을 차릴 시간에 맞춰 돌아가기 위해 어쩔 수 없이 85번 버스를 타고 먼 길을 가야 할 때가 되곤 했다. 아주 많은 사례 연구를 읽고 나서 현기증이 일 때면 이제 편두통이 올 테고, 편두통이 시작된 상태에서 버스를 오래 타면 멀미할 수도 있다고 각오했다. 버스 정류장의 신문·잡지 판매 부스에서 그림엽서도 팔았다. 버스를 타기 전에 남성과 여성의 조각상이 자태를 뽐내는 엽서들을 동경 어린 마음으로 쳐다보다 그중 하나를 산 다음 구입 목적을 은폐하기 위해 로마의 풍경이 담긴 엽서도 몇 장 더 골랐다. 그렇게 처음으로 산 조각상 엽서가 〈도마뱀을 죽이는 아폴론〉이었고 지금도 가지고 있다.

어느 날 오후 서점에서 나와 보니 85번 버스를 기다리는 사람들로 우글우글했다. 쌀쌀한 날씨에 비까지 내리자 다들 최대한 빨리 타려고 우르르 몰려들어 서로 부딪치고 밀치며 버스에 올랐다. 그때는 일상의 풍경이기도 했다. 나도 밀치면서 타느라 미처 의식하지 못한 사이에 바로 뒤의 젊은 남자가 뒷사람들에게 떠밀리고 있었다. 남자의 몸이 내 몸에 착 들러붙고 사람들에게 에워싸여 옴짝달싹할 수 없는 상황에서 남자가 몸을 노골적으로 밀어붙인다는 느낌이 거의 확실했으나 겉보기에는 일부러 그러는 것 같지 않아 그가 내 두 팔뚝을 움켜잡는 걸 느꼈지만 몸부림치거나 몸을 빼지 않고 내 몸이 그의 몸에 밀착된 그대로 있었다. 남자는 이제 원하는 대로 뭐든 할 수 있었고, 나는 그가 더 편하도록 그에게 몸을 기댔는데 어느 시점엔가 이런 생각이 들었다. 이 모든 것이 그의 머리가 아닌 내 머리에서 벌어지는 상상일지도 모르고, 죄스럽고 음란한 영혼은 그가 아니라 나 아닐까? 우리 둘 다 할 수 있는 게 없었다. 그는 신경 쓰지 않는 것 같았고, 나 역시 자신처럼 신경 쓰지 않는다고 느끼거나 아예 관심조차 없을지도 모른다. 나도 내가 그 일에 정말 관심을 두는 건지 긴가민가했다. 이탈리아의 비 오는 저녁에 만원 버스에서 그 정도는 지극히 자연스러운 행동 아니었을까? 그가 뒤에서 내 팔뚝을 잡은 것은 호의적인 제스처 아니었을까? 산에서 다른 등산객이 몸을 제대로 가누며 올라가도록 도와주는 행동과 다를 것 없지 않았을까? 마땅히 잡을 데가 없어서 내 팔을 잡은 것뿐 아무 일도 아니었다.

나는 평생 처음 겪는 낯선 경험에서 갈피를 잡지 못했다.

드디어 그가 몸을 좀 가누게 되자 내 팔을 놓았다. 하지만 문이 닫히고 버스가 흔들리자마자 다시 내 몸을 잡았다. 내 허리를 붙잡고 아까보다 더 세게 밀었는데 주변에서는 아무도 의식하지 않았고, 아무래도 그 역시 여전히 별 의식 없이 그러는 것 같기도 했다. 확실한 건 그가 몸을 가누고 손을 뻗어 손잡이를 잡을 정도가 되면 내 몸에서 손을 놓으리라는 것뿐이었다. 그가 나를 놓으려고 안간힘 쓰는 것도 알았다. 그래서 비틀대며 떨어지는 척하다가 버스가 멈추자마자 뒤로 몸을 기대 그가 움직이지 못하게 했다.

아주 많은 남자가 사람들로 붐비는 곳에서 여자들에게 저지른다는 그런 짓을 그가 나에게 하도록 내 몸을 내맡기다니, 마음 한편에서 부끄러워하면서도 또 다른 한편에서는 우리 둘이 뭘 하는지 그도 알지 않을까 싶었지만 확실한 건 아니었다. 게다가 이런 생각도 들었다. 내가 딱히 그를 비난할 수 없는데 그가 어떻게 나를 비난할 수 있는가. 하지만 나는 황홀해하면서 어떻게든 그가 옆으로 비켜서지 못하게 막으려고 안간힘을 썼다. 그러다 그가 다른 승객 쪽으로 어렵사리 몸을 빼냈고 그 틈에 그를 잘 살펴봤다. 회색 스웨터와 갈색 코듀로이 바지를 입었고, 나보다 못해도 일고여덟 살은 많아 보였다. 키도 나보다 크고 마른 몸의 근육질이었다. 드디어 내 앞쪽에 자리가 나자 그가 가서 앉았는데도 나는 다시 내 뒤에 서 주길 바라며 계속 그를 바라봤으나 헛된 기대였다. 그는 신경도 쓰지 않았다. 만원 버스 안, 승객들 사이로 슥슥 지나다니며 비틀대다 자칫 누군가를 붙잡을락 말락 하는 사람들. 일상적인 일이다. 그는 타란토거리 어디쯤 다리가 나오기 전에 버스를 내렸다. 돌연 욕지기가 덮쳐 왔다. 버스 타기 전에 걱정한 두통이 매연 냄새 때문에 멀미로 바뀌었다. 어쩔 수 없이 내려야 할 정류장보다 먼저 버스를 내려야 했고, 그대로 집까지 걸어갔다.

그날 저녁 토하진 않았지만 집에 왔을 때 부인할 수 없는 진실된 뭔가가 일어났음을, 그것이 내 마음에서 평생토록 살아갈 것임을 깨달았다. 내가 그에게 품은 마음은 단지 그가 나를 붙잡아 주길, 나에게서 손 떼지 않길, 아무것도 묻지 않고 아무 말도 하지 않길 바라는 거였다. 혹은 물어야 할 게 있다면 뭐든 물어보되, 내가 너무 목이 메어 말할 수 없기에, 말을 해야 할 경우 크라프트에빙의 넌더리 나게 만드는 현학적이고 세기말적인 말이 튀어나와 그의 웃음을 유발할지도 모르기에 내가 꼭 말하지 않아도 된다는 조건 아래 물어보길 바랐다. 내가 그에게 원한 것은 로마에서 친구들끼리 그러듯 남자 대 남자로 팔을 둘러 안아 주는 그런 거였다.

그 뒤로 수요일이 되면 산실베스트로광장에 가서 잠시 크라프트에빙의 책을 읽다 잡지 판매 부스 쪽의 아폴론 상을 빤히 쳐다보며 그가 나에게 기대서는 걸 느낀 그날 입은 옷을 챙겨 입고 왔는지 확인하고는, 그때와 같은 시간에 연이어 들어오는 만원 버스 쪽으로 시선을 돌려 그가 나타나길 기다리며 계속 지켜봤다. 하지만 다시는 그를 보지 못했다. 아니면 봤는데도 못 알아봤거나.

그날, 시간은 멈춰 있었다.

지금도 로마에 올 때마다 그날 저녁과 비슷한 시간에 85번 버스를 타서 그 저녁으로 시계를 되돌리고 그 시절의 나와 내 갈망을 생각해 보려 한다. 그때와 똑같은 실망, 똑같은 두려움, 똑같은 희망과 마주하여 그때와 똑같이 인정했다가, 그 인정을 반대로 뒤집어 그 시절의 내가 그 버스와 관련해서 원한 것은 단지 환상과 상상이었을 뿐 실제가 아니라는 생각에 이른 과정을 짚어 보고 싶다.

그날 저녁 멀미에 편두통까지 겹친 상태로 집에 와 보니 어머니가 주방에서 이웃집 지나와 함께 저녁을 준비하고 있었다. 지나는 나와 동갑인데 다들 그 애가 나를 좋아한다고 했다. 나는 그 애를 좋아하지 않았다. 하지만 어머니가 요리하는 동안 식탁에 같이 앉아서 깔깔 웃는 사이에 욕지기가 가라앉는 게 느껴졌다. 지나는 향내와 함께 캐모마일, 아주 오래된 목재 서랍 냄새가 풍겼고, 토요일에만 머리를 감는다고 그러더니 정말 감지 않은 머리 냄새도 났다. 그 애의 냄새가 싫었다. 그런데 어느 틈엔가 85번 버스 일로 생각이 흘러들자마자 그 남자는 어떤 냄새가 났든 개의치 않았을 거라는 느낌이 들었다. 그에게서도 향과 캐모마일, 오래된 목재 가구 냄새가 났을 수도 있다고 생각하니 흥분되었다. 그의 침실과 방 안에 그의 옷이 흩어진 모습이 상상되었다. 그날 밤 잠자리에서도 그가 떠올랐지만 밀려오는 흥분을 그대로 느낀 그 순간 대신 지나를 생각하려고 했다. 지나가 상의 첫 단추를 풀다 옷을 바닥에 스르륵 벗어 내리곤 알몸으로 나에게 걸어오며 그처럼 향, 캐모마일, 목재 서랍 냄새를 풍기는 모습을 상상했다.

밤마다 그에게서 그녀에게, 다시 그에게, 그리고 다시 그녀에게 생각이 흘러가며 서로가 서로에게 양분을 얻어, 모든 시대의 로마 건축물이 서로서로 그 안이나 위나 아래나 맞은편으로 바싹 달라붙은 것처럼, 그의 몸에서 발가벗겨진 부위가 그녀의 몸으로 넘어갔다가 다시 그녀의 몸 부위를 가진 그의 몸으로 되돌아오는 식이었다. 나는 한 신앙을 다른 신앙 밑에 묻으며 두 번 배교하여 더 이상 어떤 신앙이 자신의 진정한 신앙인지 알 수 없어진 율리아누스 황제와 비슷했다. 처음엔 남자였다가 여자로 변신하고 이후 다시 남자가 된 테이레시아스(그리스 신화에 나오는 테바이의 장님 예언자—옮긴이), 여자였다가 남자가 되고 마지막에 다시 여자로 돌아온 카이네우스(그리스 신화에 등장하는 라피타이족 용사. 라피타이족 엘라토스 왕의 딸로 태어났으나 포세이돈에 의해 남자로 성이 바뀌었다.—옮긴이)도 생각났다. 〈도마뱀을 죽이는 아폴론〉의 그림엽서가 떠오르며 아폴론을 향한 갈망도 일어났으나 그 단호하고 간담 서늘한 기개에서 아폴론이 내 욕정을 꾸짖는 느낌이 들었다. 그가 내 생각을 읽어서, 내 마음 한편에서는 대리석처럼 하얀 그의 몸을 내 안에 가장 소중히 품은 마음으로 더럽히길 바라면서도 또 다른 한편에서는 아폴론의 몸에 투사된 그 갈망의 대상이 남자인지 여자인지, 아니면 그 둘 사이에서 맴돌며 실제와 비실제를 아우르는 뭔가인지, 대리석 조각과 진짜 육신이 섞인 존재인지 여전히 모른다는 걸 다 안다는 듯이.

밤마다 내가 만든 상상 속 방에서는 진실을 얼버무리며 굳이 거짓말로 둔갑시키지 않고도 더 이상 진실이 아닐 수 있게 조작할 수 있었고, 그곳은 그 무엇 하나 고정적인 게 없는 듯하여 나에 대해 가장 확실하고 가장 진실한 것조차 몇 초 사이에 그 얼굴을 버리고 다른 얼굴을 취했다가 또다시 다른 얼굴로 바뀔 수 있는 변화무쌍한 영역이었다. 영원한 나의 자아로 운명 지어진 듯 여겨진, 로마에 귀속된 자아조차 다른 대륙으로 건너가는 그 잠깐 사이에 새로운 정체성, 새로운 목소리, 새로운 굴절, 새로운 나다움을 얻을 수 있었다. 어느 금요일 오후 마침내 내 침실로 끌어들여 단둘이 있다가 사랑 없는 쾌감을 느낀 소녀가 있었지만, 그 소녀는 85번 버스의 일 이후 나를 맴돌며 따라다니던 구름을 거둬주긴 했어도 30분도 채 지나지 않아 구름이 다시 자리 잡는 것까지 막아 주진 못했다.

* * *

로마를 생각하면 그 오랜 시간의 산책들이 떠오른다. 비 내리는 10월과 11월 오후 학교가 끝나고 한참 동안 로마 중심지 곳곳을 거닐며, 갈망하는 마음은 의식되지만 찾아 나설 정도로 간절하진 않아 하물며 이름조차 붙이지 않은 뭔가를 찾아 헤맸다. 더 정확히 말하자면 그때 내가 바란 것은 그 뭔가가 나에게 덥석 달려들었다가 내가 확답을 안 하고 얼버무릴 기회를 주거나, 그날 그 버스에서 누군가 그랬던 것처럼 나를 붙잡고 놓아주지 않거나, 남자들이 상대 여자가 결국은 넘어올 거라고 자신하며 수줍어하는 척 꾸민 얼굴로 관심을 끌 때처럼 미소와 기분 좋은 칭찬으로 살살 꾀어 주는 쪽이었다.

로마의 그런 오후 산책은 매번 여정이 다르고 목표도 막연했지만 발길 닿는 대로 어디를 가든 늘 로마나 나 자신과 관련된 본질적인 뭔가와 마주치지 못하는 느낌이 들었다. 사실은 산책 중에 나 자신과 로마 모두에게서 도망치는 게 아닐까 싶을 정도로. 하지만 나는 도망치는 게 아니었다. 그렇다고 그 본질적인 뭔가를 찾지도 않았다. 내가 원한 것은 어디에선가 묻지도 않고 대뜸 뻗어 와 나를 만져 주었으면 하는 손과 뻗고 싶어 갈망하는 쪽으로 일탈할 엄두를 내지 못하는 내 손 사이의 안전지대 같은 회색 영역이었다.

그날 저녁의 그 버스에서 알았듯이 나는 이미 나에게 일어난 그 일을 이해하기 위해 일시에 몰아치는 말들을 조합하려 애쓰고 있었다. 예전에 만원 버스에서 있었다던 일이 떠올랐다. 만원 버스에서 여자가 고개를 돌리더니 한 남자를 가리키곤 거리의 부랑아처럼 자기에게 몸을 대고 문질렀다며 파렴치하다는 뜻의 *sfacciato*를 섞어 욕을 내뱉었다고 한다. 그런데 나는 그때 그 버스에서 우리 중 누가 정말로 *sfacciato*한 건지 분간이 안 되었다. 나로선 그를 탓하며 나 자신에게 면죄부를 주고 싶으면서도 또 한편으로 생각하면, 그때 나는 새롭게 눈뜬 용기를 만끽하면서 그가 나를 놓아주고 버스의 다른 자리로 옮겨 가려는 듯할 때마다 못 가게 막으려 안간힘 쓰며 전율을 느꼈다. 나는 나 자신의 충동에 따랐고, 심지어 우리의 몸이 맞닿은 걸 의식하지 않는 척하지도 않았다. 그가 나를 대수롭지 않게 여기는 그 오만함조차 좋았다.

내가 집에 가지고 있는 건 〈도마뱀을 죽이는 아폴론〉 사진밖에 없었다. 궁극적으로 따지자면 양성의 특징을 지녀서 외설적인 그 아폴론 상은 음란하디음란한 생각을 품게 하지만 그런 생각을 인정하거나 허락하진 않아 그런 생각을 품는 것조차 추악하게 느끼도록 한다는 점에서 순결하고 훈계적이었다. 나에게 이 아폴론 상 사진은 버스의 그 젊은 남자 다음으로 특별했다. 그 사진을 소중히 여기며 책갈피로 쓰기도 했다.

결국 바티칸미술관의 원작을 찾아가기에 이르렀다. 막상 가 보니 기대한 것과 달랐다. 그냥 조각상 같은 포즈를 취하는 알몸의 젊은 남자를 기대했으나 눈앞에서 마주한 건 갇혀 있는 몸이었다. 그와 완전히 끝낼 작정으로 그의 몸에서 단점들을 찾았으나 내가 찾아낸 단점과 오점은 모두 그가 아닌 대리석의 단점과 오점이었다. 결국 나는 그에게서 눈을 뗄 수가 없었다. 그렇게 물끄러미 쳐다본 이유는 바라보는 그 대상을 좋아해서만이 아니라 그토록 숨 막히게 매력적인 아름다움에는 왜 눈을 떼지 못하는지 궁금해지게 만드는 묘미가 있기 때문이기도 했다.

　나는 젊은 아폴론의 얼굴 생김새에서 아주 다정하고 온화하여 애틋함에 가까운 일면을 포착하곤 했다. 그 젊은 몸에서는 부도덕이나 욕망이나 조금이라도 윤리에 어긋나는 뭔가가 전혀 느껴지지 않았다. 부도덕과 욕망은 내 안에 있었을 뿐이거나, 욕망이 싹텄더라도 그를 빤히 쳐다볼 때마다 느낀 겸허함이 바로 억눌러 버려 미처 그 욕망을 헤아릴 틈이 없었을지도 모른다. *그가 나를 인정하진 않지만 미소를 지어 주는 느낌이었다.* 우리는 소개받기 전에 이미 의미 있는 시선을 주고받은, 러시아 소설의 낯선 두 사람 같았다.

　기억해 보니 그러다 그의 용모에서 점차 공평한 기운이 사라지고 불신, 걱정, 훈계 어린 분위기의 첫인상과 같은 기운이 자리 잡곤 했다. 그가 나에게 기대한 것이 가책과 부끄러움인 것처럼. 하지만 그쯤에서 간단하게 마무리된 건 아니었다. 훈계는 용서가 되었고, 그 관대함에서 *그래, 너에게 쉽지 않은 일이라는 거 알아*, 라고 말하는 듯한 동정의 표정이 거의 엿보였다. 동정에서 그의 장난기 넘치는 미소 뒤에 어린 무기력도 포착할 수 있었는데 그 무기력이 기꺼이 항복하려는 의지로 거의 느껴져 겁이 났다. 나에게 명백한 사실과 마주할 것을 요구하는 느낌이었기 때문이다. *그는 내내 그럴 마음이었는데 내가 보지 않은 거야.* 돌연 희망을 가져도 괜찮다고 허용한 셈이었다. 나는 희망을 갖고 싶지 않았다.

***

로마에 온 지 거의 한 달이 되어 가는 오늘, 85번 버스를 타려고한다. 더 편하게 갈 만한 노선이 긴 지점 말고, 50년 전 터미널이있던 곳에서 탈 생각이다. 그 시절 85번 버스를 타던 시간에 맞춰해 질 녘 버스에 올라 예전에 내린 곳에서 내려 예전에 살던 곳까지 걸어가 보려고 한다. 오늘 저녁의 내 계획이다.

예전에 살던 동네로 귀환하는 게 그다지 기분 좋은 일은 아닐거라고 예상한다. 나는 그 동네를 좋아하지 않았다. 길가에 늘어선 작은 가게들만 해도 거의 연금 수령으로 살아가는 사람들이나부모님 집에 얹혀살면서 줄담배를 피우고 변변찮은 수입에 목매는 젊은 점원들에게 바가지를 씌워 비싸게 팔았다. 볼품없고 땅딸막한 건물들의 그 꼴사나운 구두 상자 모양 발코니라면 질색했던 기억도 난다. 잠시 후 바로 그 길을 걸어 내려가며 답을 구해볼 작정이다. 여기엔 내가 원하는 게 아무것도 없다는 걸 알면서도 나는 왜 늘 돌아오고 싶어 하는 걸까? 이곳을 극복하고 떨쳐냈다는 걸 증명하기 위해 돌아오려는 걸까? 아니면 시간을 농락하며 나의 내면이든 이 도시든 사실상 본질적인 것은 하나도 변하지 않았다고 확신하려는 걸까? 나는 여전히 예전과 똑같은 청년이고 아직 인생을 다 살아 본 것도 아니지만, 그때의 나와 지금의나 사이에 놓인 수년의 세월은 사실상 일어나지 않은 셈이거나중요하지 않기에 살아온 세월로 세어서는 안 된다고, 빙켈만처럼나도 여전히 받을 빚이 아주 많다고 믿기 위해서일까?

아니면 중단된 나를 되찾기 위해 돌아오는 것인지도 모른다. 이곳에 씨가 뿌려졌는데 내가 너무 빨리 떠나는 바람에 꽃을 피우지 않았으나 차마 죽을 순 없었던 뭔가가 있어서. 지금까지 이어 온 내 삶의 모든 것이 갑자기 흐릿해지며 미완으로 끝날 위기에 직면해서. 내가 내 삶을 살아온 게 아니라 다른 삶을 살아와서.

하지만 옛 동네를 돌아보는 중에 혹시 아무것도 느끼지 않고, 아무것도 만지지 않고, 아무것도 직면하지 않을까 봐 가장 조바심이 난다. 아무 느낌이 없으니 차라리 고통을 감수하는 걸 선택하리라. 로마 중심지로 돌아가는 택시를 빨리 잡고 싶어서 잰걸음으로 지나치듯 걷기보다는, 슬픔을 받아들이면서 우리가 살던 그 건물 위층에 어머니가 아직 살아 있다고 생각하고 싶다.

예전에 내리던 버스 정류장에서 내린다. 눈에 익은 길을 걸어 내려가며 토하기 직전까지 갔던 그 저녁을 떠올려 본다. 틀림없이 가을이었을 것이다. 오늘 날씨랑 똑같았으니까. 그때 그 길을 다시 걸으며 예전의 우리 집 창문을 보고, 예전의 그 식료품점을 지나서 기적적으로 여전히 위층에서 저녁을 준비하는 어머니를 상상하지만, 이제 어머니는 더 이상 예전 모습이 아닌 늙고 허약한 모습이다. 그리고 마침내 새롭게 재단장한 영화관으로 발을 옮겼다. 영화관의 기억을 가장 나중에 생각하고 싶었기 때문이다. 그 영화관에서 옆에 앉은 사람이 내 허벅지에 손을 얹은 적이 있는데, 그의 손이 내 다리를 부드럽게 쓸어올리길 바라는 마음에 충격을 받아 바로 대응하지 못하고 머뭇거린 적이 있었다. "뭐죠?" 내가 물었고, 그는 부리나케 일어나서 가 버렸다. 뭐죠? 모르는 척 물어본 그 말. *뭐죠?* 내가 알아야겠으니 설명해 달란 그 말. *뭐죠?* 말을 하지도 신경을 쓰지도, 심지어 듣지도 멈추지도 말라는 의미인 그 말.

그 사건은 어딘가로 사라지지 않았다. 그 영화관에 그대로 남아 있었다. 내가 지나쳐 걸어가는 지금도 그 안에 머물러 있다. 내 허벅지를 만진 손과 85번 버스의 젊은 남자는 익숙하고 안전한 의지처로 삼던 내 그림엽서들을 넘어서는 진정한 로마의 뭔가가 있음을 알려 주었다. 그리스 신들의 그림엽서와, 남성성과 여성성을 두루 갖추고 애태우는 매력을 발산하며 원하는 만큼 한껏 쳐다보라고 하되 그의 몸 모든 굴곡을 낱낱이 침범한 부끄러움과 걱정도 안겨주던 아폴론을 초월하는 그 뭔가가 있다고. 그때는 내 몸에 실제 사람의 몸이 닿았을 때의 충격이 아무리 나를 휘저어 놓았다 하더라도 몇 주나 몇 달이 지나면 진정되어 버스에서 나를 휩쓸었던 그 파장도 가라앉을 거라고 여겼다. 내 또래는 아니었지만 맨살에 닿게 내버려 둔 그 손을 언젠가는 잊어버리거나 잊어버렸다고 여길 줄 알려니 생각했다. 며칠 안에, 몇 주 안에 전부 다 가라앉았거나 주방 바닥에 떨어져 싱크대 밑으로 굴러 들어간 작은 과일처럼 쭈그러들어 몇 년이 지나 누가 바닥을 뜯어고칠 작정을 할 즈음에야 발견될 거라고 확신했다. 그 쭈글쭈글 말라비틀어진 모양을 보고 '내가 전에 이걸 먹을 수도 있었다니.' 하며 질겁할 거라고. 끝내 잊지 않더라도 경험이 쌓이면서 그 모든 일을 대수롭지 않은 일로 돌려 버릴 거라고, 특히나 삶이 훨씬 더 많고 더 좋은 선물을 풀어내 줄 테니 로마의 만원 버스나 로마의 작은 동네 극장에서 벌어진 거의 별것도 아닌 일쯤은 쉽게 시시해질 거라고.

우리는 일어난 적 없는 일을 가장 잘 기억한다.

도마뱀을 죽이려는 나의 아폴론을 보러 다시 바티칸미술관으로 갔다. 그가 서 있는 전시관을 보려면 특별 허가가 필요하다. 일반 관람 불가이기 때문이다. 나는 〈라오콘 군상〉과 〈벨베데레의 아폴론〉을 비롯한 피오 클레멘티노 전시관의 다른 조각상들에게 언제 봐도 경의를 표하지만, 〈도마뱀을 죽이는 아폴론〉은 늘 갈망하면서도 마주하는 걸 미루고 있었다. 가장 좋은 것은 마지막을 위해 남겨 두는 그런 마음이었다. 그래도 로마에 올 때마다 다시 보고 싶어 하는 건 바로 그 조각상이다. 내가 굳이 말하지 않아도 그는 알고 있다. 지금쯤은 틀림없이 알 것이다. 아니, 예전에도 늘 알고 있었다. 심지어 학교가 끝나고 그곳을 찾은 나를 보았던 그 예전에도 내가 그를 어떻게 여기는지 알았을 것이다.

"내가 질리지도 않니?" 그가 묻는다.

"질리다뇨, 절대요."

"내가 돌로 빚어져서 변할 리가 없기 때문이니?"

"어쩌면요. 하지만 나 역시 변하지 않았는걸요. 조금도요."

내가 어렸을 때 그는 한 번이라도 진짜 육신을 가져 봤으면 좋겠다고 말한 적이 있었다.

"정말 오랜만이구나." 그가 먼저 말한다.

"그러니까요."

"이젠 나이도 많이 들었구나."

"그러게요." 나는 화제를 돌리고 싶어서 묻는다. "당신을 나만큼이나 사랑한 사람이 또 있었나요?"

"늘 있지."

"그럼 나는 남들과 어떻게 다른가요?"

그가 나를 보며 미소를 머금는다. "없어, 하나도. 네가 느끼는 건 모든 남자가 그대로 느끼는 거야."

"그래도 날 기억해 주겠어요?"

"나는 모든 사람을 다 기억해."

"그런데 당신도 느낌이 있나요?"

"당연히 느끼지. 언제나 느껴. 어떻게 느끼지 않을 수 있겠니?"

"내 말은 나에 대한 느낌이 있는지 알고 싶다는 거예요."

"당연히 너에 대한 느낌이 있지."

그의 말이 믿기지 않는다. 내가 그를 보는 것도 이번이 마지막이지만 나는 여전히 그가 나에게, 나를 위해, 나에 대해 뭔가를 말해 주길 원한다.

박물관을 나오려고 걸음을 떼는데 문득 프로이트가 떠오른다. 프로이트는 아내나 딸과 함께, 혹은 당시 로마에 거주 중이던 빈 출신의 좋은 벗이자 큐레이터인 에마누엘 뢰비와 함께 피오 클레멘티노 전시관에 와 봤을 것이다. 두 유대인은 한동안 그 자리에 서서 그 조각상에 대해 얘기했으리라. 어떻게 그러지 않을 수 있겠는가? 하지만 프로이트는 〈도마뱀을 죽이는 아폴론〉를 언급한 적이 없다. 로마뿐 아니라 유학 시절 루브르에서도 봤을 텐데. 옌센의 소설 《그라디바》 논평에서 도마뱀에 대해 쓰며 그 아폴론 상을 생각했을 텐데. 한 번의 예외를 빼면 빙켈만에 대한 언급도 없다. 빙켈만이 알바니 추기경 집에서 지내는 동안 이 조각상의 원본 청동상을 매일 봤을 텐데. 확신하건대 이 문제에 대한 프로이트의 침묵은 우연이 아니며, 프로이트의 침묵은 특히 프로이트주의(모든 의식은 잠재 의식에 복종하며 이 잠재 의식은 억압된 성욕에 의하여 규정된다는 이론—옮긴이)적 의미를 띤다. 또한 나 자신이 생각했던 그 의문을, 〈도마뱀을 죽이는 아폴론〉을 보고 누구나 생각하는 그 의문을 그도 떠올렸을 것이다. '이 조각상은 여자처럼 보이는 남자일까, 남자처럼 보이는 여자일까, 남자처럼 보이는 여자 같은 남자일까?' 그래서 그 조각상에게 묻는다. "혹시 당신의 기억 속에 가끔 혼자 와서 안 쳐다보는 척하던 빈에서 온 턱수염 의사는 없나요?"

"빈에서 온 턱수염 의사? 있었을지도 모르지." 아폴론은 다시 신중해지고 나 역시 신중해진다.

하지만 그의 마지막 말이 잊히지 않는다. 예전에도 했던 그 말을 50년 후에 똑같이 한 번 더 들려주었다. "나는 삶과 죽음, 육신과 돌 사이에 존재해. 난 살아 있는 건 아니지만 나를 봐, 너보다 더 생기 있지. 반면 너는 죽은 건 아니지만 살아 있던 적이 있을까? 지금과 다른 길로 건너가 본 적은 있고?" 나는 반박하거나 대답할 말이 없다. "너는 아름다움을 발견했지만 그것은 진실이 아니야. 진실을 찾고 싶다면 네 삶을 바꿔야 해."

카바피의 침대

CAVAFY'S BED

내가 로마에서 처음으로 종려 주일(부활절 직전의 일요일. 예수가 십자가 죽음을 위해 예루살렘에 입성한 날을 기념하는 절기다. 예수가 나귀를 타고 예루살렘에 입성할 때 많은 사람이 종려나무 가지를 흔들고 호산나를 부르며 환영한 데서 붙여진 이름이다.—옮긴이)을 맞은 1966년의 일이다. 열다섯 살의 나는 부모님, 형, 숙모와 스페인광장(이탈리아 로마에 있는 광장. 스페인 대사관이 있어 스페인광장이라 부른다.—옮긴이)에 간다. 광장은 사람들뿐 아니라 수많은 화분이 빼곡히 들어차서 종려나무 잎사귀를 든 로마 시민과 관광객들 사이를 비집고 다녀야 할 지경이다. 그날의 사진이 몇 장 남아 있는데, 내가 매우 행복해 보인다. 아버지가 파리에서 잠깐 들어와 함께 지내니 다시 가족이 된 기분이 들어서이기도 하고, 날씨가 눈부시도록 아름다워서이기도 하다. 나는 파란색 모직 블레이저, 가죽 넥타이, 흰색 긴 팔 폴로 셔츠, 회색 플란넬 바지 차림이다. 봄의 첫날이라 그런지, 몸이 후끈후끈 더워서 옷을 벗고 광장 계단 발치에 있는 로마의 분수(바르카치아분수)로 뛰어들고 싶어 미칠 지경이다. 해변을 찾기 딱 좋은 날이고, 그래서인지 그날의 여운이 짙게 남아 있다.

하긴 그 2년 전인 1964년이라면 알렉산드리아의 봄 축제 샴 엘

나심(Sham el—Nessim, 아랍어로 봄바람 내음이라는 뜻—옮긴이)을 축하하며 들뜬 기분으로 그해의 첫 수영에 나섰을 만한 시기다. 하지만 나는 로마에 있었고 머릿속에 알렉산드리아는 아예 없다. 로마, 해변에 가고픈 열망의 분출, 알렉산드리아 사이에 연관성이 있을 거라는 점조차 의식하지 않는다. 물속에 뛰어들어 그 물을 입 안 가득 머금고 싶고, 그늘진 곳을 찾아 햇살을 피하고 싶은 갈망을 내 몸이 원하는 이유는 내가 입은 모직 옷을 견딜 수 없기 때문이려니 여길 뿐이다.

우리는 핀치오를 한참 거닐다 광장으로 돌아와 델라비테거리 모퉁이의 작은 바에서 주스와 샌드위치를 사 먹기 위해 걸음을 멈춘다. 바는 실내를 시원하게 해 두려고 불을 꺼 놓았다. 안에 들어오니 기분이 좋다. 간단히 콜슬로(양배추 샐러드—옮긴이)만 넣은 내 샌드위치도 마음에 든다.

스페인광장 옆 키츠—셸리기념관 바로 옆 헌책방이 마침 문을 열고 영업 중이다. 아버지와 나는 같이 있을 때면 늘 하는 대로 내가 읽을 만한 책들을 찾아본다. 아버지는 체호프의 단편선을 가리키지만 나는 《올리비아》를 읽고 싶어 한다. 우리는 《올리비아》를 산다. 아버지는 그 책을 프랑스어로 읽었다며 내가 그해 내내 탐독 중인 도스토옙스키(러시아의 대문호 표도르 도스토옙스키—옮긴이)를 부각시켜 줄 거라고 장담한다. 아버지는 책에 관한 지론이 확실하다. 현재 활동하는 작가들을 싫어하고, 적나라한 마음의 폐품가게('폐품가게'에 해당하는 원문의 'rag—and—bone shop'은 예이츠의 시 〈곡마단 동물들의 탈주〉 마지막 구절에서 따왔다. 남겨진 기억들이 누더기처럼 아무렇게나 쌓인 걸 비유한 말이다.—옮긴이)나 다름없는 스타일을 싫어한다. 지금 우리가 살아가는 세계와 밀접하게 연관된 기미가 있으면 뭐든 흥미를 잃는다. 오히려 시대에 뒤떨어진, 그러니까 30~40년 뒤떨어진 느낌이 드는 문학을 좋아한다. 나는 아버지의 취향을 이해한다. 우리 가족은 약간 시대에 뒤떨어졌고 지금 우리가 살아가는 세계의 다른 사람들과 잘 맞지 않는다고 느낀다. 우리는 과거를 좋아하고 고전을 좋아하며 현재에 속하지 않았다.

일주일 후 아버지는 이미 파리로 돌아가고 없다. 나는 일요일이라 다시 스페인광장에 갔고 이번엔 혼자다. 벌써 많이 치운 상태인데도 화분이 여전히 많다. 집에 가고 싶지 않아 스페인광장 계단 주변을 서성거린다. 12시경 지난주에 들른 그 바에 가서 지난주에 산 콜슬로 샌드위치를 산다. 아버지가 인정해 줄 게 확실한 책도 산다. 체호프의 단편선이다. 1시가 지나자 광장이 차츰 비어 가는가 싶더니 가게마다 문을 닫는다. 나는 달궈진 광장 계단에 걸터앉아 평온하게 책을 읽는다. 물론 그 소설에 제대로 집중한 건 아니다. 내가 갈망하는 것은 산들산들 불어오는 바닷바람 내음이다. 지난주로 돌아가 종려 주일에 대한 교훈이나 설명 따위는 들을 일 없이, 우리 가족의 삶에 갑자기 분출되었던 그 행복감과 충만감을 다시 느껴 보고도 싶다.

그날 이후 한 달이 지나도록 일요일이면 콜슬로 샌드위치와 책한 권을 사서 광장 계단에 앉아 읽곤 한다. 그때까지도 알렉산드리아와 연관 짓지 않는다. 정확히 1년 후인 다시 돌아온 종료 주일 무렵, 마침내 로렌스 더럴(인도 태생의 영국 소설가이자 시인—옮긴이)

의《알렉산드리아 4중주》제1권을 사기로 마음먹은 때조차 마찬가지다. 혼자 광장을 찾은 그날 내내 지난해 종료 주일에 대한 기억이 스페인광장 계단이 아니라 알렉산드리아 해변에서 보낸 어느 날의 환영처럼 맴돈다. 이런 식의 어슴푸레한 기억이 좋다.

반세기가 지나자 매주 스페인광장 계단을 찾은 의미가 다소나마 더 확실해진다. 어느 정도는 더 많은 식구가 모여 더 행복하게 사는 안정된 가정을 향한 갈망이었고, 또 어느 정도는 완전히 잃어버린 알렉산드리아의 세계에 대한 동경이었다고. 1967년 나 혼자만의 바람은 1966년의 가족 나들이였다. 1966년의 가족 나들이가 소중한 이유는 1964년의 알렉산드리아 내음을 담고 있기 때문이었다.

알렉산드리아는 침대에 누워《미덕의 불행》(프랑스의 작가 F. 사드의 소설―옮긴이)을 읽던 어느 오후 마침내 나에게 다가왔다. 나는 오후에 책 읽기를 좋아했고 안뜰 맞은편 창문에서 반사된 햇살이 내 침대에 내려앉는 그 소중한 순간을 반겼다. 그렇게 책을 읽는 중에 알렉산드리아의 전차 정류장 이름이 쭉 나열된 대목이 나왔다. "차트비, 캠프드세자르, 로렌스, 마자리타, 글리메노풀로스, 시디비시르"에 이어 몇 쪽 뒤에 "사바파샤, 마즐룸, 지지니아, 바코스, 슈츠, 지아나클리스"가 눈에 들어왔다. 그러다 곧 깨달았다. 알렉산드리아는 내가 만들어 낸 게 아니었다. 그러니 다시는 그곳을 못 본다는 이유만으로 알렉산드리아가 죽어 우리 지구에서 없어지는 건 아니었다. 알렉산드리아는 여전히 그곳에 있었고 그곳엔 여전히 사람들이 살고 있었다. 내가 이르게 된 생각과 달리

나는 알렉산드리아를 싫어하지 않았고, 알렉산드리아는 추하지 않았다. 그곳에는 내가 여전히 사랑하는 그곳 사람들과 대상들, 내가 여전히 갈망하는 곳들, 한입이라도 맛보기 위해서라면 뭐든 달라는 대로 기꺼이 다 내줄 마음까지 드는 음식과 바다, 언제나 보이던 그 바다가 있었다. 알렉산드리아는 여전히 그곳에 있었다. 단지 내가 그곳에 없었을 뿐.

하지만 나는 그 알렉산드리아가 똑같은 알렉산드리아가 아니라는 걸 이미 알고 있었다. 나의 알렉산드리아는 더 이상 존재하지 않음을. E.M. 포스터《하워즈 엔드》《인도로 가는 길》을 쓴 영국의 소설가—옮긴이)가 제1차 세계대전 기간에 알았던 알렉산드리아도, 로렌스 더럴이 제2차 세계대전 이후 유명한 곳으로 만들었던 알렉산드리아도 존재하지 않는다. 그들의 알렉산드리아는 모두 사라졌다. 1950년대와 1960년대 초 내가 자라난 도시 알렉산드리아 역시 더는 존재하지 않는다. 현재 이집트 지중해 연안 지대에는 다른 뭔가가 가로놓여 있을 뿐 더 이상 알렉산드리아가 아니다. E.M. 포스터는 알렉산드리아 안내서의 고전이라 일컫는《알렉산드리아: 역사와 여행 안내》세 번째 서문을 쓰기 전에 이 도시를 다시 찾았다가 길을 잃었다. 더럴은 음침한 골목길에 들어갔다 길을 잃는 일이 없었을 테지만,《알렉산드리아 4중주》의 알렉산드리아는 조금도 알아보지 못했을 것이다. 그럴 만도 한 것이, 사실상 그 알렉산드리아는 애초부터 존재하지 않았으니까. 하지만 알렉산드리아는 언제나 환상의 자식이었다. C.P. 카바피(근현대 그리스 시인. '알렉산드리아인'이라는 별칭으로 불릴 만큼 알렉산드리아와 깊은 연관이 있다.—옮긴이)처럼 더럴도 또 다른 알렉산드리아를, 그의 알렉산드리아를 보았다. 수많은 예술가가 자신의 도시를 재창조해 그 도시를 영원한 자신의 도시로 만들었다. 마티스의 니스, 호퍼의 뉴욕, 펠리니의 로마, 조이스의 더블린, 스베보(이탈리아 심리소설의 선구자이자 단편작가 이탈로 스베보—옮긴이)의 트리에스테, 말라파르테(이탈리아의 소설가 쿠르치오 말라파르테—옮긴이)의 나폴리. 내 경우는 지금도 알렉산드리아에서 산책을 잘하고 길을 잃어버린 적도 없다. 하지만 알렉산드리아는 내가 떠난 50년 사이에 완전히 변해서 떠난 지 30년 만에 다시 찾았을 때도 온통 혼란스러울 따름이었다. 출발하면서 기대한 그런 곳이 아니었다. 그곳이 어떤 곳이든 알렉산드리아가 아니었다. 지금의 알렉산드리아가 어떻게 변해 갈지는 누구라도 짐작만 할 뿐인데, 어쨌든 나로선 추측하기도 진저리쳐진다.

궁극적으로 알렉산드리아 사람이나 다름없는 카바피가 우리에게 전해 준 알렉산드리아는 그 자신의 생애에도 이미 존재하지 않았다. 그 알렉산드리아는 자꾸만 그의 눈앞에서 사라지려는 조짐을 보였다. 그가 젊은 시절에 사랑을 나눈 아파트는 몇 년 후 다시 왔을 때 사무소로 변했고, 격정적 성애와 금지된 사랑으로 채워진 1896, 1901, 1903, 1908, 1909년의 날들은 이미 사라져 그가 시에서만 기억하는 아득하고 애수 띤 순간들이 되었다. 시간 자체가 그렇듯 야만인이 들이닥치면 모든 걸 휩쓸고 지나간다. 언제나 야만인이 이기고 시간도 잔인하기론 거의 그들 못지않다. 야만인은 현재나 한두 세기 후에나 천 년 후에 닥쳐올 수도 있다.

수 세기 전에 몇 차례나 그랬던 것처럼. 하지만 앞으로 야만인이 들어올지라도, 그 이후에 몇 번이나 더 오더라도 여기에 카바피가 있었고, 지금은 그가 달아나고 싶어 하는 과도적 고향이자 몰아낼 수 없는 영원한 악마인 이 도시의 대지에 둘러싸여 있다. 그와 이 도시는 동일한 하나이며 조만간 그 둘 모두 존재하지 않을 것이다. 카바피의 알렉산드리아는 고대에, 고대 후기에, 그리고 현시대에 나타난다. 그러고 나서 다시 사라진다. 카바피의 도시는 떠나길 거부하는 과거 속에 영원히 갇혀 있다.

알렉산더 대왕, 프톨레마이오스, 시저와 클레오파트라, 칼리마코스(헬레니즘 시대의 시인, 학자, 비평가. 아프리카 키레네에서 태어나 젊은 시절 알렉산드리아로 이주했다.—옮긴이), 아폴로니오스(기원전 3세기에서 기원전 2세기 그리스의 서사시인—옮긴이), 필론(헬레니즘 시대의 유대 철학자이자 신학자—옮긴이), 플로티노스(유럽 고대 말기를 대표하는 그리스의 철학자이자 신비사상가—옮긴이)의 옛 알렉산드리아 그리고 이 대목에서 빠뜨려선 안 될 대도서관(기원전 3세기 초부터 프톨레마이오스 왕조에서 건립했다. 두루마리 책을 최대 70만 권까지 소장했고, 로마군이 불태워 버리기까지 300년 동안 서양 헬레니즘 문명의 요람이었다.—옮긴이)의 알렉산드리아로 말하자면, 글쎄, 몇 번이나 거듭 파괴되어 현재 수집 가능한 증거로는 존재한 적이 없는 것이나 다름없어졌다. 조각조각 산산이 부서진 석재와 도기가 여러 층과 단으로 쌓여 있을 뿐이다. 이런 고대인의 알렉산드리아는 카바피의 알렉산드리아나 나의 알렉산드리아처럼 어쩌다 알렉산드리아에 있었을 뿐이고, 별난 얘기로 들릴 테지만, 어쩌다 알렉산드리아라는 이름으로 불렸을 뿐이며, 아주 우연히도 그 길의 일부가 이 도시의 설립자들이 2000년도 더 이전에 깔았던 경로 그대로 여전히 뻗어 있을 뿐이다. 하지만 그 길은 알렉산드리아가 아니다.

지금까지 다양한 알렉산드리아가 있었다. 이집트의 알렉산드리아, 헬레니즘의 알렉산드리아, 로마의 알렉산드리아, 비잔틴의 알렉산드리아, 오스만제국의 알렉산드리아, 식민지 시대의 알렉산드리아가 다원론, 다민족, 다국적, 다종교, 다국어, 온갖 것의 다양화를 내세우며 존재했다. 이런 알렉산드리아에 대해 로렌스 더럴은 순간적으로 기발함을 발휘하여 잊을 수 없는 기막힌 표현을 했으니, "다섯 인종, 다섯 함대, 다섯 개가 넘는 성(性)의 도시"라고 말했는가 하면, "빈사 상태의 생기 없는 고인 물 (중략) 모래 암초에 세워진 허술하고 변변찮은 항구 도시"라는 오명을 씌우기도 했다.

하지만 알렉산드리아는 장소나, 겹겹이 겹쳐진 층과 단이나 개념이나 심지어 비유에 그치지 존재가 아니다. 아니면 자신을 영속시키고 자신을 소멸시키고 스스로 되살아나는 개념에 불과하여 이미 사라졌기에, 애초에 딱히 존재한 적이 없기에, 여전히 존재하기 위해 몸부림치기에 사라질 일이 없는데도 우리가 너무 눈이 멀어 이를 못 보는 존재인지도 모른다.

알렉산드리아는 일종의 발명품이다. 상트페테르부르크가 인공적으로 건설된 것처럼 전적으로 인간이 만들어 낸 인공 도시다. 인공 도시는 싹을 틔우며 생겨나는 게 아니라 진흙에서 끌려 올라와 흔들어 털어내져서 존재한다. 접붙이게 되기 때문에 자기 자리에 대한 고착감이 없고 절대 귀속되지 않는다. 빌린 시간에 머물고, 세워진 그 땅은 빌린 매립지와 훔친 흙으로 닦여 있다. 그래서 알렉산드리아는 부유한 신흥 도시가 그렇듯 언제나 화려하고 호화로운지도 모른다. 자신이 불안정한 대지에 서 있다는 사실을 잊기 위해서, 자신을 대지에 잡아 주는 것이 아무것도 없어서. 이런 곳에서는 서 있는 대지를 걸고 맹세할 수가 없다. 밟고 서 있는 그 대지가 그 자리에 단단히 뿌리내린 적도 없고, 애초부터 맹세의 담보로 삼을 만한 신성한 자신의 대지도 아니기 때문이다. 정체성이 흔들리는 상태에서는 무엇이든 걸고 맹세할 수도 없는데, 비정상으로 분열되고 집을 잃었기 때문이다. 그래서 비정상으로 신의가 없는 것이다. 그런 이유로 알렉산드리아에서는 누구도 확신을 갖지 않았고 진실 서약 같은 선서는 믿을 수 없는 일이었다. 알렉산드리아는 물려받은 전통이 하나도 없기에 믿음 체계를 빌려 이웃의 전통을 훔쳤으나 거의 예외 없이 차용해 온 것들을 완벽하게 완성했다. 그래서 알렉산드리아의 뛰어난 공헌 중에는 창작이 아닌 재창작인 경우들도 있다. 프톨레마이오스 치하에서 손에 넣을 수 있는 책이란 책은 죄다 훔쳐다 그 책에서 발견한 지식을 도용하고 그 지식을 발전시킨 것처럼. 알렉산드리아는 국적을 빌려 오고 일꾼을 빌려 오고 유산을 빌려 오고 언어를 빌려 오는 등 빌려 오고 빌려 오고 또 빌려 왔으나 한 장소에 하나만 있었던 적은 없다. 이곳이 인류 역사상 역설을 납득할 뿐만 아니라 양식으로 삼고 궁극적으로는 헌장에 규정까지 하는 유일한 장소인 이유가 여기에 있다. 이곳에선 교회와 사창굴이 같은 지붕 아래 있어도 충격받을 일이 아니다. 선지자와 길거리 창녀, 성직자와 시인이 사귀기 쉬울 뿐 아니라 같은 사람이라는 걸 알기 때문이다. 부, 쾌락, 지성, 신. 이것이 알렉산드리아를 귀결 짓는 특징이다. 오든(영국의 시인 위스턴 휴 오든—옮긴이)이 카바피에 대해 얘기한 말을 따서 "사랑, 예술, 정치"로 귀결 지을 만도 하다. 이 셋이 서로를 허물어뜨리지 않으면서 용케 양립하는 양상을 보자면 하나의 단어로밖에는 설명할 길이 없다. 바로 행운이다. 그런데 행운은 오래가는 법이 없다. 몇 번이나 불에 타 버린 도서관처럼. 갈기갈기 찢겨 죽은 히파티아(이집트 신플라톤파를 대표하는 철학자이자 수학자. 지적이고 교양 있는 여성으로 추앙되었으며 철학과 수학을 강의하다가 이교의 선포자라 하여 그리스도교도에게 참살당했다.—옮긴이)처럼. 지속될 수가 없기 때문에 결코 오래 이어지지 않는다. 카바피는 오스만 제국에서 그리스인으로 태어나 영국 식민지 이집트에 살며 문 앞에 쳐들어온 야만인들이나 다해 가는 행운에 대해 잘 알았다. 그 야만인들은 한때 십자가를 들고 비잔티움으로 들이닥쳤다. 2세기 후에는 초승달 모양의 검을 들고 들이닥쳤다. 비잔티움은 희망이 없었다. 이 점은 알렉산드리아도 다르지 않았다.

그런 이유로 내 시대는 물론 내 시대 얼마 전에도 모든 알렉산드리아인이 다른 곳에 영원한 고향을 두고, 두 개의 국적을 보유하고, 적어도 네 개의 모국어를 과시한 것이다. 모두가 혼종이었다. 고대에도 그랬고 지난 세기에도 그랬다. 알렉산드리아는 어느 면으로나 일시적이었다. 진실이 일시적인 것처럼. 고향과 쾌락 그리고 당연히 사랑도 일시적인 것처럼. 일시적으로 존재하는 것 외에는 다른 방법이 없다. 알렉산드리아가 오래가리라고 믿은 이들은 알렉산드리아인이 아니었다. 야만인이었다.

알렉산드리아는 비현실적이다. 사람들은 알렉산드리아가 사라지는 것을 지켜본다. 사라지리라는 걸 안다. 사라지길 기다린다. 그 끝을 기대하고, 그날이 오면 그 끝을 기대한 자신을 기억하리라는 것도 이미 안다. 알렉산드리아에는 현재 시제가 없다. 이곳에선 시간의 서약이 어김없이 깨진다. 아무리 봐도 언제나 모든 것이 이미 일어났고, 앞으로 일어날 것이며, 일어날 수도 있고 일어나야 한다. 누구도 내년을 위한 계획 따위는 세운 적이 없다. 그런 계획은 주제넘은 행위일 뿐이었다. 오히려 기억하기 위한 계획을 세웠다. 심지어 기억하기 위한 계획을 세우는 걸 기억하기 위한 계획까지 세웠다.

현재 시제는 기억과 예견되는 회상 사이에 끼어 늘 동사의 시제와 동사적 서법의 귀청이 터질 듯한 교향곡 속에서 잘 포착되지 않는 단역을 펼쳤다. 우리는 '*시간의 풍경*(timescape)'이라는 메들리 속에서 반사실적 삶을 살았다. 다시 한번 비현실적 서법이다. 어느 정도는 조건법이고, 어느 정도는 기원법이며, 어느 정도는 가정법이고, 어느 정도는 아무것도 아닌. 사람들은 알렉산드리아를 떠나기 전부터 알렉산드리아가 없는 미래를 상상했다. 아직 그곳에 사는 동안 알렉산드리아에 대한 향수를 예행연습한 사실을 기억하리란 걸 미리 알았던 것처럼.

카바피는 젊은 시절에 사랑을 나눈 방으로 들어서는 순간 이곳에 있지도 않고 저곳에 있지도 않다. 한때 침대가 있던 자리라

고 기억되는 곳 위로 퍼지는 오후의 햇살을 지켜보며 거의 확신
한다. 여러 해가 지나고 또 지난 훗날 오후에 그 소중한 시간들을
생각할 줄 더 젊은 시절의 그때 이미 알았노라고. 현재도, 과거에
도, 미래에도 언제까지나 바로 이것이 진짜 알렉산드리아다. 카
바피가 직접 말한 적은 없지만 나는 그렇게 본다. 그게 아니라면
그의 시는 나에게 아무 의미가 없다. 그 시를 내가 나름대로 의역
하여 소개한다.

오후 햇살

나에게 너무도 친숙했던, 이 방.
이제는 이 방도 옆 방도 사무실로
빌려 줬구나. 집 전체가
주식중개인, 상인, 회사들의 본거지라니.

여전히 너무도 친숙한, 이 방.

문가에는 소파가,
그 앞에는 터키산 카펫이,
그 가까이엔 노란색 화병 두 개가 놓인 선반이 있었지.
그 오른쪽, 아니 맞은편엔 거울 달린 벽장이.
가운데엔 그가 글을 쓰던 탁자
그리고 널찍한 고리버들 의자 세 개.

창문 옆에는 우리가 숱하게
사랑을 나누었던 침대.

이 가련한 가구들은 이제 어디에도 없네.
창문 옆, 그 침대로
오후 햇살이 비쳐 들어 그 중간쯤을 어루만졌지.

……어느 오후 4시 정각 우리는 헤어졌고
단 일주일 만이었지……. 그러나 어쩐단 말인가.
그 일주일이 영원히 이어질 줄이야.

카바피는 그 정들었던 방으로 걸어 들어가 이쪽엔 침대가 있
었고, 여긴 서랍장이 있던 자리고, 또 여기는 침대를 가로질러 햇
살이 비쳐 들었다는 따위의 생각만 하진 않았을 것이다. 그런 생
각만으로 그쳤을 리 없다. 말하지 못했을 뿐 다음과 같은 생각도
했을 터다. "이 방에 다시 돌아와 내 몸과 그의 몸이 바로 여기에
서 함께 엉켜 누웠던 그 오후의 시간들을 떠올릴 거라고는 생각
한 적이 없어. 아니, 그렇지 않아. 그럴 거라고 생각했어. 틀림없
이 생각했을 거야. 생각하지 않았다면 한번 상상해 보자. 우리가
사랑을 나누고 기진맥진하여 이 침대에 누웠을 때 이미 예감하지
않았을까? 수십 년 후 이때의 더 젊은 자신을 찾아 이 자리로 돌
아올 나를, 그리고 이 순간을 따로 챙겨 두어 내가 더 나이 든 남
자로서 다시 꺼내 보며 잃은 것은 아무것도, 정말 아무것도 없고

사람들이 오래전부터 허물어져 온 벽에 자신의 이름을 써 넣듯 시간의 통로에 내 이름을 새겨 놓았으니, 내가 죽더라도 분명 나 자신과의 이런 만남이 헛되지 않으리라 느끼게끔 해 놓았을 더 젊은 자신을."

카바피에게 현재는 거의 존재하지 않는다. 그것은 카바피가 예지력이 뛰어나 미래의 일이 일어나기도 전에 자신이 과거를 떠올릴 줄 미리 예견했기 때문도 아니고, 그의 글에 간간이 현세의 시간대에 맞서는 어조가 끼어들어 있기 때문도 아니다. 그의 시에서 실제로 머무는 현실 시간대는 말 그대로 회상, 지난 상상을 돌아보는 상상, 회상 사이의 통로가 되기 때문이다. 시간의 역류가 일어나는 것이다. 카바피의 세계에서 직관은 직관에 반하는 것이며, 충동은 고민거리일 뿐이고, 의식은 너무 빈틈없어서 사랑의 행위에는 언제나 불안과 상실 같은 것이 기다린다는 사실조차 모른다. 상황에 대한 이해도 언제나, 정말 언제나 일시적이고 반사실적이다. 사랑꾼 카바피는 이 시를 향수에 잠긴 사람으로서 써 내려간 게 아니라, 그의 숱한 시에서 그렇듯 이미 향수가 다가오길 기다리고 그로써 늘 향수에 대해 예행연습을 하며 향수를 막아 내는 사람으로서 쓰고 있는 것이다.

알렉산드리아에 머무는 건 어느 정도는 다른 곳에 있는 상상을 하는 것이고, 어느 정도는 다른 곳에 있는 상상을 했던 일을 기억하는 것이다. 알렉산드리아는 사실상 존재하지 않거나, 존재하더라도 그 자체로 오래 존재하지 않기에 소멸할 수가 없고 사라지지도 않는다. 거의 존재했으나 더는 존재하지 않아도 여전히 고동치면서 존재하길 갈망하지만 아직 자신의 시간이 오지 않았으나 또 한편으론 이미 그 시간이 왔다가 사라지기 쉽기도 한 뭔가의 그림 자다. 그래서 알렉산드리아는 비현실적 도시다. 언제나 감지는 되지만 완전히 발견된 적이 없고, 언제나 어렴풋이 드러나긴 하지만 실체가 만져지지 않는다. 이타카나 비잔티움처럼 언제나 존재해 왔으면서도 언제나 딱히 존재하진 않는 그런 곳이다.

나는 더럴의 글에서 관능성을 발견하는 순간 흥분되고 가슴 설 레었다. 내가 사는 도시에서 그런 일들이, 그러니까 내가 늘 꿈꾸 고 생각해 온 일들이 실제로 일어나는데도 활자를 통해서야 그런 일들이 남학생의 비현실적 공상에 불과한 게 아니라는 사실을 깨 달을 줄 미처 몰랐다. 알렉산드리아 아주 가까이에서 접할 수 있 는 일이었다니. 그저 운전기사에게, 이집트에서 내가 아는 사람 가운데 가장 마음이 열려 있는 그 운전기사에게 더럴이 익히 알 았던 듯한 그 쾌락을 어디에 가면 발견할 수 있을지 알려 달라고 부탁하기만 하면 되는 거라니. 마음이 열려 있는 몇몇 친척도 그 런 면에서 훤하니 도움을 받아 볼 수 있을 것이다. 그 안으로 들어 가 카바피 작품의 화자처럼 옷감의 품질을 물으면서 점원의 손을 가볍게 스치듯 만질 만한 상점들도 있었다.

저녁에는 같은 보도에, 부디 눈길을 돌려 나를 좀 봐 달라는 여 자들이 서 있었지만, 그때 나는 겨우 열다섯 살 소년이었다. 게다 가 나에게 아주 험악한 시선을 던지는 남자들도 있었다. 겁나고 불편한 그 시선을 마주해 봐야 아무 효과도 없을 게 뻔해서 그냥 돌아가고 싶어지는 그런 눈빛이었다. 떠나기 전에야 너무 늦게 알아 가기 시작한 이 도시를, 나는 돌연 로마에서 발견하고 있었다. 로마 토요일 오후의 그 스페인광장 계단과 책 나들이와 콜슬로 샌드위치는 한 도시와 영원히 잃어버린 삶의 방식에 대한 빈약한 대용품에 불과했던 셈이다. 로마의 내 방에서 더럴과 카바피를 길잡이 삼아 길 하나씩, 전차 정류장 하나씩 채우며 한 도시를 다시 만들어 나갔다. 이미 잊기 시작했고, 훗날 이탈리아에서 그곳을 되돌아보며 아주 조금밖에 기억하지 못할 그날을 예상하기 위해 더 제대로 공부해 두지 않은 나 자신을 자책하고 싶을 지경인 그 도시를.

제발트, 허비된 삶들

SEBALD, MISSPENT LIVES

1996년 늦가을 평상시처럼 퇴근해서 지하철을 타러 갈 준비를 하는 중이었다. 원래는 B라인을 타는데 그날 저녁은 동료가 태워 주겠다고 했다. 그가 얼마 전에 돌아가신 아버지 얘기를 막 꺼냈는데, 마침 퇴근 시간이 다 되어 가자 자기 차로 110번가까지 데려다 주겠다고 제안한 것이다. 들어 보니 그는 아버지의 죽음으로 받은 충격을 가슴속에 꽁꽁 담아 두고 있는 듯했다. 그날 늦은 오후 그의 사무실을 지나다 열린 문 사이로 서 있는 그를 보았다. 나에게 등을 진 채 잎이 다 떨어진 나무를 내다보고 있었는데, 우두커니 넋 놓은 모습을 보니 딱히 초점도 없이 창밖을 내다보는 에드워드 호퍼(미국의 화가─옮긴이)의 그림이 연상되었다. 나는 방해하지 않고 그냥 지나갈 생각이었다. 아무래도 아버지를 생각하는 것 같아 가여운 마음이 들었다. 그런데 문 앞을 슬며시 지나쳐 가다가 마음을 바꿔 몇 발짝 뒷걸음쳐서 사무실을 들여다보며 말을 건넸다. "괜찮아요?" 그는 나를 쳐다보더니 머뭇거리는 내 기색을 의식하고는 미소 지으며 대답했다. "괜찮아요." 잠시 후 어쩌다 보니 그가 사연을 털어놓기 시작했고, 그렇게 나를 집까지 태워다 주게 된 것이다. 그는 운전하는 내내 아버지 얘기를 쏟아냈다. 두고두고 잊지 못할 인상 깊은 얘기였다.

평생 결혼생활에 충실했다가 홀몸이 된 그의 아버지는 어느 날 50년도 더 전인 고등학교 때 사랑한 여성에게 용기를 내어 다가 갔다. 그녀 역시 얼마 전에 홀몸이 되었는데, 두 사람은 결혼생활 내내 서로의 근황을 몰래 살펴 온 터라 그의 아버지도 그 사실을 알고 있었다. 두 사람은 고등학생 커플일 때 못지않은 사랑을 느 꼈다. 나는 동료에게 아버지의 첫사랑에 대해 알고 있었는지 물 었다. 동료는 몰랐다고, 어느 한 사람도 의혹조차 가진 적이 없다 고 했다. 그의 아버지는 평생토록 헌신적이고 충실한 남편이자, 나무랄 데 없이 가정적인 남자이자, 정교도 유대인의 귀감이었 다. 하지만 나는 그의 아버지가 가슴속에 커다란 구멍을 품은 채 살았을 거라고, 소중히 아끼는 아내, 사랑하는 자식들, 함께 어울 리는 친구들, 자신이 일으킨 사업에도 불구하고 그랬을 거라고 말했다. "모든 면에서 모범적인 삶이었지만, 그래도⋯⋯."라고 동 료가 덧붙였다. 두 사람은 서로 떨어져 지낸 세월이 너무 길었다. 두 사람은 마음 한편에서 함께 살았다면, 어긋난 파트너와 결혼 하지 않았다면 얼마나 좋았을까, 하는 생각도 했을 테지만(동료 가 나중에 아버지의 편지와 일기장을 보고 알았다시피 동료의 어 머니는 어긋난 파트너가 아니었다) 다른 한편에서는 결국 재회에 감사하면서도 그동안 놓친 삶과 떨어져 지낸 그 세월에 대해서 나, 이제는 잃어버린 시간을 만회하려는 시도조차 부질없음에 대 해 생각하지 않을 수 없었으리라. 애초에 어긋난 삶으로 이끈 계 기였던 생각을 떨쳐낼 수 있었을까? 허비된 그 오랜 세월을 매일 일깨우면서도 과연 행복할 수 있었을까?

동료는 우리 집 바깥에 차를 세워 놓고 잠깐 그 문제에 대해 생각에 잠기며 말했다. 자신이 마지막으로 아버지를 보았을 때 두 사람은 잉꼬부부 같았다고 했다. 그 두 번째 삶에 아주 감사하면서 두 사람이 가진 것은 현재뿐이기에 가능한 대로 받아들이며 후회 없이 현재를 즐겼다고. 지나간 세월을 생각해 봐야 소용없는 일이고, 미래를 생각하는 것도 의미 없을 테니까. 그 말에 나는 이렇게 말했다. "나라면 그런 상황에서 도저히 현재만 살아가지는 못했을 것 같아요. 워낙에 마음이 시간을 거슬러 끊임없이 이리저리 왔다 갔다 하니까요. 수십 년 전에 입던 옷에 몸을 끼워 맞추려 애쓰거나 뚱뚱한 삼촌이 입던 헌 옷을 입어 보려는 사람처럼요. 결국 나라면 말년에 주어진 그 작은 선물을 망치고 말았을 것 같네요."

"아버지는 어긋난 삶을 살았지만 내가 그 어긋난 삶의 산물이기도 하죠." 동료는 이런 말을 거리낌 없이 하며 싱긋 미소 지었다.

아버지의 삶에 대한 동료의 그런 솔직함에 나는 마음이 뒤숭숭했다. "어긋난 삶 같은 것이 정말 있을까요?" 내가 물었다.

그가 나를 쳐다보며 있다고, 짧게만 대답하고는 더 이상 말이 없었다.

하지만 허비된 삶에 대한 글에 관심이 있다면 W.G. 제발트(독일의 소설가—옮긴이)의 작품을 읽어 볼 만하다며 권해 주었다.

내가 제발트에 대해 들은 건 그때가 처음이었다. 그날 저녁 그 차를 타지 않았다면, 혹은 동료의 아버지에 관한 대화가 없었다면 완전히 다른 상황에서 제발트를 알았을 테고, 그런 상황에 비추어 그 대화 이후와는 완전히 다른 관점에서 읽었을 것이다.

그날 저녁 어퍼웨스트사이드의 반스앤노블에서 《이민자들》을 사 왔고, 한번 잡으니 내려놓을 수가 없었다. 사람들은 대부분 제발트를 홀로코스트(제2차 세계대전 중 나치 독일이 자행한 유대인 대학살—옮긴이)의 관점에서 읽는다. 나는 허비된 삶에 주안점을 두고 읽는다.

*　*　*

동료의 차를 타고 집에 온 지 며칠 후 W.G. 제발트의 《이민자들》을 다 읽고 나자 이 책의 마지막 얘기 네 편에 대한 생각을 멈출 수가 없었다. 부모도 없이 혼자 독일에서 맨체스터까지 배로 보내진 소년 막스 페르버는 영국인 가정에 입양되어 화가로서 성공한 삶을 일구었으나 나치가 그의 어머니에게 저지른 일로 인해 지워지지 않을 상처를 받는다. 홀로코스트 이후의 삶은 프랑스인들의 표현대로 *vie*가 아닌 *survie*, 즉 살아가는 것이 아닌 생존하는 것이었다. 이런 삶은 원래 의도한 길로 가지 못한다. 그 길 대신 임시변통의 길을 택하면서 그것을 삶이라고, 심지어 좋은 삶이라고 불러야 했으나 그 삶은 실제적 삶으로 이어지지 못한다. 갑자기 중단된, 가능했을지 모를 이런 삶이 꼭 죽거나 쇠퇴하는 건 아니다. 그저 그 자리에서 꾸물거리며 삶을 살지도 않으며 손짓해 부르기만 한다. 나무 그루터기가 꼭 죽는 건 아니다. 더 이상 자라지 않을 뿐이다. 나무가 제대로 자라려면 새 가지가 나와야 하니까.

동료의 아버지와 막스 페르버 사이에는 흥미로운 유사점이 있었다. 두 남자 모두 마음 한구석에서 허비된 느낌이 드는 삶을 사는데, 한 남자는 어긋난 배우자를 만나 살고, 또 한 남자는 어긋난 나라에서 어긋난 언어를 쓰며 어긋난 사람들과 살았다. 둘 다 주어진 상황을 최대한 잘 꾸려 갔다. 한편 제발트의 인물들과 제발트 자신의 삶 사이에도 인상적인 유사점이 있다. 제발트 자신도 1960년대 이후 영국에 살며 대학에서 강의한 독일인이었다. 망명한 게 아니라 추방된 뒤로 뭐라고 꼬집어 말할 수 없는 여러 가지 면에서 내내 설 자리를 잃은 영혼으로 남았다. 그는 유대인이 아니었지만, 글에서 다룬 인물들은 유대인이나 유대인과 친밀한 관계에 있는 이들이었다. 이들 유대인은 전쟁으로 인해, 상실이나 공포나 망명으로 인해, 혹은 제발트의 말마따나 이식(移植)으로 인해 삶이 진로 밖으로 너무 크게 내던져져 지구라는 이 행성에서 정확히 어디에, 어떤 근거로, 또 어떤 방식으로 속해 있는지 더 이상 확실치 않아졌거나 시간이라는 붙잡을 수 없는 또 다른 개념과 관련해서 자신들이 어디에 서 있는지 알지 못했다는 점에서 '속해 있다'는 말조차 적용할 수 있을지 확실치 않은 사람들이었다. 시간이 앞으로 빨리 감기 되었거나, 그들을 외면했거나, 해가 가고 또 가서 다 가도록 그냥 가만히 서 있기만 했던 것일까? 아니면 그들에겐 시간의 서약이 더 이상 유효하지 않았기에 상황을 다르게 보기 위하여 시간과 보조를 맞추지 않았던 것일까? 이 생존자들은 절망과 비애 어린 눈으로 멍하니 창밖을 내다보며 죽지 않고 자신의 시간보다 오래 사는 것이나 다름없다고 말하는 듯하기도 했다. 유령은 아니지만 그렇다고 우리의 일원도 아니다. "그래서 우리에게는 그들, 죽은 이들이 되살아나고 있다." 제발트는 이런 표현을 거의 모든 글에서 이런저런 식으로 되풀이한다. 이는 그가 가능했을지 모르는 일과 아직 가능하지 않은 일, 사라지지 않은 상태와 그렇다고 돌아오지도 않는 상태, 삶과 그 외 다른 것들 사이의 얇은 막에 구멍이 얼마나 많은지 의식했음을 나타낸다. 이 점은《아우스터리츠》의 자크 아우스터리츠가 한 말에서도 엿보인다.

점점 더 시간이 존재하지 않는 듯한 느낌이 든다. 시간은 더 고차원적 형태의 체적 측정 법칙에 따라 서로 맞물린 여러 공간일 뿐이라 그 사이로 산 자와 죽은 자가 마음대로 들락거릴 수 있는 게 아닐까 싶어지고, 이런 생각을 하면 할수록 아직 살아 있는 우리가 죽은 이들의 눈에는 실재하지 않아 이따금 특정한 빛과 대기 상태가 갖춰질 때만 우리가 그들의 시야에 비칠 것만 같다. 내 기억이 미치는 한 예전부터 (중략) 나에게는 사실상 아무 공간이 없는 듯 느껴 왔다. 내가 아예 그곳에 없는 듯했다.

* * *

하지만 내 마음에 불을 당긴 인물은 막스 페르버가 아니었다. 바로 헨리 셀윈 박사였다. 그의 얘기가 마음을 사로잡아 여운이 오래갔다. 화자는 수년 전인 1970년 그의 영국인 집주인 헨리 셀윈 박사와 친구가 된 일을 회고하며 셀윈의 얘기를 풀어 나간다. 여러 차례 대화를 나누면서 어쩌어찌하다 집주인이 살아온 얘기를 줄줄 털어놓았고, 들어 보니 겉모습과 달리 그가 사실은 영국인이 아니라 리투아니아인이며 일곱 살이던 1899년 가족과 함께 영국으로 이민 왔는데 가족이 탄 배가 어쩌다가 원래 목적지인 미국이 아닌 영국에 다다르게 되었고, 영국에서 자라며 누구에게든 유대인 신분을 숨겨야 한다고 느껴서 한동안은 아내에게도 그 사실을 숨겼고 그런 아내와 거의 남처럼 지내면서도 계속 한지붕 밑에 살고 있으며, 1913년 요한네스 네겔리라는 예순다섯의 스위스 등산 안내인을 만난 적이 있다는 얘기였다. 이 등산 안내인은 셀윈이 제1차 세계대전이 발발하여 영국으로 돌아온 직후 사망했는데 "아레빙하의 크레바스에 빠져 추락사한 것으로 (중략) 추정되었다." 영국 편에서 싸우던 청년 셀윈은 이 오스트리아인 가이드가 실종되었다는 소식에 큰 충격을 받았는데 그만큼 이 노인을 아주 좋아했기 때문인 것 같다. 실제로 57년 후인 1970년 셀윈 박사는 세입자에게 "마치 내가 눈과 얼음 아래에 묻힌 것 같았다."라고 말한다.

여기까지 보고도 이 얘기의 플롯이 지극히 단순하게 느껴진다면 이제부터는 상황이 점점 복잡해지면서 이 얘기가 서로 부딪치는 빙하 덩어리들처럼 아주 불안정하고 일시적인 판 위에서 위태롭게 전개된다. 어느 순간 한 판이 다른 판 밑으로 깊숙이 묻히는가 하면, 또 어느 순간엔 그 판이 터져 나오면서 다른 모든 판을 묻어 버리기도 한다. 57년 후 저녁 식탁에서 불쑥 등산 안내인의 얘기가 튀어나오는데, 셸윈 박사에게는 그 등산 안내인이 한집에 사는 아내보다도 훨씬 더 생생히 살아 있는 존재인 듯하다.

나는 이 얘기를 읽으며 세 가지 측면에서 강한 인상을 받았다.

첫 번째는 홀로코스트였다.

셸윈 박사가 뜻하지 않게 영국으로 이주한 시기는 홀로코스트가 일어나기 한참 전이었고, 따라서 홀로코스트는 셸윈 박사나 그의 영국 친척들에게 영향을 미치긴 해도 직접적인 관련은 없는 사건이다. 다만 《이민자들》의 다른 세 얘기에서 계속 맴도는 이 홀로코스트가 갑자기 셸윈의 얘기에, 암묵적으로는 그의 전 생애에 회고적 그림자를 드리우기 시작한다. 그의 삶에 홀로코스트가 부재했던 것이 아닌데도 그냥 간과된 것처럼. 홀로코스트가 그의 삶에 내재된 채 그동안 암시를 보내 왔지만 등장인물로서의 셸윈도 딱히 홀로코스트의 관점에서 상황을 본 적이 없었기에, 제발트 자신도 다른 세 얘기를 쓰고 나서야 그 조각들을 맞췄기에 그 점을 독자들이 눈치 채지 못했을 뿐이라는 듯이. 셸윈 자신의 말처럼 홀로코스트가 얼음 밑에 묻혀서 아무도 못 보고 있었다는 듯이. 실제로 이 첫 번째 얘기에서는 홀로코스트가 단 한 번도 거론되지 않는다.

《아우스터리츠》의 자크 아우스터리츠가 자신은 유대인이며 페르버처럼 **킨더트랜스포트**(영국판 쉰들러 리스트로 불리는 유대인 아동 수송 작전—옮긴이) 덕분에 목숨을 구했다는 사실을 알아낸다면, 《이민자들》은 셸윈의 유대인 뿌리가 밝혀지는 걸 미루기 위한 기억 상실 장치가 없다. 제발트는 단순히 그가 유대인임을 언급하지 않는다. 거의 무심코 나온 여담을 빼면 언급이 없다. 하지만 이 얘기 전체를 엮는 열쇠는 홀로코스트에 대한 회고다.

제2차 세계대전 중에 셀윈의 삶에서 일어난 일들에 대한 암시를 찾아봤지만 그 내용은 철저히 생략되고 가려져 있다. 말해 주지 않은 얘기, 말해 주지 않으려는 얘기, 말해 주길 거부하는 얘기, 너무 주저되거나 너무 억압되었거나 겁이 나서 말해 주지 못하는 얘기는 없는지 문장을 샅샅이 뒤졌지만 단 하나의 단서도 보이지 않는다. 1932년의 베를린을 배경으로 한 영화를 볼 땐 유대인 연인들이 티어가르텐(베를린 중심부에 위치한 넓은 공원—옮긴이)의 외진 곳에서 태평하게 키스하는 장면을 보는 순간 절로 불안한 예감이 들기 마련이다. 무슨 일이 벌어지거나 예감한 일이 실제로는 벌어지지 않을 수도 있지만, 앞날에 대한 암시를 느끼지 않은 채 그 연인들을 지켜본다는 건 말도 안 되고 결함이 있는 것이다. 관람객이 이처럼 불안해하는 이유는 앞일을 예상하며 연인들의 행동을 지켜보기 때문이다. 그래서 영화감독은 홀로코스트에 대한 암시를 내비치지 않고도 자연스럽게 이런 불안감을 이용하고 부추긴다. 비슷한 맥락에서 지금도 관찰력이 뛰어나고 지극히 프랑스적인 작가 이렌 네미로프스키(프랑스로 망명한 러시아 출신의 유대인 작가. 아우슈비츠에서 비극적으로 생을 마감했다.—옮긴이)에 대해 읽거나 말하면서 홀로코스트를 떠올리지 않는다는 건 불가능하다.

셀윈 박사는 홀로코스트를 모면할 수 있었으나 《이민자들》의 얘기 네 편이 끝나는 순간 독자는 그가 자신은 겪지 않았으나

1899년에 리투아니아를 떠나지 않았다면 당연히 겪었을 그 사건에 대한 '기억'과 함께 살고 있음을 느낀다.

하지만 훨씬 더 묘한 느낌도 있다. 셀윈의 영국 이주에도 불구하고 홀로코스트가 반드시 그와 볼일이 없어진 건 아닌 듯 느껴진다. 돌이켜 보면 일어나지 않은 일은 소멸시효가 없으니 쇼아(Shoah, 히브리어로 홀로코스트를 뜻한다.—옮긴이)는 만기일이 일찌감치 닥칠 수도 있었는데 서둘러 오지 않은 셈이다. 여기서 관건은 과거와 현재와 미래가 아닌 비현실적 시간이다. 일어나지 않은 일과 일어나지 않을 일이 아니라 여전히 일어날 수 있었으나 결코 일어나지 않았을 수도 있는 일이다. 시간이 존재한다면 그 시간이 여러 차원에서 동시에 작동하여 전망과 뒤늦은 깨달음, 기대(prospection)와 회고(retrospection)가 끊임없이 동시에 일어나는 것이다.

셀윈은 우연히 홀로코스트를 모면했으나 역사는 곧잘 그런 실수를 바로잡으려 한다. 그에게 일어나지 않았고 일어날 리가 없었으며 30년 전에 완전히 중단된 일이 여전히 빛을 내고 고동치며 1970년대까지 영향을 미치니 말이다. 수백만 광년 거리에 떨어진 별이 완전히 소멸한 뒤에도 그 빛이 아직 우주 공간을 여행하며 우리의 사랑하는 행성 지구에 이르지 못한 것처럼 그렇게.

여기서 핵심은 20세기 말에 홀로코스트가 다시 일어나고 있다는 것이 아니다. 사실이지만, 심지어 추측에 근거한 사실도 아닌 반사실적, 즉 비현실적 사실이다. 1899년으로 시계를 되돌리는 동시에 20세기 말을 살아가는 문제다. 역사가들이 시간을 설명하는 방식과 우리가 시간을 살아가는 방식은 별개다.

당연히 프로이트도 이런 반사실적 기제를 이해했고, 차폐기억 (어떤 기억들, 그 기억들과 연관된 정서나 역동을 숨기기 위해 사용되는 회상 내용— 옮긴이)을 바탕으로 "어린 시절의 기억이란 것은 없다. 단지 어린 시절로 되돌려진 환상만 있을 뿐"임을 깨달았다. 이후가 이전에 개입하고 이후가 이전을 바꿔 놓으며, 이후와 이전이 서로 위치를 교환하는 것이다. 이전도 이후도 없고, 그때도 지금도 없다.

* * *

내가 강한 인상을 받은 두 번째 측면은 엇나간 미국 이민 계획이다. 뉴욕에 정착하고 싶어 한 셀윈 가족의 희망은 실현되지 못했다. 셀윈의 부모는 영국에 정착하여 최선을 다했고 사실상 성공했으나 유망한 뉴욕의 삶은 실현되지도, 마음속에서 온전히 지워지지도 않았다. 이제는 고인이 되었다 해도 두 사람에겐 상황이 평행적 시간 이동에 따라 진행되어, 그 시간 속에서 영국으로 잘못 온 배가 결국은 영국을 떠나 어린 셀윈과 가족들을 대서양 건너편으로 태워다 줄 가능성이 여전히 남아 있다. 이제는 셀윈이 당시의 부모님보다 훨씬 더 나이를 먹었다 해도. 가족이 탔던 배가 제2차 세계대전 전에 폐기되고 말았을지라도. 이 항해는 아직 만기가 돌아오지 않았으나 끝내 돌아오지 않을 수도 있는 약속어음처럼 느껴진다. 19세기 전환기에 시베리아횡단철도에서 판매한 채권과 다르지 않다. 이 채권은 여전히 파리 센강 근처의 *bouquiniste*(헌책방) 가판대에서 공짜나 다름없는 가격으로 살 수 있어 아주 현실적이지만 현실화될 수 없다는 점에서 보면 비슷하다. 이 채권은 비현실적 채권이 되었다. 채권 보유자가 비현실적인 사람인 것처럼, 미국을 향한 그 항해가 비현실적인 것처럼, 홀로코스트와 그 영향이 시간 표식이 없어 시간의 스펙트럼에서 자유롭게 떠도는 것처럼.

그리고 바로 여기에서 진짜 비극이 펼쳐진다. 죽은 이들은 그냥 죽고 마는 것이 아니다. 죽음은 궁극적 파멸이 아닐 수도 있다. 마지막 이후가 있다. 그 이후가 더 나쁠 수도 있다. 《이민자들》에서 제발트가 "정말로 죽은 이들이 돌아오는 것 같은 느낌이 들었고, 그건 지금도 여전하다."라고 쓴 것처럼. 예란 로센베리(스웨덴의 저널리스트이자 작가—옮긴이)도 가장 최근에 낸 《아우슈비츠에서 오는 길 위의 잠깐 멈춤》에서 아버지에 대해 가슴 미어지는 부분을 언급한다. "우리는 이미 한 번 죽었다." 하지만 재탄생은 파울 첼란(독일의 시인—옮긴이), 프리모 레비(이탈리아의 작가이자 화학자—옮긴이), 브루노 베텔하임(오스트리아 출신 미국의 아동 심리학자—옮긴이), 타데우시 보롭스키(폴란드의 시인이자 소설가—옮긴이), 장 아메리(오스트리아의 작가—옮긴이)의 재탄생처럼 알고 보니 삶이 아닌 다른 뭔가로 다시 태어난 것이기도 했다고 썼다. 살아남은 대가가 너무도 크다. 이들의 경우 무자비한 쇼아가 집요하고도 오랜 영향력을 미쳐서 죽음보다 더 나쁘기도 하다. 쇼아가 애초에 죽이지 않을 경우 그 사람에게 행하는 일은 장 아메리의 말처럼 세상에 대한 믿음을 완전히 무너뜨리는 것이기 때문이다. 세상에 대한 믿음이 없는 사람은 죽은 자처럼 황혼의 어스름 속을 헤맨다. 고향이라 부를 곳이 없고, 아우슈비츠나 리투아니아 혹은 그 어디든 그곳에서 나오는 기나긴 여정에서 자꾸만 잘못된 정거장에 내리고 만다.

제발트 소설의 화자는 뉴욕에 이르지 못한 항해를 아주 불명확하게 다루듯 홀로코스트에 관해서도 의도적으로 말을 아낀다. 나로선 그 이유가 이해되지 않으며 혹시 내가 이 얘기를 강요하듯 밀어붙이며 읽는 건 아닌가 싶기도 하다. 어쨌든 막스 페르버와 셀윈의 설명을 짧게 정리하여 경찰서 게시판의 용의자 명단처럼 임시적 판들의 이름을 펼쳐 놓으면 차츰 확실해지는 점이 있다. 일어날 수도 있었는데 실제로 일어나진 않았으나 일어나지 않았다고 해서 비실재적이지 않고 여전히 일어날 수 있되 여전히 일어날 수 있을 것같이 느껴져도 일어날 수가 없는 일이 마음을 어지럽히고, 다루기 어려울 만큼 반사실적인 현실을 전달하기에 적절한 동사의 시제나 적절한 서법이나 적절한 동사의 상(相)이 언어에는 부족하다는 것이다.

이런 현실이 바로 시간의 역류이자 반사실적 사고에서 주목하는 초점이며, 유일하고 생각조차 할 수 없는 제스처로 붕괴된 '역전망(逆展望, retro—prospection)'이라 할 수 있다.

가지 않은 길과, 표류하거나 살지 못하거나 허비하면서 이제는 공간에서나 시간에서나 외진 곳에 버려진 삶으로 대본이 쓰이는 현실이다. 이 삶은 여전히 받을 빚이 있거나 운명이 눈앞에 어른거려 언제 어디서나 투영하며 그 자체를 양식으로 삼아 바이러스나 억압된 유전자처럼 한 날에서 다른 날로, 한 사람에게서 다른 사람으로, 한 세대에서 다음 세대로, 작가에게서 독자에게로, 기억에서 픽션으로, 시간에서 열망으로 전해지다 다시 기억, 픽션, 열망으로 돌아오며 절대 사라지지 않는다. 여전히 받을 빚이 있고 살아갈 수가 없는 삶은 모든 것을 초월하고 그 어떤 것보다 오래가기 때문이며, 어느 정도 갈망되고, 어느 정도 기억되며, 어느 정도 상상되어서 소멸할 수도 없고 실제로 존재한 적이 없기에 사라질 수도 없기 때문이다.

이런 대본은 궁극적으로 우리가 남기고 떠나는 것이자, 우리가 숨을 멈춘 후에도 여전히 남아 고동친다. 우리의 *Nachlass*(유산)이고, 우리의 미완의 과업이고, 우리의 미결산 원장(元帳)이며, 우리의 수취 계정이고, 우리의 실현되지 않은 환상과 살아 보지 못한 순간들이다. 여전히 보류 중인 대화며, 우리가 떠난 후에도 오래도록 여전히 우리를 기다릴 휴대품 보관소의 미수취 수화물이다.

이것이 제발트의 세계관이다. 제발트는 탁월한 기지로 홀로코스트를 절대 언급하지 않는다. 한편 독자는 홀로코스트 외에는 아무것도 생각할 수 없다. 제발트는 우발적 영국 이주에 대해 거의 언급하지 않지만 확신하건대 셀윈이 살아온 삶은 단순히 의도치 않은 삶이나 우발적 삶만이 아니라 어긋난 삶이기도 했다. 그가 사는 삶은 일종의 성운(星雲) 같고 유령 같고 비현실적인 지대에서 일어나는 반사실적 삶과의 싸움이다. 자신의 진정한 삶, 진정한 자아를 어디에 두었는지 잊어버린 듯한 이런 느낌은 마침내 《아우스터리츠》에서 책 제목과 동명인 인물이 화자에게 이렇게 말하는 순간 명확히 표현된다. "과거의 언젠가 내가 무슨 실수를 했거나 나에게 어떤 일이 일어나서 지금 내가 어긋난 삶을 사는 것일 테죠."

　사람들은 어긋난 삶을 살아왔다고 깨달을 때 목숨을 끊을 수도 있다. 아니면 상실과 비극으로 비탄에 빠진 삶을 살아온 사람들에게 종종 있는 경우처럼, 아직 받을 빚이 있는 삶을 마주하고픈 희망에 매달리는 바로 그 이유 때문에 더 오래 살 수도 있다. 내 동료의 아버지가 그랬다.

　그렇다면 셸윈의 전 세입자인 화자가 프랑스 휴가 중에 그 나이 지긋하고 사람 좋은 의사가 결국 원장을 덮으며 권총으로 자살했다는 소식을 들은 것도 그리 놀랄 일은 아니다.

＊ ＊ ＊

　제발트의 얘기에서 세 번째로 인상적인 측면은 꽤 당황스럽다. 셸윈 박사의 과업은 그가 죽은 후에도 결코 끝나지 않는다. 화자는 1986년 기차로 스위스를 여행하며 셸윈 박사를 떠올린다. 그런데 셸윈을 생각하다 우연히, 아니 더 정확히는 *우연의 일치에 따라* 그날 신문에서 "1914년 여름에 실종된 베른의 등산 안내인 요한네스 네겔리의 유해가 72년 후 오버아빙하가 녹으면서 발견되었다."라는 기사를 본다.

　제1차 세계대전 직전인 1914년 여름에 끝내 찾지 못한 시신이 마침내 수면으로 올라온 것이다. 그 전쟁이 흐릿한 기억이 된 지 한참 뒤에, 그 전쟁에서 죽은 이들이 부패되고도 한참 뒤에, 그 전쟁에서 살아남았으나 홀로코스트로 죽고 만 이들의 몸이 완전히 사라지고도 한참 뒤에. 사실 1914년에 참전했을 만한 나이대에서 그때까지 살아 있는 사람은 없다. 하지만 요한네스 네겔리의 꽁꽁 언 채 부패되지 않은 시신은 16년 전에 사망한 헨리 셀윈보다 젊어진다. 립 밴 윙클(미국 작가 워싱턴 어빙이 쓴 단편소설의 등장인물. 20년 만에 잠에서 깨어나 세상이 완전히 바뀐 것을 안다.—옮긴이)이 돌아왔을 때 그가 단지 시대에 뒤진 사람이 아니라, 거울을 들여다보지 않아도 같은 세대 사람들보다 20년은 더 젊다고 믿을 만하기도 했듯이. 한편 제발트의 화자는 헨리 셀윈에게 신문 기사를 보여 주며, 그나이 든 의사가 더 젊은 자신과 함께 추정해 주길 그 무엇보다 간절히 원했을 만하다. 하지만 바로 이 지점에 시간의 지독한 잔인함이 있다. 이론상 아주 많은 것을 바로잡아 왔을 만한 화해는 여기에서 일어날 수가 없다. 화해, 심판, 보상, 회복, 속죄 같은 것들은 기껏해야 하찮은 비유, 즉 말에 불과하다. '미완의 과업'과 '미결산 원장', '무기한 보류' 상태라는 개념 역시 마찬가지다. 시간에서는 이런 말들이 아무 소용이 없다. 고대 문법학자들이 제아무리 실력이 뛰어났다 하더라도 우리는 아직 시간을 어떻게 생각해야 할지 모르기 때문이다. 시간은 우리가 이해하는 방식대로 시간을 이해하지 않기 때문이다. 시간은 우리가 시간을 어떻게 생각하는지는 관심도 없기 때문이다. 시간은 우리가 삶에 대해 생각하는 방식을 상징하기엔 부실하고 불안정한 비유일 뿐이기 때문이다. 궁극적으로 따지자면 우리에게 어긋난 것은 시간이 아니며, 이 점에서는 뿌리 깊도록 어긋난 것이 장소도 아니기 때문이다. 삶 자체가 어긋난 것이다.

슬론의 가스등

SLOAN'S GASLIGHT

6번 애비뉴 고가 노선 열차가 급커브길을 막 돌며 3번가로 향한다. 이제는 속도를 올리면서 시 외곽 주택가를 휙 지나갈 것이다. 그다음은 8번가에 들어섰다가 제퍼슨 마켓과 14번가를 지나 북쪽으로 계속 달려서 59번가에 이른다. 하지만 블리커가에 들어서기 직전의 이 악명 높은 마의 커브길 이후로 열차는 달리는 게 아니라 서서히 멈추는 것일지도 모른다. 정확히 알기는 어렵지만 아무튼. 열차 표시등의 파란색 글자는 분명 어떤 철자일 텐데 판독하기 힘들다. 고가 열차 아래의 차 두 대는 목적지가 분명한 듯하다. 열차 왼편, 6번가와 코넬리아가가 만나는 모퉁이에는 홀쭉한 쐐기 모양의 12층짜리 고층 빌딩이 실제보다 더 커 보이려고 안간힘을 쓰며 서 있다. 불을 밝힌 수많은 창문은 사방이 어두운 그 와중에도 여기는 결코 밤이 아니라 저녁이라는, 어쩌면 초저녁일지 모른다는 뉘앙스를 풍긴다. 빌딩 입주자들은 저녁을 준비할 듯한데, 그중엔 퇴근해서 이제 막 들어온 사람도 있을 테고 라디오를 듣는 사람도 있을 것이다. 아이들은 숙제를 하고 있으리라.

여기는 1922년, 슬론(20세기 초 미국의 화가 존 슬론. 에이트 그룹, 애시캔

파 등에서 활동하며 미국 아방가르드 미술 운동을 주도했고, 활기 넘치는 도시의 일상을 사실적으로 그렸다.—옮긴이)의 세상이다. 이제 6번 애비뉴 고가 철도는 존 슬론이 〈그리니치빌리지에서 본 도시〉에 그려 낸 모습이나 제퍼슨 마켓을 바라보던 그의 시점 그대로 존재하지 않는다. 귀가 먹먹해지는 소음에도 불구하고 슬론은 이 고가 철도에 애착을 가진 게 분명하다. 실제로 이 고가를 묘사한 그의 작품들은 도시의 활기를 뚝뚝 끊어 놓는 이 투박한 철제 구조물을 경멸하지 않는 자부심 강한 도시 화가가 쇠 빛으로 담아낸 힘찬 전율로 고동치고 있다. 하지만 그의 붓놀림 아래에서 그 순간의 그리니치빌리지는 갑자기 서정적이고 묘한 매력을 발하는 거의 꿈같은 색조를 띤다. 그 어슴푸레한 톤을 보노라면 슬론이 이미 떠돌았을 법한 소문을 듣고 이 고가 철도가 살날이 얼마 남지 않았다는 사실을 의식하며 그날, 그해, 자기가 있는 곳 창문에서 보이는 모습대로 도시를 담아내려 한 게 아닐까 하는 인상이 든다. 실제로 다음의 글을 쓰기도 했다. "이 그림은 현대 뉴욕의 싹둑 잘라 낸 듯한 초고층 빌딩에 밀려난 옛 도시의 아름다움을 담은 기록이다."

슬론은 이 고가 철도를 좋아했을까? 누가 되었든 큰 덩치로 굉음을 내는 이 흉물스러운 고가 철도를 좋아할 수 있었을까? 혹시 슬론은 이 고가 철도를 좋아한 게 아니라 우리 대다수처럼 아무리 흉물스러운 폐물 덩어리 같고 낡아빠졌더라도 옛것을 지키려 안간힘을 쓴 게 아닐까? 단지 오래되고 친숙하며 긴 세월 그 자리에 있었다는 이유로 이 고가 철도 없는 뉴욕은 기억조차 할 수 없기 때문은 아닐까? 당시 들려오는 얘기로는 결국 고가 철도의 고철이 매각되어 일본으로 실려 가고, 일본은 그 고철을 녹여 만든 무기로 뉴욕을 폭파할 거라고도 했다. 십중팔구 사실이 아닌 헛소문일 테지만, 그럼에도 불구하고 낯익은 두려움(the uncanny, 친밀한 대상에게서 낯설고 두려운 감정을 느끼는 심리적 공포—옮긴이)을 일으킨다. 프로이트의 말을 아주 살짝 바꾸면 낯익은 두려움이란 한때 친숙했다가 이후 잊힌 게 다시 돌아오는 것이므로.

나는 지금 워싱턴D.C. 국립 미술관에서 존 슬론의 《그리니치빌리지에서 본 도시》 앞에 서 있다. 그가 자기 집 창문에서 바라본 모습을 담아낸 그 작품을 보고 있자니 도저히 발을 뗄 수 없을 것 같다. 그날 그림을 보기 전에는 국립 미술관 스터디룸에 앉아 슬론의 습작 그림을 대충 살펴봤다. 그의 모든 습작이 다음번 습작과 긴밀히 연계되는 방식이나 단순한 형태의 스케치들이 결국은 예술 작품으로 피어나는 과정에 마음이 끌렸다. 하지만 그런 습작은 그림 자체에 이미 나타나지 않은 부분은 거의 알려 주지 않았다. 그림에서는 가려 둔 뭔가를 알려 줄 '별도의' 사실을 발견하고 싶었으나 비전문가의 눈에는 아무것도 보이지 않았다.

도시는 크게 변모했다. 하지만 고가 철도를 철거하고 차량과 신호등과 사람이 더 늘어났다 해도 뉴욕시의 이 모퉁이는 별로 달라지지 않았다. 블리커가도 코넬리아가도 여전히 그 자리에 있고, 저 멀리에서 월워스 빌딩이 여전히 휘황찬란한 모습으로 우뚝 서 있으며, 저녁이면 보도를 따라 늘어선 상점 창문들이 여전히 반짝반짝 빛을 내며 서둘러 집에 가고 싶지 않아 시간을 때우려고 돌아다니거나 돌발적 용건을 만들어 내려는 사람들을 유혹한다. 해가 진 뒤의 이 어슴푸레한 시간은 도시가 뒤숭숭한 동시에 매혹적인 것들을 약속하는 때인, 낮과 밤 사이 두 얼굴의 시간이다. 몸가짐이고 뭐고 벗어던진 채 모든 게 시간을 초월한 것 같으면서도 철저히 시간에 얽매인 듯도 해서, 그것이 오늘의 새벽이건 내일의 새벽이건 꾸물꾸물 시간을 끄는 새벽의 기미에 부추겨져 어느새 환영의 지대로 흘러들기 때문이다. 에드거 앨런 포가 그랬듯이 그의 작품을 프랑스어로 번역해서 소개한 보들레르 (파리의 시인 샤를 피에르 보들레르─옮긴이)도 가스등을 밝히는 이 시간이 되면 늘 마음이 동요되었고, 그럴 때면 파리에 미온적 애정을 느끼며 오래전 행방불명된 옛 파리를 동경했을 것이다. 포의 뉴욕에 대해 그려 본 막연한 풍경마저 동경했을지도 모른다. 포가 평생 본 적 없는 파리에 대해 실체 없는 개념을 품은 것처럼. 보들레르에 관한 한 최고의 평론가로 꼽히는 발터 벤야민도 60년 후 보들레르가 그랬듯, 새롭게 개선되고 최신화된 파리의 길을 한가롭게 거닐며 둘러보는 내내 사라진 보들레르의 아케이드(아치가 이어진 복도─옮긴이)를 자꾸만 떠올린다. 완전히 사라져 아무런 흔적도 남지 않은 어느 파리에, 수맥 탐사자들이 자기에 유도되는 듯한 감각을 느끼면서.

벤야민도 보들레르가 느꼈을 법한 뉴욕의 끌림을 충분히 느꼈을 만하다. 탈출한 독일계 유대인 친구들이 미국으로 피난 갔고, 그에게도 함께 있자며 계속 아우성쳤으니 말이다. 벤야민은 끝내 대서양을 건너지 못했고, 급기야 나치가 빠르게 포위망을 좁혀 와서 빠져나갈 길이 없다는 사실을 알고 스스로 목숨을 끊어

버렸다.

슬론의 그림은 사라진 뉴욕에 대한 내 상상의 모습이다. 뉴욕에서 우리는 언제나 다른 사람들의 발자국을 밟는다. 혼자 걷는 법이 없다. 누구든 뉴욕의 예술가가 걸어간 길을 따라 걸어 본 적이 있을 것이다. 누구든 평생에 적어도 한 번은 군중 속에서 낯선 사람을 따라가 본 적이 있을 것이다. 누구든 수년 후 자신의 발자국을 거슬러 올라가 같은 곳에 또 가서 휘트먼처럼 "시간을, 그 모든 추억을 (생각해 본 적이 있을 것이다)."

슬론은 자신의 그림이 수년 후에 어떤 의미를 가질지 전혀 짐작도 못 했을 테지만, 그의 그림에는 이 도시가 (그의 그림을 평하는 누군가의 말처럼) 물감이 마르기도 전부터 변할까 봐, 모든 것이 소멸하고 고가 철도 자체도 곧 해체될까 봐, 이 모습이 이미 미래의 언젠가 되돌아볼 운명에 놓인 세계의 스냅숏일까 봐 초조해하는 두려움이 가득하다. 그는 자신이 더 이상 그 사람이 아닐 수도 있으나 딱히 그 사람이 된 적이 없으며 '이전 자아(fore—self)'와 '이후 자아(after—self)'가 이해하는 유일한 표기법을 통해 이미 암호화된 메시지를 슬쩍 건네는 중인 누군가를 위해 그림을 그렸다.

곧 '그때'의 도시가 될 '지금'의 도시나 '지금'의 시간에 대한 이미지는 해 질 녘 어스름 자체가 그렇듯 환상에 불과한 두 개의 일시적 지대 사이에 끼어 있는 신기루다. 아직 없는 것이자 더 이상 없는 것이다. 더 정확히 말해서 아직 없는 것이지만 조만간 더 이상 없는 것이 될 줄 이미 알았던 시간을 되돌아보는, 더 이상 없는 것이다.

예술은 우리가 시간과 싸우는 방법이다. 우리는 둘 다 그리 오래 머물지 않는 두 순간 사이를 파고들어 시간을 내려다보고, 떨쳐 버리고, 초월하고, 필요하면 왜곡하기도 하는 또 다른 순간을 위한 공간을 만든다. 보들레르는 시 〈백조〉에서 카루젤다리를 건너며 자신이 사는 도시를 응시하다 큰 슬픔 속에서 "*Paris change*(파리가 변하고 있다)*!*"와 "*Le vieux Paris n'est plus*(옛 파리는 더 이상 없다)"를 깨닫는다. 파리는 자신의 흩어진 유물과 파편과 영속적인 흙먼지를 통해 그리스인들이 트로이를 약탈하고 잿더미로 만든 뒤에 남겨 놓은 것들을 보들레르에게 상기시킨다. 시인은 여전히 자신의 고향이지만 이름을 붙일 수도 없는 그 뭔가로 돌아가길 끝없이 동경하는 도시에서 이제 시간으로부터 추방당한다.

카루젤다리는 보들레르가 건너가던 당시에 새로 놓인 상태였다. 20세기의 통행량에 비해 비좁은 데다 그 밑으로 배와 대형 바지선이 지나다닐 만큼 높지 않아서 결국은 해체되고 하류 쪽으로 조금 떨어진 위치에 새로 놓은 거였다. 이후 그 신축 다리도 옛 다리가 되었고, 확신하건대 보들레르의 파리를 찾아 거닐기를 갈망했던 발터 벤야민은 그 옛 다리가 사라진 사실에 슬퍼했을 것이다. 사실 모든 파리 사람이 사라지지 않기를 바라는 현재 파리는 한때 보들레르가 사라지지 않기를 바라며 슬퍼한 옛 파리를 밀어낸 바로 그 파리다.

인근 지역을 싹 밀어 버리고 그 자리에 세운 펜실베이니아역은 누구에게나 사진으로 익숙한 모습이고, 그 펜실베이니아역이 허물어지는 모습은 모두에게 충격을 안겼다. 파리 사람들 역시 오스만 남작이 모두가 사랑하는 새로운 파리를 세우기 위해 옛 파리에 길을 뚫었을 때 충격을 받았다. 곧 눈앞에서 사라질 파리의 스케치와 사진을 수집해 들이기 시작했다. 그중 옛 파리의 불쾌한 모습까지 포착해 놓은 마르빌(1860년대 파리의 거리 풍경을 카메라에 담은 프랑스의 사진작가—옮긴이)의 사진이 특히 인상적이다. 때가 덕지덕지한 골목길들을 관통하며 끝 모르게 이어진 번들번들한 파리의 도랑은 이제 마르빌의 사진에만 존재한다. 그 길과 도랑들은 이제 파리나 파리의 집단 기억 속에 존재하지 않으므로. 샤를 가르니에(프랑스의 건축가—옮긴이)의 오페라대로를 내기 위해 파리와 뷰트데물랭의 대단위 구역이 허물어진 모습도 마르빌의 사진처럼 뇌리에서 지워지지 않을 만큼 인상 깊게 포착된 사진은 없다. 조지 벨로스(미국의 화가—옮긴이)의 〈펜실베이니아역 땅 파기 공사〉 역시 펜실베이니아역의 해체(1963)가 아닌 펜실베이니아역을 올리기 전의 땅 파기 기초 공사(1904)를 포착했다.

나는 뭐든 한 면만 보지 않는다. 이중으로 본다. 《아메리칸 헤리티지 영어 사전》의 정의에 따르면 "같은 모습을 살짝 다른 각도에서 찍은 두 장의 사진을 두 개의 접안렌즈를 통해 보면 3차원 효과를 내는 광학기기"인 입체경처럼, 또는 오스만의 야심 찬 재건 계획 아래 빠르게 사라져 가는 파리를 3차원 이미지로 확실하게 보존할 수 있는 카메라를 만들어 내고 싶어 한 샤를 마르빌의 열망처럼, 슬론의 그림은 그때와 지금 사이에 머물러 있다. 언젠가 마르빌의 사진에 담긴 그때 모습의 파리와 지금 모습의 파리를 비교해 놓은 온라인 사이트를 거의 우연히 발견한 적이 있다. 그 뒤에 또 우연히 선더베이출판사의 《파리의 그때와 지금》《로마의 그때와 지금》《뉴욕의 그때와 지금》을 발견하기도 했다. 이 책들은 같은 장소가 1세기의 시간 차이를 두고 찍힌 두 이미지를 깊이 생각해 보게끔 한다. 비슷한 점과 다른 점을 가만히 들여다보면 두 이미지가 동시에, 다시 말해 입체경처럼 그려지지 않아 어쩔 수 없이 책장을 앞뒤로 몇 번씩 넘겨 보고 또 넘겨 보면서 시간의 변천에 내포된 의미를 포착하게 된다.

하지만 시간의 경과가 상점, 사람들의 의상, 길가에 주차된 차종 등 거의 모든 것을 변화시킨다 해도 여전히 그대로인 것들도 있다. 내가 포착하고 싶은 것이 서로 다른 모습의 사진에 담긴 영속성인지 변화인지 잘 모르겠다. 마음 한편에서는 20세기 초에 살고 싶으면서도 또 다른 한편에서는 21세기에 매어 사는 게 감사하기도 하다. 마음 한편에서는 현재를 사랑하면서도 또 한편으론 과거를 갈망하기도 한다. 이렇게 갈팡질팡 혼란스러우면서도 이런 이중 이미지들을 떨쳐 버릴 수가 없다. 시간과 장소의 적절한 좌표를 끊임없이 찾는다. 두 세기 사이를 앞뒤로 넘겨 가며 보노라면 점점 진짜의 나는 어디에 사는 건지 잘 모르겠다는 생각이 더 강해진다. 1921년인지 2021년인지, 아니면 두 시대 사이에서 영원히 배회하는 어떤 이상적 지점인지. 내가 찾지 못할 뿐 그 사이에 진정한 나의 이상적 지점이 있을 것만 같다. 하지만 이 중 무엇도 내가 원한다고 생각되는 것에 들어맞지 않는다. 어디에도 소속되지 않은 채 끝없는 이중 해석에 포로로 사로잡힌 셈이다.

내가 슬론의 도시에서 찾는 것은 옛 도시나, 또 다른 시간 지대나, 일종의 시간여행이 아닐지도 모른다. 혹시 지나간 옛 세계의 이런 그림과 이미지에서 내가 찾는 것은 단지 내가 아닐까? 나는 어디에 있는 걸까? 나는 언제에 있는 걸까? 그리고 우리가 흔히 묻는 질문처럼, 나는 누구일까?

파리 갤러리 비비엔의 유리 돔 아케이드에 들어서거나 그보다 훨씬 더 아름다운 상트페테르부르크의 파사주(아케이드)나 시드니의 아케이드에 들어설 때 내 눈에 들어오는 것은 아름답게 복원되어 19세기가 나에게 손짓하는 오래된 통로로만이 아니다. 나를 끌어당겨 돌연 그곳이 나의 진정한 고향처럼 느껴지는 또 다른 시간으로 데려가는 듯한 느낌이 거의 들 정도로 건축물이 아주 친숙해 보이기도 한다.

슬론이 묘사해 담은 1세기 전 6번 애비뉴와 3번 애비뉴의 저녁 풍경을 계속 바라보노라면 나 자신을 발견하진 않을까? 아니, 기왕이면 가스등 밝혀진 길을 한가롭게 거니는 훨씬 더 이전 시대의 나 자신을 본다면 더 좋지 않을까? 예를 들어 집으로 가는 길에 도로를 건너는 신사가 우리 증조할아버지라면 자신을 빤히 쳐다보는 나를 볼 수 있을까? 내가 연결되려고 애쓰는 걸 알까? 관심이나 있을까? 그는 나를 알까? 나는 그를 알까? 두 사람 중 누가 더 진짜일까? 누가 대지에 두 발을 더 단단히 디디고 있을까? 아니면 방향을 돌려 이런 생각을 더 비틀어 보면 어떨까? 지금부터 100년 후 내 증손자가 106번가 스트라우스파크의 기억의 조각상 옆에 앉은 내 사진을 보면 한때 내가 존재했다는 것과, 그 사진에서 이미 나의 극히 작은 일부는 그에게 닿기 위해 필사적으로 기를 썼다는 걸 알기나 할까?

이번엔 조금 더 비틀어 이런 생각은 어떨까? 고가 철도가 눈에 확 들어오는 존 슬론의 그리니치빌리지 그림을 보고 나서 이 그림의 초기 습작들을 살펴보면 연습 스케치에는 고가 철도가 있지도 않은 점이 주의를 끄는데 슬론이 고가 철도가 세워지기 전의 6번 애비뉴를 기억하는 한편 결국 그 철도가 철거될 것까지 선견지명으로 내다본 것은 아닐까? 여러 습작을 통해 곧 세워지기 직전인 동시에 이미 허물어지기도 한 고가 철도를 연습했던 건 아닐까?

우리가 찾으려는 것, 우리가 붙잡으려는 것은 그곳에 없고 앞으로도 없을 것이다. 하지만 바로 그것을 찾는 일이 우리를 예술로 눈 돌리게 하는 것이다. 우리의 삶, 우리 자신, 우리 주변의 세상을 이해하려 할 때 예술에서 관건은 사물이 아니라 사물에 대한 의문, 기억, 해석이다. 심지어 사물의 왜곡일 수도 있다. 마찬가지로 시간이 아니라 시간의 굴절이 관건이기도 하다. 예술은 발, 광채, 빛이 아니라 발자국을 보며 소리가 아닌 반향을 듣는다. 우리가 애착을 갖는 것이 사물 자체가 아님을 우리가 알 때, 우리의 사물에 대한 애착이 비로소 예술의 관건이 된다.

나는 《뉴욕의 그때와 지금》을 볼 때면 궁극적 역설이 상기된다. 1세기 전에 찍힌 사진에서 살아 있는 이들은 현재 모두 죽었으나 사진 속 그 도시가 계속 살아 있으면서 거의 변하지 않는다면 1세기 전에 그 길을 걸었던 이들이 다른 옷들을 입고 더 신식 차를 사서 우리에게 돌아올지도 모른다고. 그 도시가 결코 나이를 먹지 않는다면 사람들이 나이를 먹지도, 죽지도 않을 테니까.

슬론의 그림을 보고 있으면 그 도시의 고가 철도가 없었던 1822년, 고가 철도가 있었던 1922년, 고가 철도에 대한 기억이 이미 오래전에 사라졌을 2022년의 모습이 보인다. 그러다 어느 순간 갑자기 무시무시한 생각이 떠오른다. 그 세 곳에 내가 없다는 것이다! 하지만 이어서 가스등 불꽃, 쇼핑객, 영업을 마치고 문을 닫으려는 상점들로 어우러진 정경의 블리커가가 떠오르고, 그러면 알게 된다. 나는 언제나 그곳에 있었고, 따라서 결코 떠날 수 없음을.

로메르와 함께 한 저녁 시간
모드 혹은 규방의 철학

EVENINGS WITH ROHMER
Maud; or, Philosophy in the Boudoir

1971년 4월 나는 스무 살이 되었고, 삶의 변화를 목전에 두고 있다. 어떻게 변할지 아직은 잘 모른다. 하지만 몇 발자국만 더 내디디면 새로운 바람, 새로운 목소리, 새로운 사고방식과 관점 같은 새로운 일들이 내 삶을 세차게 관통할 것이다.

목요일 저녁이다. 내일까지 내야 할 리포트도, 읽어야 할 책도, 숙제도 없다. 고대 그리스어 문장 번역의 하루 치 분량을 아직 마치지 않았지만, 오늘 밤이나 지하철로 한참 가야 하는 내일 아침의 통학 시간에 해도 문제없다. 그러고 보니 지금은 걱정할 일이 하나도 없는 아주 드물고 자유로운 순간이다. 오늘은 어두워지기 전에 퇴근하길 잘했다 싶다. 영화 보기에 완벽한 저녁이다. 오늘 밤은 프랑스 영화를 보고 싶다. 프랑스어로 얘기하는 소릴 듣고 싶다. 프랑스어가 그립다. 여자친구와 보러 가면 더 좋겠지만 여자친구가 없다. 얼마 전에 누군가 있긴 했다. 아니, 누군가에 대한 환상에 빠져 있었지만 잘되지 않았고, 이후 또 다른 누군가가 다가왔는데 그 사람과도 잘되지 않았다. 그때부터 외로움이 싫어졌고, 나중엔 외로움을 넘어 자기혐오까지 일어났다.

하지만 오늘 밤은 불행하지 않다. 어서 영화관에 가고 싶어 마음이 조급하지도 않다. 사장이 독일계 유대인 피난민이다 보니 자기 같은 실향 유대인을 반기는 덕분에 운 좋게 구한 일자리인 롱아일랜드시티의 칙칙한 기계 공장에서 오후 내내 일하고 나온 터라, 얼른 시내로 다시 나가 지하철을 내려서 황혼에 물든 맨해튼 미드타운 거리의 요란한 불빛을 받고 싶다. 그 불빛은 위어(미국의 화가 줄리안 올덴 위어—옮긴이)가 그린 황홀한 뉴욕의 〈야상곡〉이나 알베르 마르케(프랑스의 화가—옮긴이)가 그린 파리의 밤을 연상시킨다. 진짜 뉴욕이나 진짜 파리가 아닌 뉴욕과 파리에 대한 이상을. 두 화가가 그곳을 자신의 도시로 만들기 위해, 더 살 만한 곳으로 만들기 위해, 그림을 그릴 때마다 그곳과 사랑에 빠지기 위해, 또 그렇게 함으로써 다른 이들이 자기의 비실재적 도시에 상상으로 살아 보게 해 주기 위해 자신의 도시에 투영해 놓은 막과 신기루와 비현실적 공상을. 나는 전부터 진짜 맨해튼을 덮어 윤기를 내며 딱 사랑하고 싶어질 만큼만 바뀐 환상 속의 맨해튼이 좋았다. 브로드웨이 96번가의 칙칙한 지하철역을 나와 곧장 집으로 향하며 어둡고 비탈진 97번가를 걸어 올라가는 것보다 지금처럼 미드타운에 있는 것이 훨씬 더 기분 좋다. 이 길에서 종종 동물들이 차에 치여 죽는 걸 생각하면 이 현대적인 대도시가 거대한 하수구 같다. 피사로(인상주의를 대표하는 풍경화가 카미유 피사로—옮긴이)와 호퍼의 사랑스러운 도시와는 거리가 멀어도 너무 멀다. 그 지저분한 97번가는 오늘 밤 내가 가장 있고 싶지 않은 곳이다.

나는 이런 식으로 돌연 현실에서 탈피하는 순간이 좋다. 해 질녘 이렇게 짧은 순간이나마 자유와 침묵의 시간을 가지면 불빛을 환하게 밝힌 이 도시와 내가 하나가 되는 느낌이다. 퇴근 후 여기저기로 향하며 흥겹게 살아가는 도시 사람들 사이에 섞여 그들과 같은 보도에 발을 디디고 마주치다시피 스쳐 가면 그 몇몇의 활기가 나에게 옮겨 와서 물든다. 서둘러 집에 갈 필요 없이 퇴근하니 어쩐지 꽤 어른처럼 느껴진다. 나는 어른처럼 느껴지는 게 좋다. 어른들이 퇴근 후 바에 들르거나 카페에 앉아 있을 때 바로 이런 느낌 아닐까? 하루의 일정에서 비는 순간이 생기는데 딱히 해야 할 일이 없어 그 순간을 급히 흘려보내기보다 붙잡아 두고 확장하여 느긋하게 보내면, 보통 일몰과 밤 사이에 몰래 들어왔다 너무 빨리 지나가 좀처럼 살아지지 않는 이 소소한 순간이 이제 무에서 뭔가가 되는데, 저녁의 막연한 그 틈에서 마침내 오늘 밤과 내일, 또 남은 평생토록 두고두고 남을 만한 은혜로운 일이 펼쳐지는 것. 지금이 그런 순간이 되는 건 아닐까? 하지만 아직은 잘 모르겠다.

* * *

영화관으로 들어서자 영화가 상영 중인 소리가 들린다. 영화의 앞부분을 얼마나 놓친 건지, 늦게 들어온 게 제대로 영화를 감상하는 데 지장이 될 만한 상황인지 감이 잡히지 않는다. 앞부분을 놓쳐서 갑자기 실망스러워지자 슬슬 주의가 산만해지고 영화를 보는 것 자체가 비현실적이고 일시적인 일 같아진다. 제대로 감상하려면 한 번 더 봐야 할지도 모른다는 생각에 지금 영화를 보는 일이 사실상 소용없을 듯해서다. 처음부터 이미 암시된 일이지만, 한 번 더 보는 편도 좋겠지. 나는 그런 식으로 어떤 장소나 얘기를 두 번 세 번 보거나 들으며 여전히 처음처럼 경험하는 걸 좋아한다. 그것이 내가 삶의 거의 모든 것에 직면하는 방식이다. 진짜를 앞둔 예행연습처럼 대한다. 나는 영화를 다시 보러 오겠지만, 그때는 사랑하는 누군가와 올 것이고, 그때야 비로소 이 영화가 중요해지고 현실적으로 다가올 것이다. 어쨌든 이것이 내가 데이트를 하고, 구인 광고에 응하고, 강의를 고르고, 여행 계획을 짜고, 친구를 사귀고, 새로운 것을 찾는 방식이다. 이때는 열의, 약간의 공포, 거부감, 나태함을 품는데, 이 모든 감정이 초반에 드는 적의나 경멸이라는 소금물에 절여져 억눌리기도 한다. 지금도 나는 이 영화에 실망하길 거의 바라고 있다. 모두가 하나같이 극찬해 왔는데도 미루고 미루다 이번이 뉴욕의 마지막 상영이라 보러 온 영화를 마지못해 보는 중이니까.

원래는 오늘 밤 《모드의 집에서 보낸 하룻밤》을 볼 계획이 없었다. 이 영화를 둘러싸고 주변에서 하도 야단법석을 피워 댄 데다 1년 전에 최고의 외국영화상 후보까지 오른 터라 열기가 좀 사그라들어 남들이 떠들어 대는 얘기와 거리를 좀 벌린 상태에서 보고 싶었다. 그래도 이 영화에 대해 평가한 글들이 좋은 데다 장 루이 트랭티냥(프랑스의 배우—옮긴이)이 연기한 독실한 가톨릭교도 장 루이의 얘기에 흥미가 생기기도 했다. 영화에서 이 가톨릭교도는 눈보라 때문에 어쩔 수 없이 모드의 집에서 하룻밤을 보내는데 그녀의 매력적인 외모와 노골적인 접근에도 관계를 거부하고 오히려 은유적 정조대를 채우듯 담요로 몸을 꽁꽁 싸맨 채 그녀의 침대에서 그녀 바로 옆에 누워 자다 새벽에 마음이 넘어갈 뻔한다. 그리고 다음 날 아침 모드의 집을 나온 후 나중에 결혼할 여성을 우연히 만난다. 나는 이 영화의 관점이 마음에 들었다. 그 세계에는 질서가 있었다. 아니, 적어도 질서를 이해하려는 열망이 있었다. 그 당시 출판물이나 영화에서 봐 온 것과 완전히 달랐다.

나는 이 최신작 프랑스 영화에 기꺼이 찬사를 쏟아 붓고픈 또 한 사람의 뉴욕 시민이 되고 싶지 않았다. 마음을 억눌렀다. 열망의 한 사례로서 보이는 조심성이었다. 내가 뉴욕 시민 중 가장 마지막에 에릭 로메르 감독의 영화를 보는 사람이었을지 모를 만큼 뒤늦게 본 배경에는 그런 내막이 있었다.

그런 이유로 웨스트57번가의 그 영화관은 거의 비어 있었다. 나는 보통 혼자 영화관에 가는 걸 좋아하지 않는다. 언제나 사람들의 시선을 의식했고, 나는 혼자인데 사람들은 그렇지 않을 경우에는 특히 더 그랬다. 하지만 오늘 밤은 기분이 달랐다. 심지어 나 자신이 외롭고 결함 있고 불안한 청년이라는 생각조차 들지 않았다. 오늘 밤의 나는 또 다른 스무 살 청년이었다. 시간의 여유가 생겨 기분 내키는 대로 영화를 보러 가자고 마음먹었다가, 같이 볼 사람이 없다는 걸 알고 표를 두 장이 아닌 한 장만 산 건데, 막상 해 보니 아무것도 아니었다.

담뱃불을 붙였다. 그때는 가능한 일이었고, 나는 항상 흡연석에 앉았다. 이 영화를 15~20분까지 보다가 내 취향이 아니면 짐을 챙겨 나가려고 했다. 하지만 모두 괜한 생각이었다.

옆자리에 비옷을 치워 두고 어느 틈엔가 영화 속으로 빠져들었다. 영화의 무언가가 이미 내 마음을 사로잡은 것이다. 아무래도 담뱃불을 붙인 직후부터 빠져든 것 같고, 혼자 영화를 보는 것 못지않게 영화 자체도 그런 몰입을 이끌었다. 영화와 나, 그 둘이 만난 건 우연이 아니지만 묘하게도 그 영화 자체에 필수적인 요소였다. 설득력이 약한 논리일 수도 있을 텐데, 사랑을 갈망하지만 어디에서 찾아야 할지 몰라 거의 누구에게서든 기꺼이 그 사랑을 얻어 내려는 스무 살 청년이 혼자 왔다는 나의 정체성이 그 영화에 중요한 요소인 듯하고, 내 사생활에서 일어나는 모든 일이 그 영화에 중요한 요소인 듯했다. 맨해튼 미드타운의 불빛이 일으키는 마음의 동요가 갑자기 중요하게 여겨졌다. 그런 점에선 뉴욕이 아닌 파리에 있길 갈망하는 마음부터 방금 퇴근하고 나온 롱아일랜드시티의 칙칙한 기계 공장, 《소크라테스의 변명》에서 아직 번역이 남은 구절들, 1년도 더 전에 워싱턴하이츠의 파티에서 만난 여자를 떠올릴 때마다 드는 불안감, 내가 피우는 담배 브랜드에 이르기까지 모두 마찬가지였다. 그리고 참, 군것질하려고 즉흥적으로 산 프룬(자두의 일종—옮긴이) 데니시 빵도 빼놓을 수 없다. 어쩐지 프룬이 계속 할머니를 연상시키는, 근심걱정이 없는 옛 세계의 느낌을 부각시켰기 때문이다. 그때 할머니는 파리에 살았고, 프랑스의 삶이 알렉산드리아의 익숙한 삶과 모든 면에서 비슷하다고 입버릇처럼 말하며 내게 자꾸만 그곳을 상기시켰다. 아무튼 이 모든 것이 무급 잔업을 하듯 에릭 로메르의 영화를 조금씩 거들고 나서서 나름의 작은 역할들을 펼쳐 주었다. 뛰어난 예술가는 모두 그렇듯 로메르 역시 자신이 정확히 어떻게 한 것인지 모르는 채 자신의 영화에 공간을 열어 주며 내가 그 공간에 내 삶의 작은 조각들을 채워 넣길 청하는 듯했다.

우리가 영화에 가져다 붙이는 개인적 어휘나, 읽다가 어느 틈엔가 옆길로 빠져 그 소설에는 전혀 필요 없는 뭔가를 상상하는 바람에 소설을 잘못 해석하는 면은 우리가 그 영화나 소설을 걸작이라고 주장하기에 가장 확실하고도 가장 믿을 만한 근거다. 그날 밤 그 영화를 보러 가기로 마음먹은 즉흥적 결정은 이제 《모드의 집에서 보낸 하룻밤》에 영원히 이식되어 있다. 워싱턴하이츠의 파티에 안 가기로 했다가 가고 싶은 충동이 일었던 일 자체가 그날 밤에 만난 여자에게 홀딱 빠지는 일로 엮인 것처럼. 그 영화가 상영되는 중간에 들어간 것조차 헤아리긴 어렵지만 묘하게도 이 저녁에 회고적 의미를 던져 줄 것임을 예고한 듯했다.

* * *

《모드의 집에서 보낸 하룻밤》의 주인공 장 루이는 혼자 살고, 혼자 사는 걸 좋아하지만 모드에게 결혼하고 싶다는 말을 한다. 그의 삶은 수많은 사람, 수많은 방향 전환, 수많은 여자로 번잡했지만 최근 스스로 택한 은둔 생활을 반긴다. 물론 너무 도시적이고 너무 말쑥한 감이 있어 진짜 칩거 생활로 보기엔 좀 그렇지만. 그는 사생활을 보류한 채 자신이 근무하는 미슐랭이 있는 클레르몽페랑 인근 세라에서 쉬는 것처럼 보인다. 부루퉁하거나 시무룩하진 않고 그냥 침잠된 정도다. 수치감도 외로움도 우울증

도 없다. 도스토옙스키의 지하인(《지하생활자의 수기》에 나오는 무명의 주
인공—옮긴이)이나 요제프 K.(프란츠 카프카의 《심판》에 나오는 주인공—옮긴
이) 같은 인물이 아니다. 그 점에서는 신경질적이고 자기혐오적이
고 실존주의적인 프랑스 남자도 아니다.

혼자 있게 놔주길 바라는 그의 열망에는 별로 고통스럽지 않고
아주 느긋하면서 치유되는 면이 있어, 그와 달리 외로움을 못 견
디는 내 경우는 고독 자체가 아니라 고독을 극복하지 못하는 나
개인의 문제가 원인이 아닐까 하는 생각을 하지 않을 수 없다. 궁
극적으로 볼 때 이 부분은 영화에서 가장 교묘한 허구일지도 모
른다. 완전히 자발적으로 보이도록 외로움을 윤색한 것일 수 있
다. 장 루이와 나 사이에는 큰 차이가 있었다. 그는 어울릴 사람들
을 박탈당하지 않았다. 언제든 그가 원하면 어울릴 수 있었다. 나
는 아니었다. 물론 그는 자신을 속일 수도 있었고, 18세기 희극이
빈민구호소, 자살, 매독, 범죄에 대한 언급을 모조리 뺀 것처럼 감
독이 용케 불안과 실의의 흔적을 모두 제거해 낸 인형의 집 같은
세계로 가면을 쓰고 들어갈 수도 있었다. 그는 완전히 자기기만
에 빠졌을지도 모른다. 하지만 그가 들어선 세계는 첫 장면부터
확실히 보여 주듯이 사람들이 다치거나 고통을 겪거나 죽는 행위
가 중심이 되는 영화의 냉혹한 세계가 아니다. 그보다는 깊은 자
의식과 한없는 자기기만이 비관습적으로 뒤섞인 관습적 사랑의
의미를 이해하려 애써 주는 아주 고상하고 말씨가 세련된 친구들
사이에서 산다. 이 세계에는 폭력, 가난, 마약, 와해, 경찰에게 쫓
기는 금고털이범, 병, 비극 따위는 없다. 눈물도 거의 없으며, 체

액을 주고받는 일도 없고, 변치 않는 사랑이나 자기혐오조차 없다. 모든 것이 아이러니와 재치로, 또 프랑스 특유의 그 불멸의 gêne(거북함), 다시 말해 선을 넘고 싶지만 억제할 때 누구나 느끼는 거북하고 불편한 그 끔찍한 느낌으로 은폐되어 있다. 청년기엔 이런 gêne를 떨쳐 버리고 받아들이지 않지만, 성인이 되면 즉각적인 얼굴 붉힘, 저류에 흐르는 열망, 성적 양심, 사회적 인정 등으로 그것을 음미한다.

장 루이와 모드는 성인이기에 마음의 문제에 대해서나, 열망이 취할 수 있는 구불구불한 경로에 대해서나 능통하다. 상대를 피하지 않지만 상대를 얻으려고 기를 쓰지도 않는다. 로메르의 남자들은, 내가 다른 도덕 이야기 시리즈를 보고 알았다시피 모두가 충족감으로 충만해 보이는 삶의 균열에 접한다. 그리고 얼마 지나지 않아 현실 세계로, 그곳에서 자신을 기다리는 단 하나의 사랑에게로 돌아온다. 《수집가》에서 보여 주는 지중해 별장의 짧은 휴가, 《클레르의 무릎》에 나오는 가족 별장으로 복귀, 《오후의 연정》에서 오후의 불륜적 상상은 모두 남자 주인공이 이미 자신이 홀딱 빠져들지 않으리라는 걸 아는 상대 여자에 의해 중단되는 막간 촌극들이다.

로메르의 도덕 이야기 여섯 편은 잔잔한 심리적 정물화라고 일컬을 만한 시리즈다. 세상은 전쟁 중일지 모르지만, 그리고 《모드의 집에서 보낸 하룻밤》 촬영 당시에도 여전히 베트남 전쟁이 격렬한 와중이었지만(사실 이 영화는 그 20년 전에 기획되어 시대배경이 1960년대 말의 눈보라 사태가 아니라 제2차 세계대전이었다), 로메르 세계의 인물들은 보카치오의 《데카메론》에서 역병을 피하려는 이들이나, 17세기 프랑스에 환멸을 느낀 궁정 신하들처럼 사랑을 얘기하는 식으로 현실의 추한 모습을 피하는 나름의 방식을 가지고 있다. 자신의 사랑뿐 아니라 사랑의 본질에 대해서도 얘기하는데, 정중한 대화를 통해 이루어지는 이런 얘기는 어쩌면 그게 아니라고 주장하면서, 혹은 주장하려 애쓰면서 사랑을 나누고 온갖 수단으로 유혹하지만 마지막 순간에 발을 뺄 만한 사람에게 다가가는 방법일 수 있다. 미몽에서 깨어난 17세기 파리 궁정 신하들은 관례적으로 살롱 안주인의 침대를 빙 둘러앉았고 안주인은 그 침대에서 얘기로 친구들을 즐겁게 해 주곤 했다. 이런 분위기라면 친밀하고 솔직한 대화였을 것이다. 어떻게 안 그럴 수 있겠는가? 하지만 언제나 유쾌한 소동, 현명한 판단, 공손함이 적절히 섞여 있었을 것이다. 프랑스 문학에서 가장 영적이고 가차 없이 통렬한 작품이라고 할 만한 《팡세》의 저자 블레즈 파스칼은 역시 탐문적이지만 단호할 만큼 정중하기도 한 《사랑의 정념에 관한 논고》의 저자이기도 하다. 이 논고의 저자에 대해서는 학자마다 다양한 이견이 존재하지만.

* * *

스무 살 청년에게는 《모드의 집에서 보낸 하룻밤》에 나오는 서른네 살의 장 루이가 성숙하고 현명하고 노련해 보였다. 그는 삶이 탄탄했고, 여러 대륙을 여행했고, 사랑하고 사랑받았으며, 외로움에 개의치 않을 뿐만 아니라 즐기기까지 했다. 스무 살의 나는 한 여자만 사랑했다. 그리고 그 봄에서야 그 모든 것에서 비로소 회복하기 시작하는 중이었다. 그녀를 향한 갈망, 그녀의 답변을 한 번도 받지 못한 전화 메시지, 바람맞은 데이트, *바빴어요*, 그 차가운 말과 함께 이젠 안 잊을게요, 라던 모호하고 기만적인 대답, 그녀가 사는 건물 밖에 서서 그녀의 창문을 빤히 바라보며 아래층에서 그녀의 집 벨을 누를까 말까 고민하던 그 밤이나 그녀에게 전화가 올 경우, 혹시라도 전화가 오면 나가기 위한 핑곗거리가 필요해서 빗속을 걸었지만 그녀는 전화도 하지 않았던 그 밤의 모든 일을 차마 용기가 나지 않아 그녀에게 말하지 못한 나 자신에 대한 자책, 어느 날 저녁 브로드웨이선 지하철을 기다리다 어색하게 해 버린 형식적인 입맞춤, 그녀의 집에서 함께 시간을 보내며 그녀가 내 앞에서 옷을 갈아입는 모습까지 봤는데도 갑자기 우리 사이의 모든 것이 불확실하게 여겨져 선뜻 그녀를 안을 수 없었던 그 오후, 몇 달 후 그녀를 다시 찾아가 러그에 같이 앉아서 그녀가 옷을 벗은 그날 내가 그녀의 의도를 읽지 못한 그 순간의 얘기를 꺼냈다가 어떤 의미였는지 털어놓은 그녀의 얘기를 듣고도 내가 여전히 행동을 취하지 못해 우리 둘 다 서로가 우리로 엮이지 못하리란 걸 알았던 우리에 대해 모호하고 실없는 얘기나 나누며 시간을 허비했던 그 오후, 이 모두가 성 세바스찬(원래는 로마군 장교였으나 몰래 그리스도교를 신봉하다 발각되어 황제에게 화살형을 선고받았지만 화살이 급소를 피해 가서 살아남을 수 있었다.—옮긴이)에게 박힌 무수한 화살처럼 나에게 뭔가를 상기시켰다. 잘못된(어긋난)

여자를 사랑한 일을 잊을 수 없다면, 적어도 그 일로 나 자신을 미워하지 않는 법을 배워야 한다고. 그날 오후의 그 순간을 붙잡지 않은 나 자신을 책망하는 편이 무엇이 나를 망설이게 했는지 답답해하며 욕망에 대해 의문을 가져 보는 것보다 훨씬 쉬운 일이라는 사실도 잘 알지만 그래야 한다고.

로메르의 남자 인물이 거의 모두 그렇듯 장 루이도 이미 그런 상황에 놓였다가 상처 입지 않고 멀쩡하게 다른 쪽으로 나왔다. 나는 그때 처음으로 다른 쪽도 있을 수 있다는 힌트를 얻었다. 숫기 없고 자신 없는 성격이지만 나에겐 여전히 희망이 있다는 것을 깨달았다. 하지만 장 루이가 모드의 접근을 피하면서도 내내 그녀를 좋아하는 척하는 모습을 지켜보며, 누군가에게 자연스럽게 일어나는 감정이 다른 누군가에게는 충동이 아닌 의도에 따른 것일 수도 있다는 생각이 들었다. 욕망의 불꽃에는 예외 없이 소소한 문제, 굴절의 순간, gêne의 역류가 따르며, 이 점을 묵살해선 안 되는 이유는 경우에 따라 뜨거운 격정에 휩싸인 상태에서 생각하는 이들이 있기 때문만이 아니라, 격정 그 자체가 하나의 사고방식이기 때문이다. 격정은 결코 맹목적이지 않으니까. 두 사람이 눈에 갇혀 함께 보낸 그 하룻밤에 자신들에 대한 생각을 털어놓으며 사랑에 관해 달변을 펼치는 모습을 볼 때는 이런 생각도 들었다. 생각은 늘 에로스(성애)를 떠올리므로, 생각은 육욕적이기도 하므로, 생각이란 것은 본질적으로 에로틱하고, 거의 외설적이라고.

* * *

장 루이가 처음 등장하는 장소는 교회다. 그는 독실한 가톨릭
교도다. 교회에서 매력적인 금발 여인에게 눈길이 끌린다. 한 번
도 말을 나눈 적이 없는 사이가 확실하지만 설교가 끝나 갈 무렵
그는 교회에서 말고는 본 적이 없는 것 같은 그 여인을 언젠가 아
내로 맞으리라 결심한다.

지극히 선견지명 같은 얘기로 들릴 수도, 지극히 착각에 빠진
얘기로 들릴 수도 있다. 하지만 두 사람은 로메르다운 인연으로
엮인다. 선견지명과 착각은 서로 뗄 수 없는 동반자 관계고, 서로
가 서로의 양분이 되어 준다. 둘의 공모는 시시하게 끝나지 않는
다. 우리의 바람이나 우리에게 가장 유리한 방향으로 운이 따라
준다. 다만 우리가 생각하는 대로는 아니다.

어느 날 교회에서 나온 장 루이는 그녀를 따라가 보려 하지만
중간에 놓치고 만다. 며칠 후인 12월 21일 저녁 뜻밖에 오토바이
를 타고 가는 그녀를 보지만 곳곳이 크리스마스 장식으로 꾸며진
클레르몽페랑의 좁고 북적이는 거리에서 또 놓친다. 12월 23일
우연히 그녀를 마주치기 바라며 시내 여기저기를 걸어 다닌다.

물론 그는 그녀와 우연히 마주칠 것이다. 다만 아직은 때가 아
닐 뿐.

하지만 그는 다른 누군가와 마주친다. 학창 시절 이후 오랜만에
만난 친구, 비달이다. 두 남자는 그 우연한 만남에 너무 들뜬 나머
지 카페에서 함께 시간을 보내고도 장 루이가 저녁을 먹자고 제안

한다. 비달은 옛 친구와 저녁을 먹을 상황이 못 되지만 여분의 콘서트 티켓이 있다며 장 루이에게 함께 콘서트를 보러 가자고 한다. 장 루이는 그의 제안에 응한다. 마음에 둔 금발 여인을 우연히 마주칠 기회일 수도 있다고 생각하면서. 하지만 콘서트장에 그녀는 없다. 두 남자는 다음 날 저녁에도 만나고 싶어 하지만 이번엔 장 루이가 그럴 상황이 못 된다. 크리스마스 이브의 자정 미사에 가고 싶기 때문이다. 결국 비달도 장 루이와 함께 미사에 참석하게 되고, 이번에도 금발 여인은 보이지 않는다. 비달은 다음 날인 크리스마스에 모드의 집에서 같이 저녁을 먹자고 한다. 비달은 모드에게 마음이 있지만 얼마 전 저녁 시간을 가벼운 분위기에서 함께 보낸 이후 플라토닉한 친구로 지내겠다고 마음을 접은 듯하다.

두 남자는 우연히 마주쳤던 저녁, 카페에서 얘기를 나누다 우연한 만남을 화제로 꺼내고 그 많고 많은 작가 중 특히 파스칼을 거론했다. 파스칼은 우연, 즉 *hasard*를 가장 많이 연상시키는 작가이자, 역시 우연히도 장 루이가 읽는 책의 저자이기도 했다. 말하자면 별개의 우연 세 개가 겹친 셈이었다.

층층이 겹친 이런 우연이 마음을 끌며 뇌리를 떠나지 않아, 이 영화에서 더 크게 작용할 설계 같다는 느낌이 자꾸만 들었다. 아무리 억지스러운 면이 있다 해도, 이런 여러 우연의 중복이 영화 전체를 떠받쳐 주는 듯하고, 우연을 얘기하는 두 남자의 이 대화는 앞으로 일어날 일에 대한 전조이자 악기 조율 같은 역할이나 다름없을 듯도 했다. 그런데 영화의 세 *hasard*에 그날 밤 다른 영화가 아닌 이 영화를 본 나 자신의 *hasard*가 더해진 데다 여러 단계에서 뭔가를 깨달을 때마다 묘하게도 개인적인 느낌으로 다가온다는 깨우침까지 들기 시작하면서, 영화가 단순한 지적 자극을 일으키는 걸 넘어서서 어떤 불가해한 방식으로 미학적이고도 거의 성애적인 자극에 불을 붙이며 로메르 영화는 모든 것이 성(性)으로 되돌아오되 모호하고 미묘한 방식이어야 할 뿐만 아니라, 로메르에 대한 모든 것이 나에게 되돌아오되 모호하고 미묘한 방식이어야 하는 게 아닐까 하는 느낌이 들었다. 그렇게 느낀 이유는 나 역시 베일을 벗겨 그 밑을 살펴보며 진실로 내세워진 것들과 기만들을 한겹 한겹 발가벗기길 좋아한다는 점을 영화의 여러 단계에서 재차 상기시켰기 때문이자, 나는 뭔가가 베일을 쓰고 있지 않다면 보려 하지 않기 때문이자, 내가 다른 무엇보다 좋아하는 것이 때때로 꼭 진실이 아니라 진실의 대용인 더 깊은 진실을 추구하는 통찰(사람들, 사물, 삶 자체의 음모에 대한 통찰)이기 때문이자, 통찰은 교묘한 면이 있어 사물의 영혼 속으로 슬그머니 들어가기 때문이자, 나 자신이 여러 단으로 이루어져 단순하고 직접적인 존재보다 더 잘 미끄러져 빠져나가기 때문이자, 내가 세상이 나처럼 속임수 많은 여러 층과 단으로 이루어져 있어 유혹하고는 속이고 달아나고 파헤쳐 보라고 해 놓곤 가만히 있지 않는다고 여기길 좋아했기 때문이자, 나와 로메르와 그의 인물들이 잠시 머무는 곳은 많지만 정작 정착할 곳 없는 여러 자아(일부는 더 자라지 못해서, 또 다른 일부는 여전히 더 자라길 갈망해서 포기한 자아들)가 함께 겹쳐 있으나 확실하고 식별 가능한 하나의 자아가 없는 방랑자들 같았기 때문이다.

나는 로메르가 인물들의 비밀을 풀어내는 걸 보는 게 즐거웠다. 나 자신도 소용돌이치면서, 모두의 생각과 달리 다른 사람들 역시 소용돌이치고 있다는 생각이 자꾸 들었다. 내가 어설프게 만지작거려 오던 걸 누군가가 실행해 사람들의 사적인 생각으로 살그머니 들어가 그들의 부끄럽고 하찮은 동기를 직감으로 밝혀내는 걸 보고 있으니 좋았다. 사람들은 두 개의 얼굴, 세 개의 얼굴이 있었다. 겉으로 보이는 대로가 아니었다. 나 역시 겉으로 보이는 대로가 아니었다. 그날 저녁 나는 나에 대한 가장 진실된 사실이 소용돌이처럼 감긴 정체성과 더불어 비현실적인 자아, 즉 그렇게 되었을 수도 있었으나 실제로는 그렇게 되지 않았으되 존재하지 않는다고 비실재적이지 않으며 여전히 그렇게 될 수도 있으나 끝내 되지 않을까 봐 초조한 자아와 마주했다.

하지만 두 남자가 운에 대해 얘기하는 장면에서 나를 동요시킨 것은 어쩌면 운에 대한 둘의 의견 교환보다 훨씬 더 단순한 것일지도 모르겠다. 둘의 열띤 대화를 듣다, 이 세상에서는 아주 세련된 프랑스어로 비슷한 대화가 드물지 않게 오가고, 프랑스의 카페에서 여전히 이런 식의 얘기를 나누는 사람들이 있다는 사실이 상기되기도 했다. 갑자기 내 고향도 아닌 곳이지만 고향일 수도 있었던 곳을 향한 향수병이 느껴지며 맨해튼의 거리에서 프랑스어로 말하는 소릴 듣고 싶어졌지만, 그와 동시에 선택권이 주어지더라도 프랑스로 이주하기 위해 맨해튼을 떠나고 싶진 않다는 생각도 들었다.

* * *

여기에 두 남자가 있다. 여기에 있는 나, 한 사람과 그곳에 있는 당신, 또 한 사람. 그리고 우리 사이에는 시간, 공간, 묘한 설계가 있는데, 이 설계가 어떤 이들에겐 전혀 설계도 아닐 테지만 우리에겐 그 의미가 잘 잡히지 않는 뭔가를 발견할 가능성이 있다는 증거다.

갑자기 내 마음을 사로잡은 것은 그들의 삶에 깃든 어떤 밝혀지지 않은 설계를 찾아 발견해 낼 가능성이었다. 로메르의 모든 것은 설계와 관련된 문제이며, 이 설계는 모든 것이 궁극적으로 형태의 문제라고 말하는 또 다른 방식이기 때문이다. 형태는 곧 설계의 부과다. 심지어 신의 부재, 정체성의 부재, 사랑의 부재에도 설계가 있다. 그것이 설계라는 환상일지라도.

세상은 우연의 일치로 가득하다. 우연한 만남, 우연한 발견, 우연한 통찰이 끊임없이 일어난다. 사실 세상의 모든 것이 우연이다. 하지만 로메르의 작품은 우연에 대한 알고리즘이 있다. 적어도 그런 알고리즘을 찾고 있으며, 우연한 일에 대한 논리가 있을 수도 있다. 그런데 이런 논리는 영화 밖에서도, 심지어 영화 안에서도 찾을 수 없다. 영화 자체가 논리다. 형태가 곧 알고리즘이다. 예술이 그러하듯 형태도 삶이 관건인 경우가 드물거나 딱히 삶이 관건이 아니다. 형태는 설계를 찾는 것인 동시에 발견하는 것이다.

로메르의 작품에 나오는 인물들의 삶에서는 우연한 사건들이 일어난다. 너무 자주 일어나서 아주 기묘할 정도이고, 작가의 술수가 바닥나서 데우스 엑스마키나(deus—exmachina, '신의 기계적 출현'을 의미하는 라틴어로, 문학 작품에서 결말을 짓거나 갈등을 풀기 위해 뜬금없는 사건을 일으키는 플롯 장치다.—옮긴이)에 의존해 플롯을 진행하는 시시한 19세기 현실주의 소설 못지않기도 하다. 하지만 로메르의 세계에서는 우연한 사건이 의미 없이 일어나지 않는다. 내적 논리의 외적 표출이며, 때때로 자신의 카드를 귀띔해 주기도 한다. 형태는 이 논리를 탐색해서 발견해 내고, 그 논리가 신기루로 변해 다시 스르륵 빠져나가기 전에 아무리 잠깐 동안이라도 확실하게 해 두는 방법이다. 우연한 사건들이 변덕스럽기 그지없게 느껴질 수도 있지만 이는 단지 우리가 삶을 순차적 논리에 따라 판단하기 때문이다. 이 사건들에는 다른 논리가 존재하되 논리적이지 않다. 우리가 말하는 소위 우연한 사건들이 작동하는 방식은, 아주 통찰력 있지만 자주 현혹되는 로메르의 인물들이 펼쳐 나가는 사고 과정과 똑같아 반직관적이고 의도적 역설을 띤다. 세상은 역설적으로 구성되어 더 이상 역설적일 수 없는 욕망에 정신이 지배당한다. 삶을 '읽기' 위해 세상을 반직관적으로, 즉 정반대로 읽어야 세상을 이해할 가능성이 더 높아진다. 17세기 프랑스 도덕주의자들도 이 점을 간파했다. 파스칼은 이를 *renversement perpétuel*, 즉 *끊임없는 뒤집기*라고 이름 붙였다. 하지만 파스칼은 논리에 능한 사람이었다. 그러니 그가 의미한 것은 *대칭적 뒤집기*(symmetrical reversal)일 가능성이 아주 높다. 어쨌든 우연의 일치는 대칭과 설계의 암시이자 잘 잡히지 않는 의미의 이해나 다름없다. 설계에 대한 사랑은 미학으로 바뀐 신에 대한 사랑이다. 대칭은 우리가 다른 식으로는 의미 없고 혼란스러운 삶에, 의미에 대한 환상이나 인상이나 어렴풋한 기미를 만들어 내는 방법이다. 아이러니 자체는 우리의 지성이 아무런 설계가 없음을 이미 알고 있는 것들에 우리의 지각이 부과하는 설계나 다름없다. 이런 양식화된 혼돈이 모든 예술의 본질이다.

《모드의 집에서 보낸 하룻밤》의 플롯은 대칭적 뒤집기가 눈에 띄게 나타난다. 장 루이는 정숙해 보이고 예배에도 꼬박꼬박 나오는 금발의 프랑수아를 말 한 번 나눠 본 적도 없는 상태에서 이미 결혼 상대로 점찍어 놓고 눈여겨본다. 한편 흑갈색 머리의 모드를 만나며, 전형적 요부형인 그녀와 잠자리를 갖고 싶으면서도 애써 거부한다. 하지만 모드의 아파트에서 나온 그 아침에 프랑수아를 보자 오토바이를 주차 중인 그녀에게 다가가 용기를 끌어내 자신이 길에서 마주친 모르는 사람에게 이러는 게 처음이라며 말을 건다. 모드의 경우처럼 결국 프랑수아의 집에서도 잠을 자지만, 함께 자진 않는다. 실제로 프랑수아와 결혼하고 아주 우연히 어떤 사실을 알게 된다. 5년 후 프랑수아와 함께 해변에 가서 우연히 모드를 마주쳤다가 자신의 아내가 다른 사람도 아닌 모드의 남편과 바람을 피운 사이였음을. 사실상 프랑수아가 모드의 이혼 이면에 숨겨진 이유일 수도 있음을.

그 해변에서 장 루이는 아내에게 자신이 처음 말을 건 그날 아침에 모드의 아파트에서 나오는 길이었다고 털어놓으려 했다. 하지만 그 얘기를 꺼내려 하기 전에 번쩍하고 깨닫는다. 해변에서 바로 그 순간에 프랑수아가 당황스러워하는 듯한 기색을 보인 이유가 마침내 남편과 모드에 대해 알았을 가능성 때문이 아니라 다른 뭔가가(대칭적 뒤집기와 이중의 단계가 극도로 양식화된 뭔가가) 있음을. 그는 아내를 보면서 아내도 바로 그 순간, 자신이 방금 아내에 대해 추론해 낸 그 사실을 추론해 냈음을 깨닫는다. 영화에서는 언급되지 않지만 그 추론이 뭔지는 확실하다. 프랑수아와 모드가 같은 남자와 잠을 잤고 그 남자가 모드의 남편이라는 것. 삶에서는 이들의 짝이 그야말로 뒤집혔지만 예술에서는 바로잡힌 것이다.

해변에서 남편과 아내 사이에 이렇듯 여러 단계에 걸친 깨우침이 오가는 완전한 우연성은 진실이 체계적으로 닿는 것이 아님을 말해 준다. 오히려 진실은 가로막히고 가로채져서 늘 불안정하고 오류나 수정에 취약하다. 뭔가에 대한 통찰은 어떤 경우든 옳을 수도 틀릴 수도 있으며, 우리도 이 점을 알고 있다. 하지만 통찰에 대한 통찰은 언제나 정교하게 이루어져서 형태의 흔적을 갖는다. 로메르의 작품에서는 의식이 욕망처럼, 우연처럼, 사고처럼, 대화처럼 언제나 자신을 의식하고, 따라서 언제나 양식화되는 세상이 펼쳐진다.

* * *

영화 초반부에서 카페에 앉아 있는 두 친구는 로메르 영화의 거의 모든 인물이 그렇듯, 바로 그 순간에 자신들에게 일어나는 일을 놓고 열띤 논의를 하는 데서 독특한 자의식적 전율을 느낀다. 우리의 만남이 어떤 의미를 띠는 걸까, 아니면 단지 운인 걸까? 이런 의문에는 답을 찾을 길이 없으니 다시 파스칼의 논리를 빌리자면, 우연의 일치 이면에는 틀림없이 어떤 의미가 있을 거라고 생각해야 한다. 관습적이고 통상적인 삶에서는 아니라 해도 적어도 예술의 전통적인 양식, 가령 영화에서라도 틀림없이 그럴 것이라고. 일련의 우연 속에서, 가령 박식한 지성으로 삶의 사건들을 하나하나 배치하는(혹은 프루스트가 즐겨 쓰는 표현 대로 *체계화하는*) 일 등을 퍼뜩 인식하여 결국은 그 사건들의 정렬만이 아니라 사건들의 반향, 즉 의미의 잔재까지 생각하는 그런 순간들은 정말로 소중하다. 현실의 나날의 단조롭고 종잡을 수 없는 실존 속에서 예술의 서약에 따라 우리의 삶을 틀 잡은 조물주의 가벼운 손길을 알아보는 것보다 더 좋은 일이 있을 수 있을까? 평생 한 번이나 두 번 일어나는 이런 일을 기적이라고 부른다.

하지만 형태가 의미를 우연의 일치에 따른 결과라고 보는 한 방법이라는 발견은 또 다른 발견에 의해 열외 취급을 받는다. 즉 여러 단계로 옮겨 갈 수 있는 이런 능력(논의라는 행동에 대해 논의할 수 있는 능력)은 그 자체로 의미가 있고 규방으로 이동되는 순간에는 이미 간접적으로 에로틱함을 띠기 때문에 폭발성을 갖는다. 바로 20분 후 장 루이와 모드 사이에 이런 일이 일어난다. 이런 식의 솔직함과 이런 식의 자의식적 사고와 층 들춰 내기는 침실에서만 이를 수 있었다. 그것은 심지어 솔직함이 아니지만 솔직함의 온갖 굴절을 띤다. 아주 숨김없는 동시에 친밀하여 연인들이 침대에서 서로에게 펼쳐 주는 신뢰 어린 태도로 얘기하고 그러는 내내 조심스러운 거리를 유지한다. 우리가 아는 한 두 사람은 유혹하는 거나 마찬가지라고 볼 만도 하다. 모든 진실에는 변덕과 술책의 각인이 있고, 우리의 극도로 자발적이면서도 머뭇거리는 고백에는 술책이 개입된다.

진실을 말하려거든 에둘러 말해요
돌려서 말하는 게 좋은 거예요

에밀리 디킨슨의 시구다. 이런 식의 시각을 가진 적이 없다. 욕망에 사로잡힐지언정 그 욕망의 먹이가 된 적이 없다.

나는 모드와 장 루이가 말하는 방식대로 말하지 못하는 것이 아쉬웠지만 누구에게든 그런 식으로 말해 본 적이 없다. 장 루이와 모드의 통찰력, 지혜, 오도된 자기만족이 부러웠다. 욕망과 불안의 뉘앙스 하나하나를 지나치도록 분석에 분석을 거듭한 뒤 그런 욕망과 불안의 막연한 느낌을 동요시키는 그 사람에게 바로 돌아서서 털어놓으려는 그 대담한 충동도. 두 사람은 자신들의 잘 짜인 맹세가 격정의 길을 열어 주기보다 결국은 격정의 불을 꺼뜨려 방해할 수도 있음은 생각도 못 했을 것이다. 어쩌면 두 사람의 말은 너무 이르게 왔다가 너무 멀리까지 가 버린 반면, 몸은 갑갑하고 자의식 과잉인 낙오자처럼 속임수에 빠진 채 자신의 노선을 잊어버린 엑스트라였는지도 모른다.

그렇다 해도 두 사람은 거북한 침묵의 시간에 오로지 대화만 나누었고, 말 자체가 대리 쾌감을 일으켜 주었다. 격정을 쫓아 버리거나 보류하는 게 아니라 격정을 얘기하고 생각하게 해 주었다. 이런 경우를, 어쩌면 오로지 이런 경우만을, 욕망이 교화의 매개가 되는 경우라고 말할 수 있다.

하지만 이 모든 층층의 대화와 속임수를 무효화하듯 어느 시점에선가 모드가 장 루이를 쳐다보며 그날 밤 그의 모든 행동을 이 한마디 말로 압축할 만도 하다. "바보."

* * *

크리스마스 저녁 비달은 장 루이를 모드의 아파트에 데려간다. 장 루이와 모드가 처음으로 만나는 순간이다. 세 사람은 파스칼에 대해 얘기한다. 대화는 가벼우면서도 진지하고, 모드와 비달 모두 장 루이가 가톨릭교에 독선적 집착을 갖고 있다며 놀린다. 그러다 모드가 티셔츠로 갈아입더니 거실 침대의 이불 속으로 들어가 17세기 *précieuses*(재치 있고 세련된 귀부인들) 사이에서 행하던 의례를 재현하고 있음을 의식하며 자신의 살롱(응접실)에 두 남자가 함께 있다는 사실에 한껏 즐거워한다. 한편 저녁이 다 저물어 가고 비달은 그만 돌아가야 하는 상황이다. 장 루이도 이제 가봐야겠다고 말하지만 눈이 오니 그날 밤은 모드의 집에서 보내라는 부추김을 받는다. 그는 독실한 가톨릭교도 아닐까 봐 진심으로 불편해하며 혹시 모드가 자신에게 흑심을 품은 게 아닐까 의심하는데, 모드는 안심하라며 원하면 다른 방에서 자도 된다고 말한다. 비달이 가고 얼마 지나지 않아 장 루이는 이제 자고 싶다며 다른 방은 어디에 있는지 묻고, '다른 방'은 없다는 얘길 듣는다. 모드는 그녀 특유의 재치 있으며 짓궂고 놀리는 듯한 말투로 덧붙이길, 자신이 장 루이에게 다른 방에서 자라고 권할 때 비달도 그녀의 집에 '다른 방'이 없다는 걸 알았다고 말해 준다. 그제야 비달이 뾰로통한 얼굴로 서둘러 돌아간 이유가 설명된다. 그 이후 기숙사의 다른 빈방을 권하는 여자가 나오긴 하는데 모드가 아닌 미래의 아내, 프랑수아다.

모드와 장 루이는 가깝게 붙어 있지만 확실히 불편한 기색을 보이며 계속 얘기를 나눈다. 그녀는 이불을 덮었고, 그는 더블버튼의 회색 플란넬 정장을 그대로 입은 채 상체를 구부려 침대에 기대앉았다가 영화 관람객만큼이나 모드에게도 불편한 어느 침묵의 순간에 그녀를 강렬한 눈빛으로 쳐다보고, 그녀도 그를 마주 본다. 하지만 두 사람은 무슨 말을 해야 할지 몰라 하다가 어느새 서로에게 자신의 얘기를 털어놓는다. 그녀는 인생사를 풀어놓으며 바람을 피운 전남편, 자동차 사고로 죽은 애인, 남자복이 지지리도 없는 팔자 등을 얘기한다. 그도 과거의 연애사를 대략 풀어내지만 훨씬 더 조심스럽다. 두 사람은 그의 가톨릭교 개종, 가벼운 섹스 파트너 관계를 꺼리는 태도, 그녀의 선견지명 있는 관점에서 볼 때 독실한 가톨릭교도 여자들이 하나같이 금발이기 때문에 그가 금발 여자와 결혼하고 싶어 한다고 여겨지는 그의 열망 등도 화제로 삼는다. 그러다 경계가 풀린 어느 순간, 두 사람이 서로를 빤히 볼 때 모드가 말한다. "누구랑 이렇게 얘기를 나눠 본 지가 얼마 만인지 모르겠어요. 좋네요."

두 사람의 대화는 가벼운 '규방 철학'일 뿐 안락의자 심리학(armchair psychology, 훈련을 받지도 않고 정신의학에 관한 배경 지식도 없으면서 남들의 정신 건강에 대해 조언하고 진단 내리는 것—옮긴이)도, 심지어 유혹도 아니다. 하지만 아주 분석적이며 거의 거북할 만큼 친밀하고 예리하다. 분석과 유혹이 통찰과 우연처럼, 혹은 혼돈과 설계처럼 서로 엮여서 더 이상 따로 구분할 수가 없다. 인간의 정신이라는 변덕스럽고 변하기 쉬운 지적 중추에 대한 로메르의 통찰은 파스칼이 말한 *ésprit de finesse*(섬세의 정신. 기하학적 정신의 대개념으로 기하학적 정신이 소수의 원리에서 나온 엄밀한 추론에 의존하는 데 비해, 섬세의 정신은 다수의 작은 원리를 한꺼번에 파악하는 '유연한' 정신이며 '좋은 눈'이다.—옮긴이)와 라로슈푸코의 *pénétration*(통찰력)이 그 핵심이다.

로메르가 곧잘 문학적이라고 '비난'받는 이유는 그의 각본이 비상할 만큼 잘 쓰였기 때문만이 아니다. 정신을 이해하는 열쇠가 우리 삶의 모든 사건의 열쇠처럼 픽션에서만 발견될 수 있다는 그의 한결같은 확신 때문이기도 하며, 그가 이렇게 확신하는 이유는 픽션, 더 폭넓게는 예술이야말로 아무리 일시적일지라도 설계라는 악마를 붙잡는 데 유용하게 활용할 만한 유일한 메커니즘이기 때문이다. 어떤 경우든 설계가 있었을 테고, 설계가 없었다면 아주 정교하게 만들어진 역설적 방식으로 설계를 찾는 바로 그 행동이 이미 삶 자체가 아주 정교하게 만들어지고 양식화된 일임을 확신하는 한 방법이었다. 뭔가가 있으리라는 것이 아닌 아무것도 없으리라는 생각은 미학적으로 용납될 수 없다.

* * *

　모드의 침실에 차려진 임시 '규방'에서 장 루이와 모드는 견딜수 없도록 친밀한 상황에서도, 그리고 평범한 사람이라면 감각이 장악하길 훨씬 더 바랄 만한 상황에서도 분석적 태도를 취한다. 하지만 분석이 성급하게 관능으로 빠지도록 허용하지 않는다. 여기에서는 둘 사이에 흐르는 가벼운 *gêne*와 이따금씩 젖어드는 완전한 침묵이 아주 강렬하고 무장해제적이어서, 그것도 발가벗긴다고 표현하고 싶어질 정도로 무장해제적이어서 침대 자체보다도 두 사람이 그 순간에 맴도는 관능성을 훨씬 더 자극한다.

　감각이 분석을 굴절시키지 못해 두 사람은 분석적이 된다. 이 경우의 격정은 일반적인 경우보다 더 빈번하게 목적이 아닌 위장, 출구, 핑계다. 또한 대개 육체적 접촉이 암묵적 모호함도, 점점 더해 가는 거북함도 견딜 수 없어 하는 두 사람 사이의 긴장을 묻어 버린다. 경우에 따라 자발적인 것이 말이 아닌 격정일 때가 있다. 말이 우리를 발가벗기고 격정이 은폐 수단이 되기도 한다. 로메르 감독의 영화에 전형적으로 나타나는 특징인 이런 역전은 단지 섹스를 굴절시키거나 연기시키는 용도로 대화를 활용하지 않는다. 오히려 대화는 두 개인 사이의 가장 친밀한 행위라고들 말하는 섹스가 친밀성을 아예 피하면서 성급한 속임수로 우리에게 빼앗아 가는 그런 친밀성을 찾으려는 욕망이다. 로메르의 세계에서는 격정이 바람직한 눈가리개에 다름 아니어서, 어쩔 수 없이 자신의 본성과 실체를 드러내야 하는 견딜 수 없는 순간을 피하게 해 준다.

*　*　*

영화를 보다 침실에 갇힌 채 앞으로 연인이 될 가망이 있는 두 사람에게 점점 불편한 감정이 들던 어느 순간, 생각나는 여자애가 있었다. 1년 전, 열아홉 살이 되고 얼마 지나지 않아 센트럴파크 베데스다분수 바로 옆에서 키스하고 애무했던 그 여자애. 모든 일이 정말 돌발적으로 일어났다. 그 애가 전화했고, 58번가의 파리 시네마에 갔고, 이름 없는 식당에서 뭘 좀 먹고, 그러고 나서 그 공원을 거닐며 72번가 지점까지 다다르게 되었다. 모든 게 계획 없이 착착 이루어져 삶 자체가 상황들을 직접 처리하며 나에게 끼어들지 말라고, 간섭할 생각도 말라고, 모두 다 알아서 챙겨 주겠다고 말하는 것 같았다. 그때 경찰관 둘이 우리에게 다가와 연인들은 출입 금지라고 말을 건넸다. 목소리에 키득키득 웃음기가 담긴 그 말을 들었을 때 나에게 든 생각은 *그럼 지금 우리가 연인인 거네, 끝내주는데*, 였다. 우리는 웨스트72번가의 우먼스게이트를 지날 때까지 경찰관들과 농담을 나누다 한때 워싱턴하이츠행 CC트레인으로 불리던 곳의 주택지구로 향했다. 여자애는 자기 집에 도착하자 같이 올라가자고 했다. 나는 그날 저녁 한 번도 신호를 잘못 읽지 않았다. 그녀는 인스턴트 커피를 타기 위해 불에 물을 올렸고 우리는 소파에서 키스를 나누다 러그로 내려갔다. 몇 달 전, 그 지난해 열여덟 살의 내가 놓친 신호에 대해 긴 대화를 나눈 바로 그 러그로. 우리는 그때의 얘기를 계속했고 대화가 잠깐 끊겼을 때 그녀가 거실 바로 옆 방에 있는 어머니가 깰까봐 신경 쓰인다고 말했다. 걱정 마. 우리가 시끄럽게 떠드는 것도 아니잖아. 내가 말했다. 글쎄, 이제 그만 집에 가야 하는 거 아니야? 시간이 너무 늦었는데. 그녀가 대답했다. 그날 밤 나는 지하철역으로 가며 그녀의 마음이 바뀐 모양이라고 생각했다. 그러다 퍼뜩 깨달았다. 내가 머뭇거렸음을. 나는 그녀가 내 앞에서 옷을 벗은 그 오후의 미스터리를 풀고 싶었고, 그 일을 마무리 짓기 위하여 그날에 대해, 안 가기로 이미 마음을 먹었다가 가게 된 파티에서 처음 만난 그날 밤에 대해 솔직할 뿐만 아니라 지적이기도 한 얘기를 나누고 싶었다. 그날 저녁의 대본에 없었을 것이 뻔한 일들을 여러 개나 원했던 것이다. 그때는 아직 몰랐지만 내가 원한 것은 로메르의 순간이었다. 남자와 여자가 피할 수 없이 향하게 될 방향이라는 것을 둘 다 알면서도 그곳에 서둘러 이르길 꺼리며 또 다른 충동에 주의를 기울여 두 사람의 우연한 만남을 세밀히 분석하고, 지금에 이른 과정을 짚어 보고, 열망과 운명이 서로 떼어 놓을 수 없이 융합되는 이치를 풀어내고, 이런 일들을 생각한 후 서로를 돌아보고 바로 털어놓으며, 바로 이때 두 사람이 서로의 희망과 에두른 술책을 밝히기도 하면서 상대방이 좀처럼 알아채지 못한 일들을 알게 해 주는, 그런 마법 같은 시간이었다. 나는 그런 기간을, 그런 *durée*(지속 기간)를 갖고 싶었다. 내가 원한 건 용기가 아닌 구애였다. 그런 기간을 더 오래 갖고 싶었다.

나는 그 이유를 영화를 보는 동안 알게 되었다. 이제 보니 나는 로메르의 스크린에 펼쳐진 픽션을 빌려 와서 워싱턴하이츠의 그 여자애와 나의 실패한 연애에 투영하고, 로메르의 열쇠로 내 삶을 재연하고 있었던 것이다. 내 삶을 잘못 읽고, 확실히 로메르도 잘못 읽고 있었지만 두 경우 모두 그런 치환이 어쩐지 감동적이고 흥미로웠다. 그녀의 어머니 집 소파에서 나눈 우리의 대화, 그녀의 옷 속을 더듬던 내 손, 잘 신경 써 주지도 않으면서 관계를 질질 끌었던 그녀의 전 남자친구 얘기, 그녀의 전화를 늘 기다렸다는 말을 하려는 찰나 갑자기 울린 주전자 소리를 떠올리며, 우리가 누벨바그(1960년대 프랑스에서 유행한 영화 사조—옮긴이) 시절의 그 흑백 세계에서 프랑스어로 말하며 살았더라면 좋았을 것 같다는 생각도 들었다.

하지만 영화관에서 나에게 일어난 일도 쉽게 뒤집힐 수 있을 것이다. 워싱턴하이츠의 그날 밤 회고적 시선을 던진 사람은 내가 아니라 로메르였으니까. 어찌 보면 그가 한 시간가량 내 밤을 빌려 그 투박함을 조금씩 줄이고 종잡을 수 없는 그 모든 심리학 용어 나부랭이도 제거해 주며 우리 둘의 장면에 리듬, 지성, 설계를 부여한 뒤 스크린에 투영해 주는 한편 영화가 끝나면 다시 돌려주되 살짝 변경해서 돌려주겠다고 약속한 셈이었다. 그것도 내가 내 삶을 다시 돌려받긴 하지만 다른 면에서 보도록, 즉 이전의 모습도 아니고 이전과 다른 모습도 아닌, 내가 늘 그래야 한다고 상상한 대로 내 삶의 이상을 보도록 해 주겠다고. 프랑스에서 이루어지는 나의 이상적인 삶, 프랑스 영화 같은 내 삶, 대칭적으로 뒤집힌 내 삶을. 그로써 내 삶은 축소되고 온갖 쓰레기와 온갖 방해가 제거되어, 이제 남은 것은 그렇게 되었을 수도 있었지만 실제로 일어나진 않았으되 일어나지 않았다고 해서 비실재적이진 않으며 여전히 일어날 가능성이 있으나 결코 일어나지 않을까 봐 초조했던 삶이 쓰인 빈 종이에 찍힌 비현실적 투명 무늬뿐이었다. 방향을 잃은 듯 더할 수 없는 혼돈이 일었다. 아니, 더할 수 없는 해방감을 느꼈다.

* * *

그날 저녁 영화관 밖으로 걸어 나오며 깨달았다. 내가 구애와 로맨스에 관한 한 앞으로도 완전히 무능할 운명이라 해도, 연인으로서 너무 소심해 로메르 영화의 남녀들처럼 대담하거나 지성적으로 얘기하지 못하는 사람이라 해도 영화에서 어떤 일깨움을 얻은 덕분에 이제는 이해할 수 있었다. 로메르의 영화에서는 사랑, 운, 다른 사람들, 삶이 우리의 길에 던지는 신기루를 꿰뚫어보는 능력과 관련된 모든 것이 단 하나로 축소될 수 있으며, 그 단 하나가 바로 형태에 대한 사랑임을. 그의 영화는 고전적이었다. 현상황, 현실, 현시점, 도시의 어두운 그림자, 베트남 전쟁, 제2차 세계대전 등 1960년대 말에 모두가 영화에 담아내느라 여념이 없던 주제는 신경 쓰지 않았다. 더 차원 높은 원칙인 고전주의의 은혜를 입어 세련되게 연마했다. 아무 일도 일어나지 않고 등장인물의 마음이 플롯인 단편영화였다. 완전히 새로운 것이었다. 나는 매혹되었고, 그 순간에야 문득 상기되었다. 고전주의는 절대 죽지 않았고, 최고의 인류가 갈망할 수 있는 예술 자체가 사실상 거품에 불과할지 모르지만, 이 거품 안에 존재하는 것과 우리가 그 거품 속을 거닐며 배우는 것이 삶보다 뛰어나다고.

밖으로 나와서 주위를 둘러봤다. 그날 밤 그 도시의 모습은 위어나 호퍼의 뉴욕과 달랐다. 맨해튼에 보정의 손길을 가해 자신만의 도시로 만들어 낸 또 다른 화가들의 뉴욕과도 달랐다. 이제는 확실히 알 것 같았다. 그윽한 멋, 건물에 입힌 예술의 코팅, 층이 없다면 그 도시는 베풀어 줄 아름다움도, 다정함도, 사랑이나 우정도 없다는 것을. 나에게 아무것도 발산하지 않고 아무 의미도 없다는 것을. 이 도시는 나의 도시가 아니었고, 결코 나의 도시가 되지도 않을 거라고. 그 도시의 사람들은 나의 사람들이 아니었고, 앞으로도 내내 그러리라고. 그 사람들의 언어는 나의 언어가 아니었고, 앞으로도 내내 그러리라고.

밤이 깊어진 이 시간에 맨해튼이 점차 광채를 잃어 가는 모습을 지켜볼 때는 또 다른 깨달음이, 어쩐지 더 가슴 아픈 깨달음이 일어났다. 내가 프랑스를 잃어 가는 중이고 전에도 프랑스를 잃었으며, 파리 역시 나의 도시가 아니고 나의 도시였던 적이 없고 앞으로도 평생 그러리라는 것을. 나는 이곳에 있지 않았으나 확실히 다른 어디에도 있지 않았다. 제대로 풀리는 게 하나도 없는 것 같았다. 원하는 여자가 있었지만 가질 수 없었다. 내가 사는 거리는 나의 거리가 아니었고, 내가 취업한 일자리는 오래가지 못할 것 같았다. 아무것도, 아무 곳도, 아무도 없었다. 좋아한 적도 없는 더스패서스(작품에서 물질만능주의를 비판한 미국 작가 존 더스패서스—옮긴이)의 말이 머릿속에서 소용돌이쳤다. "밤이면 머리가 원하는 것들로 가득 차서 (젊은 청년은) 홀로 걷는다. 직장도, 여자도, 집도, 도시도 없이."

그날 밤 집으로 가는 시하철에 함께 데리고 탄 것은 상상의 파리와 상상의 뉴욕이었다. 현실적이지 않은 그곳에선 사람들이 문어적인 프랑스어와 문어적인 영어가 뒤섞인 말을 하고 자신들에게 비실재적인 일들이 일어나는 걸 보고 있었다. 자신들이 영화를 찍고 있어 아름답게 쓰인 대본의 인물들이고 그런 식으로 변장된 자신들의 삶이 점점 좋아지는 걸 알고 있기라도 한 것처럼. 그 사람들 역시 다들 잔인한 현실이라고 말하는 지금의 상황을 불신하기에, 여기 이 세상에는 잔인한 현실이란 것이 존재하지도 실재하지도 않고 들어설 자리도 없었기에, 중요한 것들은 실재적이지 않고 실재적일 수가 없었기에 그런 삶이 좋아지고 있다는 듯. 나는 실재적 세계에 관심이 없었지만 그런 말을 입 밖으로 꺼낼 용기가 없었다. 나는 다른 뭔가를 원했다. 채워지지 않을 뭔가를.

나는 96번가에 가는 지하철이 아니라 북쪽 방향 지하철을 타고 168번가까지 간 다음 반대편으로 건너가 집으로 가는 시내행 열차에 올랐다. 그녀와도 이렇게 타고 간 적이 있었다. 북쪽 방향 지하철을 타고 가서 시내행 열차에 오르려고 서둘러 육교를 건너갔더니 문이 막 닫혀 버리다가 갑자기 다시 열려서 가까스로 탔다.

그녀는 157번가 정류장에서 내리기 전에 내 입술에 입을 맞추었다. 키스의 여운이 96번가의 정류장까지 오는 내내, 그 뒤에 97번가로 걸어가는 도중에도, 침대에 누웠을 때도, 다음 날 아침에 눈을 떴을 때도 남아서 그 키스가 나와 함께 밤을 보내며 내 곁을 떠나지 않은 느낌이었다. 결코 떠나지 않았다. 나는 열차가 주택지구 쪽을 향해 116번가를 지난 뒤 지하에서 지상으로 확 튀어 나가며 숨을 쉬기 위해 올라가 125번가의 고가 철도로 질주한다는 것을 알았다. 열차가 소리를 내며 다시 지하로 들어가기 전, 고가 철도의 그 짧은 막간이 좋았다. 브로드웨이를 걸어 122번가를 지날 때 브로드웨이선 열차가 갑자기 거대한 장갑차처럼 터널 밖으로 총알같이 튀어나와 엄격한 속도와 목적을 지키며 철로를 전속력으로 달리는 모습이 잠깐 보였고, 오늘은 열차를 지켜보는 것마저 좋았다. 열차 앞쪽의 빨간 등이 경비원의 손전등처럼 자신의 경로를 알리고 또 승객들이 다시 한번 그 밤에도 안전함을 알리는 것 같았다. 로메르를 발견한 그 저녁에 워싱턴하이츠의 그녀와 우연히 마주치길 기대하며 주택지구 쪽으로 향했다. 물론 삶에서는 그런 만남이 일어나지 않는다는 걸 알았다. 하지만 그런 만남을 생각하는 게 좋았고 우리가 만나면 나눌 얘기들이 좋았다. 내가 우리 사이가 꼬인 이유를 통찰하면 그녀가 매번 재치 있게 맞받을 것 같아 너무 좋았다. 그녀가 내 통찰을 다른 각도로 뒤집은 뒤 그 통찰이 아무리 재치 있어 보여도 어떤 경우든 다른 방식의 시각이 있다고 알려 주며, 자기 생각을 듣고 싶다면 내가 바보였다고 간단히 말해 주겠다고 할 것 같아서. 옆 방의 어머니

가 깨면 어떻게 하냐고 했던 그날 밤의 그 말은 여기 말고 자기 방
으로 가자는 뜻이었다며, 내가 정말 바보였다고 말할 것 같아서.

로메르와 함께 한 저녁 시간

클레르 혹은 안시호수의 소소한 소란

EVENINGS WITH ROHMER
Maud; or, A Minor Disturbance on Lake Annecy

영어 제목인 'Poppy Field'로 알려진 클로드 모네의 〈양귀비 들판(Les Coquelicots)〉을 처음 본 건 열세 살 때였다. 그 그림이 처음 본 모네의 그림인데 보자마자 나에게 말을 걸어왔고 반세기가 지난 후에도 여전히 그렇게 말을 걸고 있다. 그림이 아름답다는 것은 알지만 왜 아름다운지, 왜 그 어떤 말로도 이 그림에 대해 표현할 수가 없는지, 볼 때마다 밀려드는 심원한 조화의 느낌을 자극하는 정체가 정확히 뭔지 헤아리는 면에서는 나는 아직 걸음마도 제대로 못 뗐을 것이다. 그 정체가 색채라는 건 알고, 베퇴이유 시골집의 아침이나 오후 풍경에 그 주제와 기질과 온전한 평온감이 암시적으로 담겨 있다는 것도 안다. 그 이상이 담겨 있다는 것도. 하지만 내가 지금까지도 예전과 똑같이 이 그림에 감응하는 이유는 열세 살 때조차 이 그림이 나를 단박에 내 유년기의 훨씬 더 어린 시절로 데려다 주었기 때문이다. 그러니 이 그림이 나에게 감동을 일으키는 것은 미학적 이유만이 아니라 주관적이고 개인적이고 일대기적인 이유일 것이다. 물론 주관적이거나 개인적인 반응이 특히 인상파 화가들 사이에서 미학적 자극으로 일으키려는 바로 그것이라면 괜한 소리겠지만.

이 그림을 보면 해변에서 멀지 않았던 우리의 여름 별장이 떠오른다. 수많은 야생 식물, 무수한 관목, 별장에서 비탈길을 지나 길로 나가면 양귀비와 재스민이 흐드러지게 핀 작은 보도로 이어지고 더 가면 마침내 눈앞에 펼쳐지던 그 해변도. 그림의 전경에는 두 인물이 보이는데 아이와 여성이다. 내게 그 소년은 당연히 나고 여성은 할머니로 보인다. 그림의 여성을 어머니가 아닌 할머니로 생각하는 이유는 할머니가 침착하고 아주 차분했던 반면 어머니는 목소리가 크고 괄괄하고 성격이 불같았기 때문이다. 모네의 그림처럼 우리는 나무 밑을 걸었고 맑게 빛나는 하늘엔 화창한 흰 구름이 점점이 흩어져 있었으며 아마도 언덕이었을 오르막 꼭대기엔 집 한 채가 자리했다. 언덕 위 그 집의 주인이 러시아인 부인이었는지 우리였는지는 기억이 가물가물하지만, 아무튼 그녀 앞에서는 예의 바르게 행동하라는 말을 누이가 들은 것으로 미루어 그 부인은 귀족이었던 것 같다.

이 그림은 풍부함, 느긋함, 평안함이 느껴지고, 심지어 행복과 함께 세계대전 이후 유럽에서 접하기 어려운 평온한 나태함마저 든다. 다섯 살 이후 그 집에 다시 간 적이 없을 것이다. 그런데 갑자기 열세 살 때 그 여름 별장으로 다시 빨려 들어가 그 시절에는 내 삶도 평온하고 안전하고 조화로웠음을 상기시키는 듯했다. 그 시절 그 집에서 할머니는 페이스트리와 케이크를 굽고, 우리는 아래층 정원에서 파라솔을 펼쳐 놓은 동그란 테이블 앞에 앉아 있곤 했다. 아침에는 그곳에 앉아 간단한 간식을 먹고 오후에는 차를 마셨는데, 할머니는 자수를 놓으며, 정말로 언제나 그렇게 자수를 놓으면서 지난날의 얘기를 들려주었다. 그 당시 우리의 삶은 파문 없이 잔잔했다. 내가 그 시절에서 아담과 이브의 죄로 인류가 타락하기 전의 이미지를 연상하는 것은, 모네의 이 그림이 바로 그런 이미지를 엿보여 주기 때문이다. 현실 세계가 너무 철두철미하게 가로막혀 〈양귀비 들판〉이 1871년 프랑스가 프러시아와 싸워 가장 치욕적인 패전을 당하면서 점령, 제2정 붕괴, 파리 코뮌(파리 시민들이 세운 사회주의 자치 정부―옮긴이), 나폴레옹 3세 생포, 터무니없는 액수의 전쟁 배상금 지불이라는 일련의 사태를 겪은 지 2년 후에 그려졌다는 사실이 잘 믿기지 않는다. 모네의 그림은 이 모든 상황이 하나도 담기지 않았다. 언덕 위의 그 집에 대한 기억에 내 나이 열세 살 무렵 우리 가족이 겪어야 했던 불행들이 하나도 머물지 않은 것처럼.

뛰어난 예술 작품이 모두 그렇듯 모네의 〈양귀비 들판〉은 모네의 그림에 나 자신의 삶을 투영하고 접붙이게 해 주기보다는, 그의 그림에서 내 삶에 대한 단서와 관점을 빌려 와 내 삶의 배열과 논리와 가장 중요한 부분을 더 잘, 그리고 좀 더 확실하게 발견하고 이해하여 모네의 그림에 담긴 열쇠로 내 삶을 읽게 해 준다. 이런 과정은 투영의 과정보다는 회복의 과정이고, 발견의 과정이 아닌 기억의 과정이다. 한 걸음 더 나가 말하자면, 모네는 내 유년기의 흩어진 순간들을 가져가서 내가 자신의 그림을 통해 나 자신의 삶이 보내는 아득한 메아리 같은 것을 보도록 재설계해 주었다. 언덕 위의 그 집에 대한 기억들을 가져가 베퇴이유에도 내가 유년기의 여름을 보낸 그곳에도 더 이상 실재하지 않는 집의 삶을 더 좋은 버전으로 건네주었다. 그 집은 더 이상 그의 캔버스에 머물러 있지 않으며, 이제는 다른 곳에 있다. 앞으로도 언제까지나 그럴 것이다.

* * *

1971년 5월 《클레르의 무릎》을 보며 이 영화의 여름 배경지가 안시호수라는 걸 바로 알아챘다. 하지만 그 전까지 안시호수에 직접 가 본 적은 없었다. 영화의 무엇이 모네나 옛 여름 별장을 상기시키는 것인지조차 분간할 수 없었다. 그 호반이었을 수도 있고, 아니면 사람들이 빙 둘러앉아 얘기를 나눌 수 있는 정원의 테이블이나 영화의 초반 몇 장면에서 지저귀던 새들이나 그 넓은 호숫가에 맴도는 정적이었을 수도 있다. 하지만 도저히 분간하기 힘든 어떤 이유로, 내 유년기와 모네의 그림이, 혹은 그 둘과 가까운 뭔가가 생생하게 살아났다. 그때는 그 연관성을 찾을 수 없었거나, 어떤 연관성을 어렴풋이 알아챘더라도 어떤 식으로 연관 지어야 할지 딱히 몰랐다. 생각해 보니 그 연관성이 영화와는 관계없다고 느껴져서 무관한 문제로 여겼을지도 모른다. 하지만 그 여름 끝 무렵 파리에 가서 할머니와 몇 주 보내기로 한 것은 결코 우연이 아니었다. 설명할 수 없는 방식으로 영화와 엮여 있었던 것이다. 마음 한구석에 모네의 그림을 담아 둔 채 딱히 친숙하지도 낯설지도 않은 이 영화의 배경지를 보노라니, 그 장면으로 곧 떠날 유럽 여행에 대한 막연한 예감뿐만 아니라 기억의 그림자까지 드리워졌다. 나는 잠깐 동안 세 개의 시제를 붙잡고 있었다. 과거의 옛 여름 별장과 연결된 모네의 베퇴이유, 3번 애비뉴의 68번가 영화관에 있는 현재의 순간, 프랑스에서 나를 기다리는 아주 가까운 미래를.

물론 그중 무엇도 현실적이지 않았다. 모네의 그림은 환상이었고, 68번가 영화관은 팝콘을 먹는 사람들로 빽빽했고, 할머니의 그루즈가 원룸 아파트는 하녀방보다 조금 더 넓은 수준이었다. 하지만 영화는 현실을 굴절시켜서 그 대신 훨씬 더 좋은 세상을 열어 주었다.

《클레르의 무릎》은 내가 본 에릭 로메르의 두 번째 장편영화로, 《모드의 집에서 보낸 하룻밤》을 보고 몇 주 뒤에 보러 갔다. 모드의 침실에서 펼쳐지는 장면과 대화가 너무 좋았기에 두 영화를 다 본 사촌에게 《클레르의 무릎》에도 비슷한 장면이 나오는지 물었다. 그녀의 대답을 듣고 나서 거부할 수 없는 마음이 더욱더 커졌다. 《클레르의 무릎》은 비슷한 장면이 나오는 걸 넘어서 《클레르의 무릎》 전체가 《모드의 집에서 보낸 하룻밤》의 침실 장면 같다니 그럴 수밖에.

《모드의 집에서 보낸 하룻밤》을 보러 간 저녁에도 그랬던 것처럼 금요일 밤 혼자 영화관에 갔다. 정신이 흐트러지지 않게 혼자 영화를 보는 것은, 로메르가 나에게 말을 걸어오도록 만들기 위해 꼭 필요한 일이었을지도 모른다.

영화의 배경은 탈루아르인데 나에게는 그리 의외로 다가오지 않았다. 《사자자리》와 초기 단편영화 몇 편 이후 로메르의 영화는 웬만해선 파리에서 펼쳐지지 않으니 놀랄 일이 아니었다. 사람들이 파리에 가거나 파리에서 오는 경우가 있긴 해도 파리는 묘하게 주변적 인상을 풍긴다. 거의 모든 프랑스 영화와 소설의 심장부인 파리가 돌연 중심에서 밀려나 설 자리를 잃고 거의 의문스러운 존재가 되면서, 완전히 다른 지향성을 가진 또 다른 현실이 곧 제시될 것 같은 분위기를 띤다. 그리고 내가 보기엔《클레르의 무릎》도 이에 해당된다. 뭔가가 아주 암묵적으로 검토되면서, 그 뭔가가 프랑스인의 전통적 관점을 굴절하거나 최소한 보류하되 그 관점에 확실한 도전을 내민다.

모든 프랑스 얘기의 주요 소득원인 유혹과 열망 역시 밀려나 설 자리를 잃는다.《모드의 집에서 보낸 하룻밤》과《클레르의 무릎》에서도, 내가 이후에 보게 된《수집가》와《오후의 연정》에서도 남자 주인공들은 곧 결혼을 앞두었거나 기혼자이며, 하다못해 마음이 끌린 여자에게 관심 갖는 걸 극도로 꺼리거나 자신이 이미 거절할 작정을 한 여자가 머뭇거리며 간접적으로 접근해 오는 상황에 쫓긴다. 기껏해야 정황상 어쩔 수 없기 때문이거나, 다른 사람들은 매력적인 여자 앞에서 어떻게 행동하는지 둔감하여 흔한 구애 행동을 살짝 벌이다 마는 정도다.

세련되고 세속적이고 완강하면서 한때는 난봉꾼이던 이들 주인공은 행실을 고쳐서 자신을 억제하려고 애쓴다. 반면 이제 겨우 스무 살이 된 나는 이 남자들이 고치려 애쓰는 행동을 해 보려고 필사적이었다. 그들은 순결을 기꺼이 받아들였지만 나는 어서 빨리 내 순결을 던져 버리고 싶었다. 그들은《수집가》의 아드리안처럼 '평온한, 그들의 고독'을 되찾고 있었지만 나에겐 내 평온과 고독보다 숨 막히는 것도 없었다. 그들은 자신들의 수도사 같은 침실을 기꺼이 받아들였지만 나는 부모님 집에서 수도사처럼 지내는 게 싫었다.

그 시절의 나는 여자를 만나 본 경험이 부족해서, 여자를 알고 사랑하고 여자에게 사랑받다 결국은 결혼생활과 부부간의 정절을 열렬히 포용하게 되는 로메르의 능란한 남자들이 부럽다고까진 할 수 없지만 마냥 흥미로웠다. 영화에서 장 클로드 브리알리가 연기한 제롬은 오로라에게 "다른 여자는 누구든 관심이 없어졌어요."라고 말한다.

그런데 섹스는 피하고 싶다는 이 남자들의 경건한 주장에도 불구하고 그들은 예전에 여자를 희롱하던 버릇들이 몸에 너무 깊이 배어 있다. 아주 모호한 포옹으로 팔을 벌려 여자를 껴안는 행동까지 지극히 자연스러워 보인다. 여자들과 거리낌 없이 친해지는 그들이 부러웠다. 《클레르의 무릎》에서도 스웨덴 주재 프랑스 문화 담당관인 제롬은 친구인 오로라에게 자신이 루생드와 결혼하려는 이유를 설명하며 그녀를 몇 번이나 껴안는다. 《모드의 집에서 보낸 하룻밤》은 모든 관람객이 반라로 침대에 누워 있는 여자와 과거에 바람둥이였다가 이제는 순결을 지키기로 마음먹은 남자 사이에 섹스 없이 지나가는 순간으로 믿도록 유도되는 장면에서, 장 루이가 거북해하며 모드에게 다가가 아주 뜨거운 눈빛으로 그녀의 눈을 들여다본다. 마찬가지로 《오후의 연정》도 관람객이 자신의 삶에 대해 친밀한 얘기를 나누는 것에 만족스러워하는 두 파리지앵 친구의 육체적 접촉 그 이상은 아닌 것으로 받아들여야 하는 장면에서 프레데릭은 클로에를 애무하고 키스한다.

나는 프랑스인의 친밀성이 없는 것이 아쉬웠고, 영화를 보다 뉴욕 3번 애비뉴라는 세계의 거리감을 문득 깨달았다. 여기에선 사람들이 늘 '공간'을 원하고 이미 연인 사이가 아닌 한 서로 살이 닿는 것도 삼간다. 내 마음 한편에서는 금요일 밤에 혼자 영화를 보러 온 것도 그런 이유 때문이리라 여기고 싶었다.

* * *

로메르의 남자들은 두 세계에 산다. 여자들을 희롱하던 더 젊은 시절의 세계에서 멀어지고 있는 세계와, 서둘러 들어가려고 하는 전적인 일부일처주의자의 세계다. 이 부분이 그의 영화를 아주 비범하게 만드는 요소이자, 그렇게 어린 나이에 내가 그에게 끌린 요소였다. 그의 남자들과 나는 내가 어렴풋이 느낀 것보다 공통점이 많았지만, 그것은 뒤집어서 살펴봐야만 보이는 공통점이었다. 그들이 거리낀 이유가 자신이 멈추지 않으면 상황이 어디로 갈지 알았기 때문이었다면, 내가 거리낀 이유는 상황이 나를 그 어디로 데려가게 내맡길 만한 용기가 없기 때문이었다. 그들은 나만큼이나 이성(異性)에 대해 생각했고, 나처럼 인간의 온갖 충동을 중단시키는 역설과 아이러니에 전적으로 익숙했다. 파스칼은 "마음은 이성(理性)이 전혀 알지 못하는 자기만의 이유를 갖고 있다."라고 말했다. 나는 욕망과 인간의 본성을 대하는 그들의 통찰과, 미혹에서 깨어나고 거의 환락에 싫증 났으며 솔직하고 제멋대로이기도 하지만, 가차 없을 만큼 날카롭고 빈틈없는 점이 마음에 들었다. 그들의 말이 나에게 공감으로 와 닿은 이유는 상투적인 말에 저항하며 1960년대 말과 1970년대 초에 널리 퍼진 전통 개념에 대해 회의적 관점을 제시했기 때문이다. 그들이 나처럼 유혹 앞에서 주저했다는 점도 좋았다. 하지만 그들이 주저한 이유는 유혹과 싸우기로 선택했기 때문이고, 내가 주저한 이유는 유혹에 넘어가는 방법을 몰랐기 때문이다. 그들은 여자의 유혹을 피하려 했고 나는 여자의 유혹을 끌어내려고 했다.

하지만 우리 사이에는 논란의 여지가 없는 확실한 차이점이 있었다. 그들의 지식은 경험에서 나왔지만 내 지식은 책에서 나왔다는 것이다. 그들은 똑같은 풍경에 싫증이 났고 나는 그 풍경을 돌아다닌 경험이 전혀 없었다. 그것이 피상적인 끈일지라도 우리를 묶어 주는 끈은 역설이라는 열쇠로 인간의 본성을 읽는 17세기 프랑스의 *moraliste*(모럴리스트)에 대한 지성적 애착이었다. 로메르의 인물들이 말하는 모든 얘기는 자연스러운 것과 어긋난다. 이들이 지칠 줄 모르고 심리의 구조를 정리하며 자신과 남들에 대한 붙잡기 힘든 통찰을 교묘히 획득하려 한다 해도 그런 고상하고 세련된 탐색은 자기기만의 한 형태에서 비롯되는 산물이며, 이 자기기만은 줄줄 늘어놓는 그 달변 속에 몸을 웅크리고 있어 딱 집어내기가 쉽지 않다. 물론 나도 모순을 모르지 않았다. 내가 이 어른들에게서 부러워한 것이 단순히 그들이 세상의 지식이 많다거나 겉모습을 철저히 불신하는 면은 아니었음을 알았다. 그보다는 정체성이 일종의 카덴차(악곡, 악장 끝 소절의 정형적 화음—옮긴이)로 한데 뭉쳐진 여러 모순으로 뒤얽혀 있다고 간단히 가정해 버리는 면이 부러웠다. 로메르는 이단아다. 나도 이단아였다. 다른 누군가에게서 이단아의 기질을 보면 정말 좋았다. 우리 사이의 연관성이 뭔지는 확실하지 않았지만 연관성이 있다는 것만은 틀림없었다.

로메르의 남자들은 서유럽에서 내가 동경하는 스타일대로 살았고, 그 모습이 나를 모네의 언덕 위 집으로, 할머니에게로, 무성한 풀숲을 걷던 나에게로, 느긋하고 안락하고 평온한 오후가 무한히 펼쳐지던 그날들로 다시 데려갔다. 모든 것이 있었던 그곳으로. 제롬은 나무와 들풀로 에워싸인 오래된 집이 있는데, 그가 오로라에게 말한 것처럼 어린 시절에 여름을 보내던 집이다. 반면 나는 부모님과 같이 살았고 롱아일랜드시티의 기계 공장에서 일했다. 제롬은 멋부리고 잘난 체하는 면이 있긴 했지만 완벽하리만큼 성공해서 완벽한 직업을 가졌고, 완벽한 여행 경험을 쌓았고, 외모도 완벽했다. 게다가 완벽한 친구들과 곧 그의 아내가 될 완벽한 여자친구도 곁에 있었다. 한마디로 완벽한 삶을 영위했다. 옷차림조차 완벽했다. 나는 그의 옷차림에 너무 깊은 인상을 받아 《클레르의 무릎》을 보고 나서 그가 입은 셔츠를 눈에 불을 켜고 찾아다녔다. 마침내 그 셔츠를 찾아내어 거금을 주고 샀는데, 그 옷을 입으면 내가 이미 로메르의 세계에 속한 기분이 들었다.

하지만 내가 더 부러워한 건 따로 있었다. 대다수 남자가 자기 자신이나 다른 남자들은 물론이고 여자들에게는 더더욱 드러내길 꺼리는 문제들을 로메르의 남자들은 여자들에게 얘기할 줄 아는 능력이었다. 자신에게 가장 중요한 문제를 그렇게 솔직하고 그렇게 자유롭게 얘기할 수 있다는 점이 정말 부러웠다. 한 여자에게 완전히 벌거벗겨지는 느낌은 옷을 벗되 격정으로 자신의 맹세를 덮어 버리지는 않는 것과 같은 기분이다. 솔직함에는 약간은 어렵고 어색하고 거북한 감이 있어야 한다. 그래서 로메르의 작품에서 로맨스는 언제나 차갑게 식은 격정으로 표현된다.

영화의 어느 순간 제롬은 소설가인 오로라를 자신의 모터보트에 태워, 팔려고 생각 중인 집안의 소유지에 데려간다. 그곳에서 루생드 말고 다른 여자는 아무에게도 관심이 안 간다고 말한다. 사랑의 육체적 측면은 그에게 더 이상 감응을 일으키지 않는다고. 이렇듯 한 사람에게는 자신을 너무 진지하게 생각하지 않도록 유도해 놓고는, 클레르의 이복동생인 열여섯 살짜리 로라에게는 자신이 이제 루생드와 함께 살기로 마음을 굳혔고, 그것은 자신이 여전히 그녀에게 질리지 않기 때문이라고 말한다. 그가 루생드와 결혼하려는 이유는 오로라에게 말한 것처럼 아주 단순하다. 그렇게 헤어지려고 했는데도 그와 루생드가 계속해서 다시 엮이고, 이쯤 되면 이치가 그렇게 되도록 지배하는 듯하니 그들에겐 서로 함께 하며 운명에 따르는 것밖엔 선택의 여지가 없기 때문이다.

제롬의 생각은 그 자체로 궤변처럼 여겨질 수도 있지만 관객에게 다음의 사실로 주의를 환기한다. 이 남자는 사람들이 다른 사람을 찾고 싶어 하는 동기에 대해 빈틈없는 소견을 밝히고 있음에도 불구하고, 다른 사람들의 자기기만은 잘도 짚어 내고 오로라와 소설의 모든 주인공이 어떤 식으로 눈가리개를 쓰는가를 놓고도 의견을 나누면서 정작 그 자신은 자기기만에 빠져 있다고. 오로라는 그의 주장에 인내와 회의로 응해 주지만 그의 주장을 반박하진 않는다. 완벽한 삶을 영위하는 데 일조하는 한 요소는, 사실들이 당사자가 그렇게 보이길 바라는 것만큼 완벽하지 않을 수 있다는 의심을 막아 낼 온갖 방패를 찾아내는 것이다.

오로라는 요즘 집필 중인 소설의 플롯 라인을 짜느라 애를 먹다가 제롬에게 자신이 쓰는 소설에 돌파구가 필요하니 도와달라며 로라를 유혹해 보라고 부추긴다. 제롬은 오로라의 말에 동의하게 되고, 두 사람은 그들의 작은 세계에 확고한 신념을 가진 채 제롬이 정말로 그 열여섯 살짜리 로라를 유혹할 수 있을지, 더 정확히 말하자면 그런 유혹이 어떤 상황으로 이어질지 시험하기 위해 교활한 계획을 짜 나간다. 두 사람의 공모와 진심 어린 친밀함은 메르테유 후작부인과 발몽 자작(소설《위험한 관계》의 중심 인물들. 멀어진 연인에게 복수하기 위해 옛 애인인 희대의 바람둥이 발몽을 이용하여 주위 여러 남녀의 연애 심리를 조종하는 것이 기본 줄거리다.—옮긴이)이 주고받은 편지들보다 약간 덜 사악할 뿐이다.

하지만 이 계획은 너무 야비하기에 여기에서 제롬의 어두운 대립 면이 드러난다. 사실 엘리트 지위, 탄탄한 입지, 직업 외교관의 품격과 지위, 명쾌하고 현명한 견해, 특권, 여자들, 호숫가의 집, 호숫가의 보트, 호숫가에서 자란 유년기에도 불구하고, 정말 이 모든 것을 가졌음에도 불구하고 여기 이 남자는 중년의 위기를 심하게 겪는 중일지도 모른다. 눈에 보이는 그 신호들을 그가 전혀 못 알아볼 뿐.

하지만 표면적으론 제롬의 호숫가 세상은 모든 것이 안전하고 아무런 문제가 없다.

적어도 클레르가 등장하기 전까지는 그랬다.

* * *

로메르의 세계에는 언제나 클레르 같은 사람이 나온다. 클레르의 이복동생 로라가 자기 감정에 대해 분별력이 있다 해도 아직 열여섯 살이라 미숙하다면, 나이가 조금 더 많은 클레르는 완벽하다. 금발 머리인 데다 아름답고 침착하고 똑똑하고 우아하고 귀족적이라 접근하기 어렵고 쟁취하기 힘든 상대다. 클레르 같은 여자들에겐 언제나 남자친구가 있다. 아주 잘생기고 운동도 잘하고 침착해서 어느 누구도 그를 상대로 그녀를 넘볼 엄두를 못 낸다. 클레르가 제롬을 만날 때 보이는 태도는 무례하지도 적대적이지도 않다. 정중히 응하지만, 딱 그 정중한 선에서 그쳐 무심하고 관심을 두지 않는다. 궁극적으로 약간 멸시적인 태도라고 할 만하다.

제롬은 그녀에게 반하지는 않지만 그의 말처럼 관심이 가는 건 확실해 보인다. 그녀와 지극히 사소한 대화를 나눠 보려고 여러 차례 시도한다. 하지만 좀처럼 통하지 않는다. 그러다 프랑스혁

명기념일 무도회 중에 그녀가 남자친구 질과 춤추고 난 직후 춤을 청해 보지만 거절까지 당한다. 그렇게 그는, 그런 수모를 오랜만에 겪었을 테지만, 춤출 파트너도 없이 꿔다 놓은 보릿자루 같은 중년 남자로 전락하고 만다.

하지만 그는 경험 많은 남자인 만큼 이 일을 불쾌하게 받아들이지 않는다. 그 훨씬 이전에 자기 입으로 오로라에게 말한 것처럼 "여자를 쫓아다니는 일은 이제 졸업"한 그다. 하지만 로라와 다시 얘기를 나누게 되었을 때 클레르에게 *trouble*(동요)를 느끼는 자신을 인정한다.

"그녀와 말하기가 좀 불편한 것 같아요."

"주눅 들게 하는군요." 오로라가 넘겨짚는다.

"그녀는 관심을 갖게 만들어요. 그런 여자와 있으면 난 완전히 무력감을 느껴요." 그가 대답한다.

"당신 입으로 소심해지는 걸 인정하다니, 재미있네요."

"하지만 정말 소심해져요. 지금까지 호감을 느낀 여자가 아니면 쫓아다닌 적이 없거든요." 그가 힘주어 되뇐다.

"클레르는 어떤데요?" 오로라가 호기심이 동해서 묻는다.

"글쎄요, 그게 참 특이해요. 그 애가 아주 강한 욕망을 자극하는 건 분명해요. 아주 강하긴 한데 목적도 목표도 없는 그런 순수한 욕망, 아무것도 아닌 욕망이랄까요. 뭘 어떻게 해 보고 싶은 마음이 들진 않지만 이런 욕망을 느낀다는 것만으로도 신경이 쓰여요. 이제 루생드 말고는 어떤 여자에게도 욕망을 느끼지 않는다고 생각했는데. 게다가 더 마음을 복잡하게 하는 건 그 애를 갖고 싶지 않다는 거예요. 나를 유혹한다 해도 거절하고 싶다고요."

이 말 역시 궤변적인 말 돌리기로 들릴 만하다. 그는 확실히 클레르에게 마음이 끌리지만 그런 마음을 인정하거나 뭔가를 해 보고 싶지는 않다. 시도해 봐야 그녀와 진전이 있을 것 같지 않으니 체면 깎일 일 없이 빠져나올 방법을 찾는 걸 수도 있다. 하지만 진실을 캐려는 솔직함과 넉살 좋은 자기기만을 별나게 뒤섞어 가며 자신의 당혹감을 분석하는 과정에서 클레르와 그녀의 남자친구를 제외한 영화의 다른 인물들과 동급이 된다. 어린 뱅상은 딱 봐도 로라를 좋아하는 티가 나는데 자기 취향이 아니라고 말하고, 로라는 곧잘 자신의 감정에 대해 지극히 고상한 어조로 말하고, 또 오로라는 모든 남자에게 매력을 느끼는데 한 남자에게 정착할 이유가 어디 있느냐는 논리로 독신 생활을 정당화한다. "운명이 내 길에 아무것도 놓아 주려 하지 않으니 아무것도 잡지 말아야죠. 뭐 하러 운명에 맞서 싸워요?"

하지만 이를 자기기만이나 궤변이라고 일컫는 것은 잘못된 생각일지도 모른다. 이 인물들은 아주 정직한 동시에 아주 가차 없는 통찰력도 있어 꼭 빠져들지 않아도 될 자기기만 위에 불안정하게 서 있는 것이다. 로메르의 모든 영화는 마지막 부분에 한 인물이나 모든 인물이 자신의 환상을 즉시 바로잡는 순간이 나온다. 로메르의 인물들은 지적으로 종잡을 수가 없는데, 가령 어떤 인물이 자신의 불안감을 감추려는 것인지, 아니면 자신을 밀탐해 원색적 욕망의 뉘앙스를 풍기는 모든 걸 중간에서 가로채 꺼 버리는 기술을 완벽히 해낸 것인지 딱히 분간하지 못하는 식이다.

제롬이 오로라에게 만나는 사람이 있느냐고 물을 때 그녀의 대답은 모호하지도, 딱히 자기기만적이지도 않다. "없긴 한데 급하게 생각하진 않아요. 난 기다리는 게 더 좋아요. 기다리는 일에 능숙해요. 기다리는 걸 좋아해요." 여자들을 정복한 일에 대한 제롬의 경솔한 생각도 직설적이다. "여자에게 욕망을 품었을 때는 한 번도 그 여자를 가진 적이 없어요. 내가 이룬 정복들은 의외의 방식이었죠. 갖고 난 뒤에 욕망이 일어났으니까요." 로메르는 이단아다. 그의 영화 속 인물은 모두 반직관적으로 생각하는데, 이는 이성적인 이해보다 반사실적 시각을 통해 더 많은 진실이 발견되기 때문일지도 모른다. 욕망은 소유한 이후가 아니라 소유하기 이전에 오는 것이 정상이다. 기다림의 경우도 기다리는 걸 좋아하는 사람은 없다. 그런데 이것이 로메르의 인물들이 삶을 읽는 방식이다. 다시 말해 역설을 열쇠로 삼아 우리가 생각하는 상식을 벗어던지거나 의문을 제기하면서 다른 방식으로 말한다. 로메르의 시각은 도치(倒置)에 따라 작동한다. 확실히 로메르는 파스칼의 그 *renversement perpétuel du pour au contre*(찬반의 끊임없는 역전)에 바탕한 것이 아니면 관심이 가는 건 아무것도 없는 듯하다.

바로 그 점이 내가 로메르에게 빠져든 이유다. 그는 피해 갈 수 없을 만큼 뻔한 것을 끊임없이 굴절하고 치환하고 연기시키는데, 이는 그의 미학적 핵심에 거의 정도를 벗어난 저항, 즉 소위 주장하는 그 엄격한 삶의 현실이라는 것에 대한 반동이 있기 때문이다. 사실 내가 어릴 때는 어떤 결과를 일으키려는 의지가 있어야만 일이 일어날 수 있고 의지가 가장 중요하다는 식의 개념이 아주 만연했는데, 이 개념에 거스르는 듯한 로메르의 반직관적 선언에는 어쩐지 마음이 놓이고 안심되는 면이 있었다. 로메르의 인물들은 이런 개념과 달리 운명을 믿는다. 우발적이고 우연한 일들, 즉 *hasard*를 믿는다. 우리의 내면이 말이 안 되는 것들, 다시 말해 역설과 모순과 변덕과 충동에 따라 이루어진다면 삶의 외면적 사건들 역시 말이 안 되는 것들, 다시 말해 우연, 행운, 우연의 일치에 따른다. 하지만 감정의 변덕에 어떤 묘한 이치와 의미가 있다면 그것은 황당해 보이는 운의 경우도 마찬가지다. 행운에 의한 일들은 목적 없이 일어나지 않으며, 잠재의식적인 일들과 마찬가지로 의지의 어딘가에서는 우리가 삶에서 진정으로 원하는 것이 뭔지 알고 있다는 표식이다. 파스칼의 말을 흉내 내서 말하자면, 운에는 의지가 절대로 알지 못하는 이치가 있다. 로메르의 이성에 대한 신념은 이성을 불신하기에 충분할 만큼 정교하다.

* * *

그리고 바로 이쯤에서 무릎이 등장한다. 제롬은 클레르의 남자친구가 그녀의 무릎에 손을 얹는 모습을 보며 아무 생각 없는 시시하고 한심한 손짓이라고 생각했다. 그런데 그 자신은 그녀가 사다리에 올라가 나무에서 체리를 딸 때 그녀의 무릎에 얼굴이 스칠락 말락 한 일이 있었다. 이 두 장면에서 제롬이 클레르에게 원하는 건 그녀의 몸도 마음도 사랑도 아닌, 바로 그녀의 무릎이라는 것을 알 수 있다. 말하자면 억제된 욕망이라 할 수 있다. 이제 제롬은 자신이 오로라에게 자극을 받지 않았다면, 그녀의 소설가 특유의 호기심이 처음엔 로라를, 그다음엔 클레르를 상대로 어떤 상황이 벌어질지 탐구해 보고 싶게끔 충동질하지 않았다면 클레르에게 다른 생각을 갖지 않았을 거라고 여길 수도 있다. 더 진도를 나갈 만큼 대담해지는 느낌이 들 경우엔 오로라의 지원 아래 게임을 벌이고 있다는 생각이, 혹시 자신이 클레르에게 희망을 거는 게 아닐까 의심하지 않고도 그녀를 계속 생각할 완벽한 구실이 되어 준다.

사실 제롬은 오로라의 실험에 동의하고 수행함으로써 자신의 용기에 대해 가졌던 의혹을 모두 떨쳐 버리며 억제와 스스로 내세운 그 소심함을 해제한 것이다. 그는 이제 자신이 어떤 식으로든 자발적으로 엮이는 것처럼 느낄 일 없이 자유롭게 클레르에게 접근한다. 그는 자신이 오로라의 지도에 따라 행동할 뿐만 아니라 클레르에게 아무것도 요구하지 않는다고 생각한다. 단지 그녀의 무릎을 원할 뿐이다. 그러면 그녀를 향한 욕망을 완전히 쫓아내 줄 것 같아서.

로메르는 제롬에게 유혹을 실험으로 접근하게 함으로써 모든 남자가 누군가에게 다가가다가 거절당할 때마다 느끼는 불안감과 성미 까다로운 자책의 고통을 제거해 주었다. 자기혐오는 로메르가 훨씬 이전의 영화 《사자자리》에서도 탐구한 문제인데, 이번 영화에서는 자기혐오가 간계(奸計), 환희, 짓궂음으로 대체된 셈이다. 나 역시 내 삶에서 이런저런 형태의 자책을 떨쳐 버리고 싶은 마음이 간절했다. 제롬이 자신의 책략에 실패할 경우 그에겐 마지막 카드만 남는다. 자신은 여자에게 욕망을 품을 때마다 그 여자를 쟁취한 적이 없다는 것을 오로라에게 거듭해서 인정하는 것이다. 그가 이룬 모든 쟁취는 어쩌다 뜻밖에 얻은 성공이었다며 자신은 카사노바가 아니라고.

그가 원하는 것은 오직 클레르의 무릎뿐이다. 여기에서 던져야 할 의문은 왜 그녀의 무릎인가가 아니라, 왜 다른 사람이 아닌 그녀의 무릎이어야만 하는가다.

주장에 따르면, 정말 어디까지나 하나의 주장에 따르면 모든 여자에게는 취약점이 있다고 한다. 사람에 따라 그 취약점은 목이 될 수도 있고 손이나 허리가 될 수도 있는데, 이 영화는 무릎이다. 여자의 몸이 어떤 '취약한' 부위로, 아니면 제롬의 말마따나 욕망의 자극(磁極)으로 축소될 수도 있다는 개념은 당연히 말도 안 된다. 그런 부분은 존재하지 않으니까. 아니면 클레르의 무릎이 다른 무엇보다 그의 관심을 끈 것일지도 모른다. 하지만 몸의 의미에 대한 이 이론은 클레르의 몸에서 공략할 좌표를 정확히 겨누게 해 준다. 둘의 나이 차이로 보나, 그녀가 그를 관심 없어 하는 것 같다는 점에서 보나, 그녀가 앞으로도 접근하기 어렵고 정복할 수도 없는 상대라는 사실을 이미 아는 그에게 희망을 제한시키기도 한다.

그는 여자를 밀어내고 그녀의 무릎으로 그녀의 몸을 대신한다. 일부로 전체를 대체하는, 순전한 제유법인 셈이다. 무릎을 특정해 가려내고 그 외의 모든 것은 무시하는 식으로, 본질적으로 다시 말하자면 무릎에 대한 페티시즘을 통해 모든 욕망을 승화시킨다.

그의 바람을 충족할 기회는 극히 부자연스럽고 어색한 형태의 장치를 통해 다가온다. 바로 비다. 역시 로메르다운 대목이다.《모드의 집에서 보낸 하룻밤》에서 모드와 장 루이를 한방에 붙잡아 두는 장치가 눈이었다면, 이 영화는 비가 구제책으로 나온다. 제롬과 클레르가 볼일이 있어 그의 모터보트를 타고 가다 갑자기 폭우가 쏟아질 것 같아서 어쩔 수 없이 보트 격납고에 보트를 대놓고 비를 피한다. 그곳에서 비가 내리는 가운데 제롬이 얼마 전 그녀의 남자친구가 다른 여자와 있는 걸 봤다고 말한다. 이 말에 그녀는 울음을 터뜨리고, 그는 흐느끼는 그녀를 위로해 주려고 하다가 마침내 필요한 의지와 용기를 모조리 쥐어짜서 그녀의 무릎에 손을 얹어 어루만지고 또 어루만진다. 그녀로선 이런 행동이 단순한 위로의 손길로 받아들여졌을 것이다. 하지만 그에겐 오로라의 부추김을 충족시키는 동시에 욕망이라고 해도 될 만한 엉큼한 일시적 기분일 수도 있는 감정을 가라앉히는 의미의 손길이나 다름없다.

그가 그녀의 무릎에 손을 얹고 그녀가 그의 손길에 수동적으로 반응한 일에 대한 설명과 묘사에 이어 그녀의 무반응에 대한 나름의 해석을 내놓는 대목에 이르면, 미묘한 방향 전환과 역방향 전환으로 넘쳐나면서 *roman d'analyse*(심리 분석 소설)라는 프랑스 픽션 장르의 전형적 특징이 엿보인다. 그 전개가 라파예트 부인(17세기 후반 프랑스의 소설가. 대표작인《클레브 공작부인》은 연애 심리의 진실을 묘사하여 프랑스 심리소설의 전통을 창시한 걸작으로 꼽힌다.—옮긴이), 프로망텡(프랑스의 화가 겸 소설가. 자전적 소설《도미니크》는 프랑스 심리소설을 대표하는 작품으로 평가받는다.—옮긴이), 콩스탕(소설가. 연애 심리 분석의 걸작 《아돌프》를 썼다.—옮긴이), 프루스트가 썼다고 해도 될 만하다.

어쨌든 그곳에서 그녀는 나와 마주 앉아 있었고, 손을 뻗으면 닿을 만큼 가까이에 그녀의 무릎이 있었어요. 매끈하고 윤기가 돌면서 곱고 가녀린 그 무릎이 아주 가까우면서도 아주 멀리 있는 듯했죠. 손을 뻗으면 닿을 수 있을 만큼 가까웠지만 만질 수 없기에 아주 멀게 느껴졌으니까요. 아주 쉽지만 어림도 없는 거리였죠. 벼랑 끝에 서 있는 심정이었다고나 할까요? 원하는 걸 얻으려면 한 발만 떼면 되지만, 발을 떼고 싶어도 뗄 수 없다는 것 역시 알고 있었으니까요. 그래서 그녀의 무릎에 손을 얹었어요. 재빠르게 적극적으로 손을 가져다 대서 그녀가 반응할 틈을 주지 않았죠. 그녀는 그저 나를 쳐다보기만 했어요. 무심한 표정이었던 것 같은데, 적의는 거의 느껴지지 않았어요. 하지만 아무 말도 하지 않더군요. 내 손을 치우지도 않고 자기 다리를 빼내지도 않았죠. 왜 그랬는지는 나도 모르겠어요. 이해가 안 돼요. 아니, 이해할 것 같기도 하네요. 알다시피 내가 머리칼이나 이마를 어루만지려 했다면 전형적이고 본능적인 자기방어의 몸짓을 보였겠죠. 내가 갑자기 몸에 손을 대자 처음엔 자기를 덮치려는 속셈인 줄 알았을 거예요. 그런데 내가 그러지 않자 마음이 놓인 거죠. 이 해석을 어떻게 생각해요?

제롬의 이야기는 자기 본위의 사고방식을 드러내는 징표로 가득하지만, 또 한편으로 보면 그는 오로라에게 자신의 행동을 어떻게든 정당화하는 데 눈이 먼 나머지 자신이 클레르와 어울리지도 않는 남자친구로부터 그녀를 구제해 줬다는 식의 자화자찬까지 한다. 여기에서 아이러니한 점은 그의 행동이 전혀 선행이 아니었다는 데 있다. 알고 보니 그녀의 남자친구 질은 착한 남자애였다. 제롬이 그가 클레르를 배신하는 짓을 하다 자기에게 들켰다고 생각한 상황이 사실은 불미스러운 행동을 한 게 아닐 가능성이 높다. 로메르 특유의 전개 방식에서는 이처럼 모든 확신이 새로운 해석을 할 수밖에 없도록 새로운 사실이 곧바로 드러나면서 금세 무색해지고, 나중에 스스로 그 확신을 수정할 수도 있다.

그리고 이 영화의 마지막 부분에서 제롬은 자신이 클레르에게 호의를 베풀었다고 철석같이 믿으며 루생드와 결혼하기 위해 떠난다.

* * *

나는 이 글을 쓰는 내내 새러토가스프링스의 야도(Yaddo, 레지던스 프로그램을 제공하는 예술가 커뮤니티—옮긴이)에 머물렀다. 작가들의 휴식처인 야도에 앉아 이 모든 일을 깊이 생각하며 주위에 펼쳐진 눈부신 푸른 잎들을 내다보다 내 생각은 다시 오로라에게 돌아갔다. 그녀는 안시호숫가의 볼테르 부인 집에 머물며 소설을 쓰고 있다. 책상은 멋들어진 경치가 내려다보이는 발코니에 놓여 있고, 주의 깊게 보면 책상 한쪽에 차곡차곡 쌓여 있는 종이 다발도 보인다. 그녀의 책상과 내 책상을 보면서 어머니가 바닷물이 너무 사납다며 우리를 근처 해변에 데려가지 않기도 했던 그 옛날 집 시절이 떠올랐다. 매일 천국 같은 아침이 펼쳐진 시절이었다. 그때는 어머니가 내 전용으로 놓아 준 발코니의 작은 사각 테이블 앞에 앉아 그림을 그리거나 글을 쓸 수만 있으면 더 바랄 것이 없었기 때문이다. 어머니는 가끔 발코니에 와서 날씨가 걱정한 것만큼 나쁘지 않으니 해변에 가자고 했다. 하지만 나는 천성적인 은둔 기질이어서 그냥 집에 있는 걸 더 좋아했다. 해변에서 내 또래의 남자애들이나 여자애들과 있다 보면 불안해졌다. 그래서 집이 더 좋았다. 아버지가 말한 대로 바꿔 말하자면 숨기를 좋아했다. 그 말이 맞는지도 모른다. 나는 늘 슬그머니 없어지고, 늘 다른 어딘가에 속해 있었다. 현재를 사는 현실적 사람들이 있는 현실 세계는 나에게 맞지 않았다. 나는 《클레르의 무릎》에서 침울하고 혼자 있기 좋아하는 로라와 비슷했다. 클레르 같은 사람이 되고 싶었고, 다른 사람들은 모두 클레르와 비슷했다. 내가 아는 한 모든 남자가 자기 삶에 클레르 같은 여자가 있길 원하거나, 더 크게 바란다면 클레르 같은 사람이 되고 싶어 하지만 클레르 같은 사람은 아무도 없다. 심지어 클레르조차도. 모든 사람이 제롬이 되고 싶어도 제롬 같은 사람은 아무도 없듯이.

내가 우리 집 식당에 딸린 내 작은 발코니에서 그림을 그리거나 글을 쓰던 시절 우리 가족은 다시는 그 집으로 여름을 보내러 오지 못하리라는 걸 알았다. 그래서 이듬해 가을 학교에서 모네의 그림을 보자마자 이미 잃은 것이나 다름없게 느껴지던 그 집이 떠오른 것이다. 우리의 여름 별장은 우리가 살던 도시에서 3.2킬로미터도 채 떨어지지 않았지만 다시는 가지 못했다. 그때조차도 그 집은 어쩐지 영원히 과거에 머무는 존재로 각인되어 있었다. 지금 나에겐 그 집 사진이 한 장도 없다. 모네 버전의 이미지만 남아 있을 뿐.

하지만 1971년 《클레르의 무릎》을 보면서 나는 우리의 여름 별장으로 되돌아갈 수 있었다. 제롬은 결국 어릴 때 여름을 보내던 집으로 돌아오지만 곧 그 집을 버리고 부임지 스웨덴의 더 나은 삶으로 옮겨 갈 것이다. 그는 향수를 느끼지 않은 채 그저 앞으로 나아간다. 클레르만이 아니라 궁극적으로 보자면 곧 결혼할 여자에 대해, 자기 딴에 내세우던 그 사랑에 대해서까지 완전히 틀렸을 때조차 자신만만하게 달변을 늘어놓고 재치가 넘친다.

《클레르의 무릎》을 보고 2년이 지나 대학원에 다닐 때 다시 그 영화를 보러 갔다. 봄이었고 프루스트를 주제로 논문을 쓰는 중이었는데, 프루스트에 대해 이야기하기 위해 에릭 로메르에게 아주 크게 의존하고 있었다. 눈을 들어 기숙사 거실의 퇴창 밖을 내다볼 때마다 옥스퍼드 거리의 달빛 드리운 나무가 아니라 안시호수의 밤 풍경이 어른거리는 환상을 보려고 애썼다. 여자친구가 종종 들러 거실에서 차를 끓였고, 연초록색 목욕 가운을 입고 낡은 안락의자에 앉아 내 논문 초안을 읽기도 했다. 룸메이트가 밤샘 작업을 하러 작업실에 가면 둘이 사랑을 나누곤 했다. 한번은 함께 《클레르의 무릎》을 보러 간 적도 있었다. 그녀는 영화에 대해 짤막하게 평했을 뿐 별말이 없었다.

4년 후 봄에 대학에서 《클레르의 무릎》을 상영했다. 여럿이서 영화를 보고 바에 가서 술을 마시며 영화에 대해 이야기했다. 한 친구가 얼마 전에 로메르식 만남을 가진 적이 있다고 말했다. "어떻게 만난 건데?" 내가 물었다. 들어 보니 이런 줄거리였다. 남자가 열차에서 여자를 만난다. 두 사람은 얘기를 나눈다. 대화가 즐겁다. 둘 다 서두르면서 살 필요가 없다는 생각을 갖고 있다. 잠시 후 두 사람은 열차에서 만나 서두르며 살 필요가 없다는 걸 놓고 대화하는 것에 대해 이야기한다. 우리가 서로를 유혹하는 걸까요? 마침내 한 사람이 묻는다. 잘은 모르겠지만 그러는 걸지도 모르죠. 상대가 대답한다. 정말 그러는 걸 수도 있어요. 질문을 던진 사람이 말한다. 그러면 정말 우리가 그러는 걸 수도 있죠. 상대가 말한다. 그날 밤 두 사람은 함께 보내진 않지만 남자가 여자에게 전화를 걸어 잠이 오지 않는다고 말한다. 나도 잠이 안 와요. 여자가 말한다. 나 때문인가요? 그런 것 같아요. 이게 실제로 일어나는 일일까요? 그런 것 같아요. 내 생각도 그래요.

"그거 딱 메타데이트네." 내가 단정하듯 말했다.

"하지만 로메르 스타일이잖아, 안 그래?"

맞는 말이지만 꼭 그렇지도 않았다.

나는 그렇게 좋은 친구들과 어울려 술을 홀짝이면서 머릿속으로 이 영화와 얽힌 내력을 한데 맞춰 보려고 했다. 어떻게 해변가 우리 집에 대한 기억과 영원히 얽히게 된 모네의 그림을 처음 본 순간으로 나를 데려갔는지, 1971년 대학 시절 이 영화를 본 순간과는 어떻게 연결되며, 또 그해 여름 프랑스로 할머니를 뵈러 갔고, 그 후 돌아가신 할머니와는 어떻게 연결되었는지를. 이 모든 일은 일요일 저녁마다 영화표 한 장에 1달러를 받은 작은 교회에서 다른 친구들과 봤던 재관람을 비롯해 1971년 이후 로메르의 영화를 보고 또 볼 때마다 서로 얽히고 얽혀서 그때도 지금도 여전히 서로 꼬인 시간의 가닥을 구분할 수 없을 정도다. 그 바에서 그렇게 시간을 보내고 얼마 후 갑자기 목욕 가운을 입던 여자친구가 생각났다. 그녀 역시 시간의 가닥에 얽혀 있었다. 그녀는 이런 말을 한 적이 있었다. "영화가 너무 단순해. 원하는 여자가 있지만 그녀를 가질 수가 없고 가지려는 파렴치한 마음도 먹어선 안 된다는 걸 알기에 그녀의 일부분만이라도 갖는 것에 만족하는 남자 얘기잖아. 정장 한 벌을 갖고 싶으면서 견본용 천조각으로 만족하는 거랑 뭐가 달라."

하지만 그때 나는 영화에는 또 다른 이야기도 담겨 있다는 생각이 들었다. 오로라와 제롬의 우정 이야기였다. 무난히 다른 관계로 바뀔 만한데도 두 사람 모두 그걸 원하지 않거나 그럴 가능성은 엄두도 못 내는 탓에 그대로 관계를 이어 가면서 서로에게 그 우정에 대한 막연한 환상을 전하기 일쑤다.

영화에서 가장 중요한 것은 클레르의 무릎이 아니었던 것이다. 클레르의 무릎은 관심을 딴 데로 돌리는 장치였다. 이 영화에서 중요한 대목은 제롬과 오로라의 점점 친밀해지는 대화고, 이 대화는 모드와 장 루이가 그 하룻밤에 이어 간 긴긴 대화를 연상시킨다. 즉 제롬과 오로라는 로메르식 만남이고, 둘의 관계는 플라

토릭 러브가 아님을 아무도 눈치 채지 못한 것이다. 심지어 당사자인 두 사람조차.

이 영화는 내 이야기이기도 하다. 다만 정말 그런지 확신이 들지 않거나 나 자신도 전적으로 이해되지 않아 그 얘기를 친구들에게 털어놓을 수 없었다. 몇 발자국 거리에 해변이 펼쳐진 언덕 위 그 집에 계속 살았다면 그렇게 되었을 수도 있었던 내 이야기였다. 나는 영화를 통해 내가 장 클로드 브리알리가 연기한 그런 인물이었다면 어떤 사람이 되었을지를 보았다. 내가 그와 나 사이에 일어난 그 일을 가장 제대로 이해하는 방법은 나 자신을 그의 버전으로 보는 거였다. 그렇게 될 수도 있었지만 되지 않았고 앞으로 그렇게 될 일도 없겠지만 존재하지 않는다고 해서 비실재적이지는 않으며 여전히 그렇게 될 희망이 있으나 결코 되지 않을까 봐 초조한 그런 버전의 나를. 비현실적인 나를. 수년 동안 더듬더듬 찾아다닌 나를.

내가 로메르의 이단아적 통찰과 반사실적 세계관을 좋아했다면 그 이유는 다른 모든 사람이 말하는 실재적이고 사실적인 세계에 그도 나도 익숙하지 않았기 때문이다. 우리는 자기가 아는 세계의 좋은 것으로 다른 세계를 만들고 있었다. 나는 그의 세계에서 떠내려온 유목(流木)으로 내 세계를 만들고 있었다.

로메르와 함께 한 저녁 시간
클로에 혹은 오후의 불안

EVENINGS WITH ROHMER
Chloé; or, Afternoon Anxiety

영화관에서 《오후의 연정》을 마지막으로 본 건 1982년 2월이었다. 그 후에도 집에서 TV나 컴퓨터 모니터로 수도 없이 봤지만 그렇게 작은 화면으로 보고 나면 어쩐지 감동이 없었고, 현실과 떨어진 감상적 넋두리로 녹아 버리는 느낌만 이어졌다. 그 영화를 너무 많이 봐서 그랬을 수도 있다. 하지만 아무리 기억을 더듬어도 집에서 영화를 보며 그런 경우는 단 한 번도 없었다. 여기에는 분명 이유가 있을 터였다. 사실 컴퓨터로 영화를 보면 더 주의 깊게 연구할 수는 있지만 영화가 우리의 삶이나 상상력을 장악하도록 내맡기지는 못한다. 넓고 어두운 영화관에서는 그 분위기에 압도되어 완전히 사로잡힌 채 영화가 제 할 일을 하게 함으로써 우리의 관심을 돌리고 우리의 삶을 빌려 가도록 내버려 두는데 말이다.

이 영화를 영화관에서 마지막으로 본 날은 내가 직장을 잃고 그 평일 오후에 자유롭게 영화를 볼 수 있는 인상적인 날이라 그때의 일을 하나도 빠짐없이 기억한다. 나는 4년째 푹 빠진 여자에게 전화를 걸었고 우리는 뉴욕의 프랑스문화원으로 갔다. 그녀는 부츠를 신고 숄을 걸치고 오퓸(입생로랑에서 1977년에 출품한 향수—옮긴이)을 뿌렸다. 그런데 영화관에서 친구들과 함께 온 아버지와 우연히 마주쳤다. 아버지 일행은 같은 영화를 보고 나온 참이었다. 나는 그녀를 아버지한테 소개할 기회가 생겨서 기뻤다. 나는 그녀를 친구로 소개했다. 정말로 친구가 맞았으니까. 비록 그녀는 내가 아직도 자신을 사랑한다는 걸 알았고, 아버지도 알았으며, 심지어 같은 날 오전에 나처럼 해고당하고 그녀와 결혼한 이후에도 여전히 가장 친한 친구로 남은 그 남자도 알았지만.

4년 전 내 마음을 전했지만 그녀가 거절했다. 그것도 매정하게. 2년 후 이번엔 그녀가 내게 다가왔지만 부끄럽게도 3일 후 그녀가 직접 말해 주고 나서야 그것이 진심이었다는 걸 알았다. "너무 늦었어." 그녀가 말했다. 나는 이 일의 후유증에서 벗어나지 못했다. 그건 우리 둘 다 마찬가지였는지도 모른다. 연인이 된 적은 없지만 연인이기도 했던 우리 둘 다 (혹시 마음속으론 그러길 바라더라도) 친구 이상의 관계가 될 용기가 부족해 어쩔 수 없이 친구가 되었다. 어쩌면 그때 우리가 서로에게 줄 건 우정뿐이었는지도 모른다. 우리의 우정은 가능성이 있었지만 이루어지지 않은 관계와 여전히 여지가 있되 가능성이 없는 관계 사이의 불운한 중간 지점이었는지도.

그녀와 영화를 보는 내내 마음이 편하지 않았다. 우리는 오후에 대한 영화를 오후에 보고 있었고, 영화가 우리 이야기라고, 그녀가 속으로 생각할 것 같았다. 플롯은 지극히 단순했다. 어느 날 클로에가 연락도 없이 불쑥 프레데릭의 사무실에 찾아온다. 두 사람은 몇 년 전 같은 친구를 통해 조금 알고 지낸 사이다. 그는 아주 기뻐하지만 거리를 둔 친절함으로 그녀를 대한다. 며칠 후 그녀가 다시 찾아오는데, 이제는 조금 더 가깝게 지내도 될 것 같은 용기를 얻고 찾아온 듯하다. 그렇게 몇 주가 지나고 그녀가 자주 찾아오는 사이에, 프레데릭은 행복한 결혼생활을 하면서도 결국 클로에와 우정 이상을 원한다. 하지만 자신과 타협 없이 어떻게 그런 관계를 요구할지 도저히 모르겠고, 또 자신이 그녀가 노골적으로 제안하는 아무 조건 없는 성관계는 고사하고 우정을 원하는지조차 확신하지 못한다. 사실 그는 그녀에게 아무것도 원하지 않을 수도 있다. 하지만 그는 거북한 입장에 놓인다. 뭔가를 원하는 게 당연한데 실제로는 원하지 않고, 그 원하는 마음을 그녀에게 차마 말할 엄두도 나지 않으며, 그것을 원하는 자신을 발견할 때 특히 더 엄두가 나지 않는.

게다가 이 영화는 당시 나에게 로메르의 모든 영화가 그랬듯, 연인이 될 수 없는 친구 사이나 계속 친구로 지내길 바라는 연인들의 얘기가 아니라 나에게 아주 익숙하던 어떤 애매한 상황을 탐구하는 것처럼 다가왔다. 즉 우정과 섹스 사이 중간의 안개 같은 지점에서 긴장되고 툭하면 거북해지기 일쑤인 상태로 맴돌며, 어느 한쪽으로 진전시키기에는 너무 마음이 내키지 않지만 그렇다고 다른 쪽으로 진전시키는 것에 딱히 적극적이거나 용기가 나는 것도 아닌 그런 상황 말이다. 세 번째 선택안이 있을 수도 있겠지만 잘 알려지지 않아 아무도 어디에서 어떻게 찾아야 할지 모른다.

우리에겐 우리의 안개 같은 우정을 주제로 꺼내 그 우정의 내

력과 불편한 방향 전환을, 어쩌면 마음의 상처까지도 드러내 놓고 이야기한다는 게 너무 로메르적인 일이었을 것이다. 나는 딱히 의식하지 못한 채 어떤 암묵적 희망을 품고 그녀를 그 영화에 데려갔을지도 모른다. 그 영화가 나 대신 이야기를 해 주면서 상황이 착착 진전되어 결국 우리가 그동안 말하지 않았던 속마음을 털어놓을 수밖에 없기를, 심지어 상황이 위기로 치닫더라도 그렇게 되기를 바라면서. 하지만 영화는 그런 결과를 이끌어 주지 않았다. 우리도 그렇게 되도록 허용하지 않았을 테고.

결국 어둠 속에서 우리 둘의 팔꿈치가 닿는 영화관 팔걸이를 무시하는 편이 더 안전하고 더 수월했다. 우리 둘 다 단번에 알았다. 우리가 왜 영화를 보면서 그렇게 말이 없었는지를.

영화관 밖으로 걸어 나오는 시간이 악몽 같았다. 우리에겐 영화에 대해 하고 싶은 얘기가 없었다. 3번 애비뉴로 걸어가 작은 중식당에서 저녁을 먹었다. 저녁을 먹은 뒤 그녀에게 택시를 잡아 주었고 그녀는 집으로 돌아갔다. 그 주 후반에 전화를 걸어 또 영화를 보러 가지 않겠느냐고 물었다. 그녀는 주말에 가야 할 곳이 있다고 대답했다. 그 후 우리는 1년이 지나도록 연락을 하지 않았다.

우리의 관계가 로메르적이지 않았고 그럴 수도 없었던 이유를 깨닫는 데 일주일 정도가 걸렸다. 로메르적이려면 잘 모르는 사이나 다름없는 남자와 여자여야 한다. 예전에 두어 번 만났거나 둘 다 아는 친구가 몇 명 있었지만 서로 가까워지지도 않았고 가까워지고 싶은 생각도 없던 사이여야 한다. 로메르의 작품이 늘 그렇듯 지금 두 사람이 함께 있도록 만드는 계기는 사실상 운이다. 누군가 저녁을 먹는 자리에서 두 사람을 소개해 준다거나 두 사람이 우연히 해변가 같은 별장에 여름 손님으로 왔거나 《오후의 연정》처럼 한 사람이 딱히 용건도 없이, 어쩌면 순전히 권태감이나 일시적 기분이 발동해 상대방을 찾아가는 식이다. 하지만 어색한 분위기가 누그러지면서 갑자기 두 사람은 함께 있는 걸 즐긴다. 심지어 꺼려지기도 하고 우정이 선을 넘길 기대하는 마음이 전혀 없는 상태여도 마찬가지다. 둘 사이에 어떤 식으로든 불이 붙었다 해도 얼마 못 갈 불꽃이며 서로가 곧 완전한 타인이 될 가능성이 더 높다는 것을 두 사람 모두 알고 있다. 열차에서 우연히 옆자리에 앉은 두 승객이 단지 상황상 필요해서, 또는 흑심을 품은 건 아니지만 달리 어떻게 행동해야 할지 몰라서 장난치듯 관심을 끄는 것과 같다. 이 경우 어떤 일이 일어날 수도 있지만 오히려 아무 일도 일어나지 않을 가능성이 크다. 프레데릭은 결혼생활이 아주 행복하고 아내 엘렌을 아주 많이 사랑하며, 클로에는 아주 변덕스럽고 자유분방해서 유부남과 오랜 관계를 이어가고 싶어 하지 않는다. 하지만 만나다 보니 마음이 끌려 두 사람은 진심을 털어놓는다. 자신은 숨기는 게 아무것도 없다고 말했던 이들도 용기가 없어 털어놓은 적 없는 진심을. 솔직함과 용기는 친밀한 사이라고 해서 생기는 게 아니다. 서로 거의 모르는 사이라 다시 만날 일이 없어서 극히 개인적이고 시시콜콜한 얘기를 털어놓기가 쉬운 두 사람 사이에 생긴다.

그녀와 나는 잘 모르는 사이가 아니었다. 하지만 친밀한 사이도 아니었다. 프레데릭이 아내와 정부가 되고 싶어 하는 여자 사이를 왔다 갔다 하는 모습을 보며, 우리도 감정적으로 중간 지대에 붙잡혀 있다는 생각이 들었다. 단지 우리의 중간 지대는 침묵과 에두른 암시를 양분으로 삼았고, 그들의 중간 지대는 우호적인 솔직함과 피치 못할 상황 전개에 대한 잘못된 의식의 깨우침 사이를 떠다닌다. 그들은 얼굴을 붉히지도 망설이지도 않으며, 또 거북함이나 불편함을 느끼지도 않으며 얘기를 나눈다. 두 사람이 키스를 나누기 직전까지 갔을 때, 그가 사랑하는 아내 얘기를 한다. 그녀는 짐짓 경건하게 애무를 꺼리는 그를 비웃으며 상기시킨다. 그가 걱정하는 것과 달리 그의 아내는 알 필요가 없다고.

두 사람은 솔직하게 마음을 터놓으며 자신들이 서로에게 특별히 관심이 없을지도 모르지만 결코 무관심한 건 아니라고 말하곤 한다. 그녀는 결국 그를 사랑하지만 자신이 원하는 건 그의 아이뿐이라고 말한다. 그는 그녀가 아주 매력적인 여자라고 느낀다. 하지만 수차례나 아내 얘기를 꺼내는 자신을 어쩔 수 없다. 이들의 상황을 혼동의 여지가 없을 만큼 로메르적으로 만들고 내 상황과 전적으로 다르게 만드는 점은 두 사람이 서로에게 냉철하다는 것이다. 나는 냉철하지 않았지만 냉철한 사람이라 생각하고 싶었다. 언젠가 맨해튼의 프랑스 스타일 카페에서 그녀와 점심을 먹을 수 있길, (꼭 그런 프랑스 스타일 카페에 앉아) 이런저런 허위 속에서 사랑도 아니고 우정도 아니었던 우리의 지나간 얘기를 로메르의 영화에서 연인이 될 수도 있었을 두 사람이 그러듯 태평하게 풀어 볼 수 있길 내내 기대했다.

《모드의 집에서 보낸 하룻밤》과《클레르의 무릎》의 경우 내가 계속해서 로메르의 남자들을 동경한 부분은 자신이 원하거나 원치 않는 것에 대해 얘기하는 시점이다. 사람들이 흔히 생각하듯 친밀해져서 더 솔직하게 마음을 연 이후가 아니라 육체적 접촉의 가능성이 있기도 전에 그런 얘기를 한다. 매번 언어의 친밀성이 육체의 친밀성을 앞지른다. 어디까지나 추측이지만, 이는 잠자리는 갖는 단계가 일어나지 않거나 시도조차 이루어지지 않는 이유일 수 있다. 로메르의 인물들은 늘 다른 누군가를(모드 대신 프랑수아를, 클레르 대신 루생드를, 클로에 대신 엘렌을, 《수집가》에서는 하이디 대신 제니를) 욕망한다는 점에서 욕망에는 아무런 문제가 없을지도 모른다. 하지만 언제나 감정적 명확성이, 그보다 더 언어의 명확성이 우선시된다. 로메르의 인물들은 자신의 감정과 의도를 감추려 하지 않을 뿐만 아니라 한 걸음 더 나아가 자신의 욕망과 평계를 자극하는 바로 그 사람에게 자신의 욕망, 의혹, 술책과 심지어 자신의 부끄러운 평계까지 드러내는 그 의도적이고도 거의 성욕적인 방식을 즐기는 듯한 기색이 역력하다.

나는 습관적으로 우정을 이용해 여자들에게 다가가려 했다. 친밀한 관계가 쉽지 않을 땐 내 욕망을 숨기거나 애매모호한 말로 돌려서 표현하거나 아예 말하지 않았다. 로메르의 인물들이 언어를 신뢰하는 것은 격정으로 판단이나 표현력이 흐려지는 걸 좋아하지 않는 점이 한 이유지만, 그 반대로 언어가 자신의 진짜 동기를 자기 자신에게 감추는 데 거의 언제나 유용하기 때문이기도 하다.《모드의 집에서 보낸 하룻밤》의 장 루이는 새롭게 받아들인 가톨릭 신앙에 대해 아주 설득력 있는 언변을 펼쳤을지 몰라도, 옷을 그대로 다 입은 채 모드와 한 침대에서 맞은 아침에 그의 몸은 어젯밤 그의 모든 도덕적 항변을 비웃는다.

하지만 완전히 현혹되는 경우조차도 가장 포착하기 어렵고 거북한 민낯의 진실을 남자와 여자가 서로에게 말할 줄 아는 재주는 반사회적 행위인 대결 행위가 절대 아니며, 로메르의 세계는 너무도 평온하고 재치 넘쳐서 조금이라도 반사회적인 면을 찾을 수 없다. 오히려 이런 재주는 침투 행위다. 프랑스어로 통찰력을 뜻하기도 하는 이 *pénétration*은 모든 사람의 지성을 띄워 줄 뿐만 아니라 가끔은 살짝 역설적이거나 반(反)찬가적이어서 우리의 행동과 욕망을 우리 자신과 남들한테 설명하기에 가장 적합한 프리즘을 비춰 주기도 한다. 침투는 유혹의 매개가 아니라 노출의 매개다. *Pénétration*이 또 다른 의미를 품고 있다면('성교에서 삽입'이라는 뜻도 있다.―옮긴이) 이는 전적으로 우연의 일치만은 아니다. 자기 자신이나 다른 누군가의 정신을 읽거나 가로채거나 밀탐하는 즐거움은 줄잡아 말해도 그 자체로 관능과 성욕의 뉘앙스가 있다. 로메르가 보여 주는 통찰과 노출의 쾌락이 거의 예외 없이 육체적 쾌락을 굴절시키는 이유가 여기에 있을지도 모른다. 솔직함이 아주 재치 있으면서 아주 섹시할 수 있는 이유 또한 여기에 있다.

다음은 프레데릭이 클로에에 대한 감정을 밝히는 내적 독백이며,《오후의 연정》도서판에서 발췌한 것이다.

클로에랑 있으면 이상하게 마음이 편하다. 누구에게도 고백한 적 없는 얘길 털어놓고 만다. 심지어 가장 내밀한 생각까지도. 그래서 예전처럼 내 환상을 억누르는 게 아니라 밝은 곳으로 끄집어내어 그 환상에서 자유로워질 줄 알게 되었다. (중략) 예전엔 누구에게든 이렇게 마음을 열어 보인 적이 없다. 내 일생의 여자들에게는 특히 더 그랬다. 그들에겐 좋은 모습을 보이고, 그들이 보고 싶어 할 것 같은 가면을 써야 한다고 생각했다. 엘렌의 진지함과 지성에 맞춰 주려다 보니 점차 피상적 수준의 대화만 나누게 되었다. 엘렌은 내 재치 있는 말을 좋아하고 우리는 점점 서로 겸손함을 보이는 식이 되었다. 이는 마음 깊이에서 느끼는 것들을 얘기하는 걸 삼가기 위한 무언의 이해인 셈이다. 그런 식이 더 나을 수도 있다. 내가 맡은 이 역할이, 이것이 정말로 하나의 역할이라면, 밀레나와 있을 때 맡은 역할에 비하면 더 즐겁고 덜 경직되니까.

프레데릭은 아내에 대해 "내가 아내를 사랑하는 이유는 그녀가 내 아내이기 때문"이라고 말하며 마침내 아내 엘렌과의 관계의 본질을 파악했다고 생각한다. "(내가 그녀를 사랑하는) 이유는 그녀가 그녀이기 때문이야. 우리가 결혼하지 않았더라도 그녀를 사랑했을 거야." 이 말에 클로에는 힐난조로 응수한다. "아니, 당신이 그녀를 사랑하는 건, 그러니까 당신이 그녀를 사랑한다면, 그건 그래야 한다고 생각하기 때문이야."

로메르의 인물들 간에 오가는 대화는 사람을 무장해제시키며 매혹적이다. 대화가 지적인 데다 잘난 체하며 망상을 말할 때조차 그 오가는 대화에 활기와 재기가 넘친다.

통찰에 대한 사랑은 결국 사랑 자체보다 더 흡인력 있고 더 성욕적이다.

프로이트가 인간의 정신에서 허상과 환상을 벗겨 낼 때 거친 편이었다면, 로메르가 보내는 제스처는 온순하고 너그럽게 여길 만하다. 환상의 박탈을 예술의 형태로 전환할 뿐만 아니라 새로운 얼굴, 즉 더 좋은 가면을 내주어 환상을 재활시키기도 한다. 그러면서 아무도 속이지 않는다.

* * *

이번에 그녀와 함께 《오후의 연정》을 보기 전 마지막으로 이 영화를 본 것은 불과 몇 달 전이었다. 1981년 초가을 평일 오후 늦은 시간이었고, 107번가 브로드웨이의 올림피아극장에서 혼자 봤다. 올림피아극장은 이제 사라지고 없다. 1970년대 초 《클레르의 무릎》과 《오후의 연정》을 처음 본 68번가의 플레이하우스도 사라졌다. 1981년 가을은 유난히 외로웠다. 8년간 대학원 과정을 밟다 뉴욕으로 막 돌아온 참이라 학위도 진로 계획도 돈도 없는 처지인 데다 도시에 친구 하나 없이 방향을 잃고 헤매는 기분이었다.

이 영화를 보러 간 이유는 그날 달리 할 일이 없었던 까닭도 있지만, 유럽, 그중에서도 가능한 한 파리에 살며 잘나가는 직업을 갖고 심지어 아내와 가족까지 있는 환상을 품고 싶었기 때문이기도 했다. 그보다 9년 전에는 프랑스의 삶을 그려 볼 수 있는 이미지를 부여해 준 영화였다. 이제 나는 프레데릭만큼 나이를 먹었다. 내 삶은 대본이 없었고, 모든 것이 지체되다 멈춰 버렸다. 그리고 어퍼웨스트사이드에 있고 싶지도 않았다. 그날 저녁 나팔절(9월 말이나 10월 초의 유대교 신년 절기—옮긴이) 만찬에 가겠다고 어머니한테 약속했지만 뭐든 축하할 기분이 아니었으니까. 그래서 극장에 앉아 자기 자신에게나 자신의 삶과 전망에서나 뭐 하나 빠질 것 없이 흡족해하는 남자의 연애를, 비록 사랑이 아니더라도 애착을 쏟으며 자기를 가지라고 들이대는 거나 다름없는 여자를 끝내 거절하는 이야기를 보고 있었던 것이다.

극장을 나오자 그 어느 때보다 강한 고독감이 밀려왔고, 나를 감싸 주던 꿈결 같은 거품도 극장을 나오며 맞은편 거리의 작고 생기 없는 스트라우스파크가 눈에 들어오는 순간 터져 버렸다. 그 시절 그 저녁 시간의 브로드웨이는 지저분했고, 보도 여기저기에서는 노숙자들이 골판지로 임시 잠자리를 만들어 자고 있었다. 내 상상 속 파리와는 비교도 안 되는 모습이었다.

길을 걸으며 영화에서 얻은 뭔가가 나를 감싸 주길 기대했다. 내 칙칙한 가을 저녁에 영화의 광채를 더해 줄 백열광 같은 뭔가가 나를 감싸 주었으면 했다. 영화와 나 사이에서 몽상의 상태가 피어나길 원했다.

하지만 그런 일은 일어나지 않았다. 집으로 돌아가며 할 수 있는 일이라곤 1972년 가을에 《오후의 연정》을 처음 본 그 시간이 얼마나 아득한지 가늠하는 것이었다. 그 무렵 만난 여자들 중 몇 명과는 사랑하고 사랑받는 사이로 발전했고, 한 여자와는 한동 안 같이 살기도 했다. 그녀가 3학년 때 해외로 나갔다가 독일에 눌러살면서 헤어졌는데, 학교 교수님과 친구들도 우리가 동거했 던 걸 아는 터라 자꾸 그녀의 소식을 물어 댔다. 그럴 때마다 그 녀는 독일에서 학기를 보내는 중이라고 대답했다. 그러다 얼마 후부터, 왠지는 모르겠으나 어느 시점부터 더는 묻는 사람이 없 어졌다.

마지막 가을 학기 때였다. 화요일 오후에는 쉬는 시간을 가지 려고 계획을 짜 둔 터였다. 그중 어느 화요일에 3번 애비뉴로 걸 어가 68번가 플레이하우스로 향했다. 혼자 영화를 볼 생각이었 다. 평상시처럼 뒷줄에 앉아 담배를 준비해 두고 아이디어가 떠 오를 경우를 대비해 작은 메모장도 꺼내 놓았다. 그날 오후엔 새 스웨터를 샀는데, 2번 애비뉴와 3번 애비뉴 사이 16번가의 양품 점에서 프랑스인 여자 점원과 시시덕거리는 농담을 나누며 기분 이 좋았다. 스웨터 가격이 비싼 편이라는 건 알았지만 그 스웨터 가 마음에 들었고 울 냄새도 기분 좋았고 그 여자 점원도 좋았다. 물론 짧고 가벼운 농담 좀 했다고 무슨 일이 생길 리야 없었지만, 프랑스 말을 하는 예쁜 여자와 얘기를 나눌 수 있다는 것만으로 흡족했다. 스웨터에 남은 양품점의 향기조차 좋았다.

1972년 11월이었고 나 자신에게 만족스러웠다. 뮌헨이나 프 랑크푸르트 등 예전에 그녀가 주말마다 짧게 다녀온 독일 여행이 생각날 때면 먹구름이 밀려왔지만 나 자신에게 충실해야 한다는 걸 알기에 꼭 필요하지도 않은 물건 몇 개를 나를 위해 사고, 해야 할 일에서 벗어나 쉬는 시간을 갖고, 새로운 친구들을 사귀고, 돈을 좀 쓰고, 다시 혼자가 된 것에 익숙해져 갔다. 그해에는 좋은 일들이 기다리고 있었다. 이제 곧 대학원을 졸업한다. 아직 진로를 결정하지 못했지만 어쨌든 졸업이다. 1971년의 불안감들을 떨쳐 낸 지도 이미 오래였다. 나보다 나이가 살짝 많은 여자와 만나기도 했는데, 로메르식 대화를 나누며 사랑의 문제와 관련된 인간 정신의 복잡하게 얽힌 층과 동기를 들춰내 볼 수 있는 상대였다. 교내 식당에서 이런저런 여자애들이 남자친구와의 관계를 하소연하며 상담을 청해 올 때마다 심리학 용어를 늘어놓으며 어떻게든 그 자리에서 벗어나고 싶어 하던 지긋지긋한 상황과도 이젠 안녕이었다.

1972년 이 영화를 처음 보고 영화관을 나오면서 깨우침과 경외감을 동시에 느꼈다. 이 영화 속의 남자도 단지 여자가 옷을 벗었다는 이유로 남자가 꼭 승낙해야 하는 건 아님을 알 만큼 솔직해서 여자에게 거절의 말을 했다. 그의 남자다움은 결코 위태로워지지도 의심받지도 않았다. 그가 솔직하게 말할 수 있는 이유는 그가 하는 그 어떤 말도 그 자신을 깎아내리거나 손상시킬 수 없기 때문이다.

클로에에게 직접 설명하거나 작별 인사를 건네지도 않은 채 꽁무니 빼거나 슬며시 사라지는 장면에서는 글쎄, 내가 로메르의 남자들을 보면서 그토록 추앙하고 부러워하는 솔직함과 딱히 맞아떨어지지 않는 부분이 또다시 나온다. 그 유명한 로메르식 만남이 결국은 그 자체로 망상이고 가면이며, 끝도 시작 못지않게 우연처럼 마무리되는 픽션으로 끝난다고 여길 만하다. 《오후의 연정》에서 프레데릭은 클로에의 집 계단을 슬그머니 내려가 사라지고, 그녀는 벗은 몸으로 침대에 누워 그를 기다린다. 또한 《모드의 집에서 보낸 하룻밤》에서 장 루이는 모드가 그의 우유부단함을 놀리자 아주 이른 아침에 그녀의 아파트를 나오고, 《수집가》에서 아드리안은 하이디가 그의 연인이 되기로 거의 마음먹은 듯한 순간에 차를 몰고 사라진다. 《클레르의 무릎》에서 궁극적 대체 수단을 발견한 제롬은 자신이 원하는 것을 얻자 모터보트를 몰고 떠난다. 이들의 성적 관심은 냉철한 것만이 아니다. 거의 비육체적이기도 하다.

몸도 쉽게 쉽게 만지고 섹스가 가능할 만한 여지도 쉽게 쉽게 만들어지는 그 이면에서 내가 느낀 것은 섹스 이면에 숨겨진 은연 중의 어려움이었다. 모든 영화마다 이야기 전개상 조짐이 확실히 보이는데도 그 조짐처럼 쉽게 섹스가 일어나게 놔두길 꺼리는 듯한 부분이 있다.

* * *

이런 점은 이 남자들의 완벽할 만큼 만족스러운 개인적 직업적 삶 이면의 진정한 취향이 뭘까, 하는 의문을 일으킨다. 이 남자들은 섹스에 관심이 없는 걸까? 성적 관심이 무한히 보류된 걸

까? 인간관계가 단지 형식적인 걸까? 이들의 관계에서는 사실
상 아무것도 위험에 내걸지 않는 세상이 펼쳐진다. 관계에 마음
도 정신도 에고도 내걸지 않을뿐더러 확실히 육체도 내걸지 않
는데, 이들이 거리낌 없이 말하거나 거절을 걱정하지도 두려워
하지도 않는 또 하나의 이유다. 거절이 일어나면 무시하고 넘어
가는데, 파리8구에서나 안시에서나 클레르몽페랑에서 펼쳐지는
격정이 워낙 고상하고 영묘하여 에고나 자존심이나 프랑스어로
amour—propre(자기 편애)라는 것이 끼어들 여지조차 없기 때문
이다. 그럼에도 불구하고 여전히 라로슈푸코(17세기 프랑스의 고전작
가. 살롱에서 유행하는 문학 양식에 따라 저술하고 발표한 《잠언과 성찰》에서 간결
하고 명확한 문체로 인간 심리의 미묘한 심층을 날카롭게 파헤쳤다.—옮긴이)식 심
리학에서 가장 싫어하는 *amour—propre*, 즉 교묘한 술책을 숨
기는 걸 좋아하고, 더 나아가 우리를 그 노예로 삼으면 더 좋아하
는 기질은 여전히 존재한다. 단지 숨겨져 있을 뿐이다. 라로슈푸
코가 아주 잘 간파했듯이 때때로 우리의 에고는 단지 우리가 음
흉한 꾀를 꿰뚫어 보는 능력을 가진 것으로 착각하도록 띄워 주
기 위해 교묘한 술책을 얼핏 보게 해 준다. 그에 따라 로메르의
남자들은 불안감과 자기 회의를 모르기에 육욕적 불안이나 물질
적 불안이 없고 모든 것이 쉽다. 그리고 어느 날 우연히 마주치는
프레데릭의 동창생은 *angoisse de l'après—midi*(오후의 불안)에
시달리고 있음을 쾌활히 인정하는데, 그것이 그의 주장처럼 점심
식사 때문일 가능성이 높지만, 프레데릭은 자신의 경우 "그것이
정말 불안이라면 할 일을 하면서 그 불안을 억누르고" 있다며 반

박한다. 결국 두 남자 모두 자신의 남자다운 태도와 에고를 손상되지 않게 잘 지켜 왔다는 결론에 이른다.

* * *

집에 있는 컴퓨터 모니터 기준으로 이 영화를 마지막으로 본지 20년이 지난 어느 날, 대학 3학년 때 사귄 여자가 내 사무실을 찾아왔다. "그냥 전화해서 다시 보고 싶다고 말하면 만남을 미룰 것 같아서 네 근무 시간 중에 찾아온 거야. 지금 근무 시간 맞지?" 눈치를 보아 하니 그녀는 이미 전화를 걸어 내 비서한테 물어본 것 같았다. "앉아도 되지?" 그녀가 물으며 앉았다. "부담 가질 거 없어. 원하는 게 있어서 찾아온 건 아니니까."

"누가 뭐래? 난 아무 말 안 했는데."

"아니, 그냥 네가 어떻게 생각할지 아니까 한 말이야. 이제 와서 널 어떻게 해 보려고 온 거 아니니까 괜히 겁먹지 말고. 정말 그냥 보고 싶어서 온 거야."

"보고 싶어서 왔다고." 나는 그 말이 진심인 걸 알았지만 어떤 태도를 취해야 할지 생각할 시간을 벌기 위해 일부러 못 믿는 다는 어조로 그녀의 말을 되뇌었다.

"나도 이렇게 보니 반갑네."

"그동안 네 생각을 했어." 그녀가 입을 열었다.

"나도 그래. 가끔씩."

"생각 안 할 때가 더 많았겠지?"

나는 괜히 찔려서 싱긋 웃었다.

딱히 할 말이 없다는 생각이 들었다. 이런저런 잡담이나 나눠야 할 것 같았다. 그녀는 지난 수년 동안 뭘 하며 지냈는지 얘기했다. 나도 살아온 얘기를 했다. 얘길 나누다 보니 그녀는 내내 유럽여기저기를 떠돌아다닌 것 같았고, 나는 그녀에게 내 삶이 한 치의 오차도 없는 올바른 길을 걸어온 듯한 인상을 주었다. 나는 그녀를 데리고 나가 사무실 근처에서 점심을 먹기로 했다.

잠시 후 엘리베이터에서 나는 1972년에 그녀가 나와 헤어진직후 처음으로 보러 간 그 영화 속에 들어가 살고 있다는 생각이들었다. 나는《오후의 연정》얘기를 꺼냈다. 그녀는 그 영화가 기억나긴 하는데 가물가물하다고 했다. 나는 이어서 하려던 얘기를접었다. 원래는 이 말이 하고 싶었다. 클로에가 찾아온 것과 그녀가 연락도 없이 내 사무실에 찾아온 일의 유사점에 일치성을 넘어서는 다른 뭔가의 암시가 있는 것 같다고. 그녀가 독일로 떠나버리고 넉 달이 채 지나지 않아 그 영화를 본 일에서 메아리 효과(어떤 일이 뒤늦게 되풀이되거나 그 결과가 늦게 나타나는 현상—옮긴이)가 부각되어 다가온다고. 그때 그 영화를 보며 내가 직감으로 알았으나말로 표현하지 못한 의미가 남녀 문제나 욕망 자체와 관련된 것이라기보다 몇 년 후 똑같이 일어날 일의 예고였던 것만 같아 그런 느낌이 든다고. 나는 그녀의 손을 잡으며 그녀가 찾아와 정말기쁘다고 말했다. 우리는 그 시간에 반쯤 자리가 빈 작은 카페에서 커피를 마셨고, 그곳에 그렇게 있자니 프랑스 생각이 나서 그녀에게 그 얘길 해 주었고, 함께 행복한 분위기에 젖어든 어느 순간 내 머리에 퍼뜩 떠오르는 것이 있었다.

몇 년 전 로메르의 영화가 내 삶의 이야기라는 건 틀렸을지 모른다는 생각이 든 적이 있었다. 로메르의 영화를 내가 살아온 이야기에 비추어 해석하는 게 맞는 건지 확신이 들지 않았다. 하지만 이젠 알 수 있었다. 이 영화들이 정말 내 삶의 이야기인 건 맞지만 내 삶의 표본에 더 가까워, 언젠가 때가 되면 로메르의 시각을 적용하는 순간, 한때 흩어진 듯 여겨졌으나 전혀 흩어진 게 아닌 순간들로 이 표본이 채워지리라는 것을. 그래서 그 전의 더 어린 자아에게 돌아가 말해 주고 싶었다. 그녀가 다시 돌아오는 날이 올 줄 언제나 알고 있었다고. 그날 그녀에게 모든 일을 말해 주며, 그동안 내가 어디에 갔는지, 내가 어떤 것을 봤고 했고 사랑했는지, (그녀와 다른 사람들로 인해) 어떤 고통을 겪었는지, 또 그녀가 독일로 달아나듯 떠났을 때 내 삶에 어떤 큰 경로가 시작되었는지 등을 들려줄 것도 알았다고. 이렇게 재회가 이루어진 순간, 나의 어린 자아가 이 작은 카페에 우리와 함께 앉아 있어서 내가 이 말을 해 주면 더 좋을 것 같았다. 연인이었던 두 사람이 몇 시간 동안 함께 있으면서 행복에 젖어 지금이 현재인지 과거의 그때인지 딱히 분간이 안 되는 지금 이 순간이, 어쩌면 삶이 선사한 최고의 순간일지도 모른다고.

햇빛 비추는 밤의 배회

ADRIFT IN SUNLIT NIGHT

눈부시도록 화창한 6월 말 아침, 19세기를 찾아 상트페테르부르크의 길을 정처 없이 떠돌았다. 나는 이곳에 오면 언제나 이렇게 도시를 떠돈다. 상트페테르부르크에 오면 다들 그러는 줄 알았다. 문을 닫고 아래층으로 내려가면 자신도 모르는 사이에 그런 곳이 나올 거라곤 생각도 못 한 장소와 광장을 걷고 있을 테니까. 관광 안내서는 있어 봐야 도움이 안 되는데 그건 지도도 마찬가지다. 사람들이 원하는 건 단순히 길을 잃는 전율, 다시 말해 엉뚱한 길로 벗어났다가 예상 못 한 구석진 곳을 발견하고, 어쩌면 그곳을 정말 좋아할지도 모를 그런 순간이 아니다. 오히려 책에 빠진 10대 이후 내내 상상해 온 도시와 관련된 길을 찾도록 도와줄 내면의 나침반을 기대하며, 러시아 소설에 나오는 모든 인물이 그러듯 상기되고 초조한 마음으로 정처 없이 길을 떠도는 것이다. 생각을 멈추고 모든 것을 차단한 채 이번만은 발길 닿는 대로 가 보는 것이다. 관광이 아닌 데자뷔가 되도록.

내 마음 한구석에서는 도스토옙스키의 옛 도시를 찾아가고 싶다. 그 열기, 군중, 먼지로 가득한. 스톨랴르니 골목의 건물들을 보고, 냄새를 맡고, 만져 보고 싶다(스톨랴르니 골목 5번지 아파트는《죄

와 벌》의 주인공 라스콜리니코프의 하숙집이라는 것에 도스토옙스키 연구가들의 의
견이 일치했다.─옮긴이). 센나야광장에서 150년 전처럼 행상인, 취객,
차림새가 지저분한 온갖 사람들이 뒤섞여 여전히 거의 밀치고 다
닐 정도로 붐비는 그 소리를 듣고 싶다. 상트페테르부르크의 중
심 네브스키대로를 걷고 싶은 건 거의 모든 러시아 소설에 나오
는 곳이기 때문이다. 한때 한쪽 끝에는 비쩍 마른 몰골로 삶을 연
명하는 비참한 이들이, 다른 쪽 끝에는 부유한 멋쟁이들이 살고,
그 중간에는 증오에 차서 뒷담화를 일삼는 불운한 하급 공무원들
이 머리 쓸 필요도 없는 보고서를 작성하거나 그 보고서를 무한
히 베껴 쓰지 않을 땐 그저 굽실거리기와 남말하기와 서로서로의
망가진 삶에서 힘을 얻는 것으로 시간을 보내던 이 대로를 피부
로 직접 느껴 보고 싶다. 말하자면 고(古) 여행을 하며, 그 밑에 가
려진 것이나 더 이상은 딱히 존재하지 않는 것을 탐색해 보고 싶
은 것이다.

 도스토옙스키가《죄와 벌》을 쓴 곳에서 한 블록 맞은편에 있는
그곳, 바로 소설 속 라스콜리니코프가 살았던 그 건물(스톨랴르
니 골목 5번지)을 보고 싶다. 라스콜리니코프가 에카테리닌스키
(지금은 그리보예도프로 이름이 바뀌었다) 제방길 104번지로 살
인을 하러 가는 길에 건넌 다리도, 몇 걸음 떨어진 같은 길 73번지
의 온순하고 사랑스러운 창녀 소냐가 살았던 곳도 보고 싶다. 이
모든 곳이 도스토옙스키의 시대 이후 거의 변하지 않았지만 라스
콜리니코프가 살았던 5층 건물은 현재 4층이 되었다. 고골(러시아
의 소설가이자 극작가 니콜라이 고골─옮긴이)이 살았던 스톨랴르니의 집

은 이제 그 자리에 없고, 그가 쓴 《광인 일기》의 주인공 포프리신이 건너가는 옛 코쿠시킨다리는 나무에서 철제 다리로 바뀌었다.

하지만 내가 찾는 것은 군중, 사람을 무기력으로 빠뜨리는 센나야광장의 암울함, 채워지지 않는 목마름이다. 이 모두가 이만큼 중요하게 다가오는 것은 고독과 극빈에 더해 남루하기 이를 데 없는 행색에서 비롯되는 고뇌, 다시 말해 콘스탄스 가넷의 번역본 《죄와 벌》에서 옮긴 도스토옙스키의 다음 표현처럼 젊은 청년의 악몽과 피할 수 없이 맞닿아 있기 때문이리라.

거리는 끔찍할 만큼 푹푹 쪘다. 바람 한 점 불지 않는 와중에 주변은 북적거리고 길 여기저기가 회반죽, 비계, 벽돌, 먼지로 어수선했으며, 여름에 도시 밖으로 벗어날 수 없는 처지인 이들 누구에게나 너무 익숙한 페테르부르크 특유의 그 악취까지 코를 찔렀다. 이 모든 것이 안 그래도 극도로 과민해진 청년의 신경을 고통스럽게 짓눌렀다. 이 구역에 유독 많이 몰려 있는 선술집에서 풀풀 풍겨 대는 비위 상하는 악취와 평일 낮인데도 계속 마주치는 취객들까지 더해져 거리의 풍경은 그야말로 역겨울 만큼 비참했다. (중략) 지저분하고 악취 나는 센나야광장 안쪽의 선술집들 주위로 넝마를 모아서 파는 사람과 온갖 행상인이 우글거리고 있었다.

책을 읽은 모든 사람에겐 상상 속의 상트페테르부르크가 있을 것이다. 누구나 상트페테르부르크를 배경으로 쓴 책을 통해 삶의 급격한 전환을 맞기 마련이니까. 누구나 마음이 뒤숭숭해지는 그 첫 페이지로 돌아가고픈 마음이 들 테니까. 도스토옙스키라는 작가가 우리 안에 있는 줄도 몰랐던 악마들을 자극해 우리 머릿속에 불량스러운 잡음을 불어넣고, 그 과정에서 어떤 도시에도 품어 본 적 없는 아주 뒤틀린 낭만을 갖게 했던 그때로.

우리가 상트페테르부르크로 되돌아오는 것은 마음을 심란케 하는 그 낭만에 불을 당긴 첫 불꽃을, 그 잊고 있던 불꽃을 되살리기 위해서다. 그 낭만이 우리를 휘어잡았을 때 우리가 어떤 사람이었고, 이미 피어나는 것을 알면서 그 낭만이 피어나도록 그대로 내버려 두었을 때 어떤 생각을 했는지 떠올리기 위해서다. 우리가 원하는 것은 지금의 상트페테르부르크가 아니다. 그 모습이 거의 변하지 않았다 하더라도. 그 대로와 궁궐 같은 건물에 황홀해하는 것도 아니다. 다만 그런 마음이 들려면 대로와 건물에 더 이상 주목하지 않을 만큼 보고 나야 한다. 우리 마음속 상트페테르부르크는 거리와 제방길을 정처 없이 걷고 이 다리나 저 다리를 건너고 이 공원이나 저 섬을 가로지르며 "자신이 어디로 가는지 의식하지 못한 채" 거닐다 완전히 녹초가 될 때라야 나타나게 되어 있고, 그제야 그 찌는 듯한 더위와 숨 막힐 것 같은 고독이 우리를 휘어잡으며 어느새 자신이 《죄와 벌》에 들어가 지냈던 일이 떠오르기 시작할 테니까. 모든 독자가 며칠이나 몇 주 동안 스톨랴르니 골목에 살았던 그때가.

유난히 무더운 7월 초 어느 저녁, 한 청년이 스톨랴르니 골목

의 다락방 하숙집에서 나와 주춤거리는 듯 느릿느릿 걸음을
떼며 코쿠시킨다리로 향한다.

* * *

확실히 도스토옙스키의 상트페테르부르크는 1703년 표트르
대제가 네바강 진흙 늪지에 새 수도를 건설했을 때 마음속에 그
린 도시는 아니었다. 그는 말 그대로 무(無)에서 유럽의 가장 아름
다운 곳으로 손꼽히는 도시를 건설해 러시아의 수도로 만들었고,
이 도시는 2세기 후인 1917년 로마노프 왕조가 몰락하기 전까지
수도로 건재했다. 표트르 대제는 알렉상드르 장 밥티스트 르 블
롱이 프랑스에 세운 작품들을 보고 이 건축가에게 자신의 도시
설계를 맡기며 상트페테르부르크의 건축장관이라는 칭호까지
수여했다. 그와 동시에 이탈리아의 여러 건축가에게 유럽 전역을
돌아다니며 본 대로 대궐 같은 건물을 설계하게 했다. 이후 상트
페테르부르크는 표트르 대제에게 서구를 향한 창(상트페테르부르크
는 가장 유럽 쪽에 위치하여 '서구를 향한 러시아의 창문'이라고 부르기도 한다.—옮
긴이)이 되었을 뿐만 아니라 그 장엄함에서 세계 어느 도시에도 밀
리지 않는 쟁쟁한 경쟁자로 도약했다.

표트르 대제는 핀란드만에 새로운 항만 도시를 세우기 위해 스
웨덴 전쟁포로와 러시아의 농노를 동원하여 밤낮으로 강제 노역
을 시켰다. 10만 명 이상이 진창을 메우고 습지의 물을 빼내고 맨
손으로 돌을 나르다 목숨을 잃어 사람들이 걸어 다니는 땅밑에

그 뼈만 남긴 채 사라져 갔다. 표트르 대제는 이들의 죽음에 신경 쓸 수가 없었다. 그에겐 원대한 계획이 있었다. 암스테르담과 베네치아에서 얻은 영감대로 여러 운하가 교차하고 화려함과 장엄함에서 파리와 런던을 능가하는 도시를 건설해야 했다. 이 목적을 달성하기 위하여 러시아의 모든 귀족에게 상트페테르부르크에 집을 짓도록 강제했고 이에 불복할 경우 무력을 써서 끌고 왔다. 도로마다 길이와 폭을 늘리고 파리의 그 어느 길에 견주어도 훨씬 더 질서정연한 모습으로 꾸미며, 호화로운 대로와 운하 제방길을 따라 웅장한 저택이 줄지어 늘어서고 모든 건물이 똑같은 높이로 들어서도록 맞출 계획이었다. 상트페테르부르크는 기존의 도시를 개축하는 게 아니어서 표트르 대제의 도시계획자들은 말도 못 할 정도로 빙 돌아가는 구불구불한 중세의 좁은 길과 씨름할 필요가 없었다. 도시의 거리와 대로를 직각으로 교차하여 격자형 구획으로 배치하면서 그 중앙광장에 상트페테르부르크의 중심부인 해군성 건물의 첨탑이 솟구쳐 올라 어디에서나 보이도록 설계할 수도 있었다.

그 첨탑을 기점으로 네프스키대로, 고로코바야거리, 보즈네센스키대로가 끝없이 이어져 나갈 예정이었다. 지금은 이 세 개의 대로 모두 기차역으로 이어져 있으며 운하들과 세 개의 널찍한 거리와 교차한다. 내가 아는 한 이만큼 대칭적 구도와 합리적 계획에 따라 조성된 도시는 워싱턴D.C.밖에 없는데, 그 수준은 워싱턴이 따라가지 못한다.

1700년대 초에 그린 스케치와 도시 풍경을 보면 상트페테르부르크는 이미 화려한 대도시가 되어 가고 있었다. 표트르 대제의 통치가 막을 내린 1725년 무렵 인구 4만에 건물 3만 5000채를 과시했는데, 1800년에는 인구가 30만 명으로 불었다.

게다가 표트르 대제는 러시아인을 문명화하려는 임무를 아주 야만적으로 밀어붙여 이 도시를 건설해 낸 방식대로 해군 함대도 창설했다. 이 또한 무에서 일궈 낸 것이다. 결과적으로 러시아는 무자비함과 독재적 의지에 목덜미를 잡혀 현대 세계로 질질 끌려 갔고, 그 이후 뒤로 돌아선 적이 없었다.

뒤돌아서기는커녕 안으로 향했다. 진창도, 땅에 묻힌 뼈들도, 표트르 대제의 편집광적 통치도 사라지지 않았다. 상트페테르부르크에 황제들의 무시무시한 폭정뿐 아니라 그 폭정이 불 지핀 들끓는 반발까지 내재화되면서 이 모두가 이 도시에 낙인처럼 각인된다. 문학에서는 망령, 악몽, 뒤틀리고 악마 같은 생각이, 억압과 도주가 서로 상반된 목적을 놓고 끊임없이 실랑이를 벌이는 풍경 속으로 스며든다. 네브스키대로는 유럽에서 가장 길고 가장 세련된 대로로 손꼽힌다 해도 고골과 도스토옙스키가 탄생시킨 수많은 인물이 깨닫듯 이 대로가 자극하는 인간의 모든 충동을 쉽사리 질식시켜 버린다. 보도 여기저기로 사랑, 부러움, 수치심, 희망, 특히 자기혐오가 먹잇감을 찾아다닌다. 어떤 이에게는 저리 가라고 쫓으며 장난을 치고, 또 어떤 이에게는 붙잡으려 하면서 자신의 유령을 힘껏 떠민다. 상트페테르부르크의 모든 곳이 그렇듯 이 대로에서도 비통한 분개심이 결국은 광기나 혁명 혹은 이 둘 모두를 낳고 마는 상황이 벌어진다. 지하인

(도스토옙스키가 쓴 《지하생활자의 수기》의 주인공—옮긴이)은 이렇게 말한다. "나는 병적인 인간이다. 나는 심술궂은 인간이다. 나는 호감이 가지 않는 인간이다. 아무래도 간에 문제가 있기 때문인 것 같다." 누구나 이 책을 읽고 나면 예전과 같을 수 없다. 이 책을 읽고 나면 어떤 도시도 상처 없는 도시가 없다. 상트페테르부르크의 잠재 의식을 몰래 엿보면 그 아프고 멍들고 상처 입고 자기혐오에 빠져 고통스러워하는 잠재 의식이, 더는 시가전차를 필요로 하지 않는 수많은 거리와 길 사이를 여전히 헤쳐 지나가는 폐기된 시가전차 선로처럼 우리 앞에 드러난다. 그 선로는 지하로 가라앉길 거부한 채 여전히 당신을 빤히 응시한다. 완전히 묻혀 버린 후에도 여전히 모습을 드러내는, 아주 많은 것이 그러듯. 소멸하는 것은 없다.

날씨를 예로 들어 보자. 겨울철이면 네브스키대로에는 굉장히 빨리 어둠이 내려앉고 사방에서 얼어붙을 듯이 차가운 바람이 덮쳐 와 섬뜩한 속도로 거리를 쌩쌩 휩쓰는데, 이는 상트페테르부르크의 그 똑똑하신 도시계획자들께서 차가운 바람이 도시 협곡(도로 양변을 따라 길게 늘어선 건물과 도로가 만들어 낸 공간—옮긴이)과 대로만큼 좋아하는 것도 없다는 사실을 미처 생각해 내지 못한 탓이다.

아니면 네바강 자체를 보자. 네바강은 상트페테르부르크가 세워진 이후 강물이 범람해 도시를 물바다로 만든 횟수가 300번이나 된다. 1824년에는 수위가 4미터 넘게 불었고 1924년에도 3.6미터까지 불었다. 다음은 올리버 엘튼의 번역본에서 발췌한, 푸시킨(러시아의 소설가이자 시인 알렉산드르 푸시킨—옮긴이)의 설화 시 〈청동 기마상〉 중 네바강 범람 대목이다.

하지만 만에서 돌진해 오는 바람
네바강을 다시 저주했고, 강은 물러났다가
분노를 걷잡지 못하고 득달같이 다가와
이내 섬들이 물에 잠겨 버렸다.
날씨가 점점 미쳐 갈수록,
노호하는 강도 노기가 점점 고조되어
주전자처럼 부글부글 끓고 소용돌이치다
발광한 짐승처럼
도시를 향해 확 달려들었다. 그 앞에 모든 것이 굴복해
달아나고 주위는 폐허로 변했다. 물살이
지하실로 돌진해 흘러 들어가고
운하는 둑을 넘어 물을 내뿜었다.
페트로폴이 허리까지 물에 잠긴 트리톤처럼
둥둥 잠긴 것을 보라!

1824년의 홍수 수위가 표시된 대리석 현판은 도스토옙스키의
젊은 범죄자가 살았던 건물의 벽과 같은 높이다. 네바강은 그 날
씨처럼, 상트페테르부르크의 가장 악명 높은 두 도살자 표트르
대제와 라스콜리니코프처럼 언제까지나 이 도시를 떠나지 않으
며 자신들의 죄를 사하기 위한 논쟁을 벌일 것이다. 히틀러의 잔
혹한 900일간의 포위 공격을 버텨 낸 뒤 스탈린의 결연한 의지에

따라 재건된 이후에도 이 도시는 여전히 잊을 수 없는 그 일들을
덮으려 애쓰고 있다.

* * *

내가 상트페테르부르크를 찾은 것은 네브스키대로를 이리저리
거닐어 보기 위해서였다. 그때나 지금이나 사람들은 이곳을 느긋
하게 거닐거나 여기저기 배회한다. 쇼핑을 하거나 걷다가 어딘가
에 들어가 식사를 하거나 커피를 마신다. 1240년 네바강 전투에
서 스웨덴군을 물리친 뒤 네브스키라는 이름을 얻은 알렉산드르
왕자의 이름을 따서 붙인 이 대로는 지금도 사시사철 동경하는
유명인을 따라 하려는 사람들과 부자들이 저마다 한껏 차려입고
나와 구경도 할 겸 시선도 받을 겸 이리저리 어슬렁거린다. 그때
도 지금처럼 이곳은 언제 와도 프랑스어와 영어로 말하는 소리가
들려왔고, 사람들이 유럽 전역에서 수입된 최고 명품을 구매하기
위해 찾았다. 이쯤에서 가넷의 산문에 인용된 고골의 묘사를 보
자. 비길 데가 없을 만큼 인상적이고 통렬한 묘사다.

네브스키대로보다 멋진 곳은 없다. 어쨌든 페테르부르크에
는 어디에도 없다. 이 대로는 이 도시의 성공 원인이다. 이보
다 화려할 수 없고 우리 도시의 모든 거리를 통틀어 가장 멋
지다. 물론 그곳에 사는 가난한 점원은 세상의 온갖 축복에
둘러싸여 있음에도 불구하고 네브스키대로에서 물건을 살

형편이 못 될 테지만. 근사한 콧수염에 멋들어진 코트 차림의 스물다섯 살 청년뿐 아니라 턱과 머리에 흰 수염과 흰 머리가 은접시처럼 반질반질 돋아나는 노신사조차 네브스키대로에 열광한다. 숙녀들은 또 어떤가! 네브스키대로는 숙녀들에게 훨씬 더 마음 끌리는 곳이다. 사실 어느 누군들 마음이 끌리지 않겠는가? 네브스키대로에 들어서는 순간 환락의 분위기에 젖어든다. (중략) 마지못해 억지로 나오거나 페테르부르크 전역을 집어삼킨 필요성이나 사업적 이해관계에 내몰려 찾는 게 아닌 곳은 여기가 유일하다. (중략) 네브스키대로는 막강한 매력을 발산하는 곳이다.

고골은 시간의 흐름에 따른 네브스키대로의 변화상을 열거하기도 한다. 아침, 정오, 오후 2시, 3시, 4시에 네브스키대로가 어떻게 달라지는지 연이어 묘사한다.

우선 가장 이른 아침부터 얘기해 보자. 이 시각이 되면 페테르부르크 곳곳이 갓 구운 따끈따끈한 빵 냄새로 그득하고, 누더기를 입은 노파들이 몰려나와 교회와 동정심 많은 행인들을 덮친다.

고골은 마지막 시간인 네브스키대로의 해 질 녘 모습을 가장 서정적이며 보들레르적인 필치로 담아낸다.

하지만 집집마다 거리마다 땅거미가 내려앉고 거친 천을 뒤집어쓴 경찰관이 전등을 켜기 위해 사다리를 오르고 낮에는 감히 모습을 드러내지 못한 새김글자들이 상점의 낮은 쇼윈도 아래로 밖을 기웃거리기 무섭게 네브스키대로는 다시 되살아나 움직이기 시작한다. 곧이어 가로등이 모든 것에 경이롭고 매혹적인 빛을 던져 주는 신비로운 시간이 찾아온다.

해가 지지 않아서 '백야'로 불리는 그 6월 말에 다섯 밤을 보내는 동안 두어 시간 정도 고골이 묘사한 저녁의 어스름 빛이 비치는 네브스키대로가 창밖으로 내다보였다. 그 빛은 불을 밝힐 필요가 전혀 없는 한여름에도 텅 빈 대로에 매혹적인 백열광을 비춰 주었다. 보도에 점점이 세워 놓은 가스등은 이제 전기등으로 교체한 지 오래지만, 해군성까지 이르는 네브스키대로를 비치던 그 옛날의 은은한 가로등 불빛은 아직도 상상 속에 남아 사라지지 않았다.

해군성 방향 4차선, 정반대 방향 4차선으로 뻗은 네브스키대로는 다른 대도시의 쇼핑가와 다르지 않다. 고급 의류 매장, 근사한 식당과 카페, 백화점, 피자헛, KFC, 맥도날드, 버스, 트롤리 버스, 전차 선로를 두루두루 갖췄고, 호시절을 누려 온 대형 매장과 그 안마당 쪽의 인접 포르티코(건물 입구에 돌출된 작은 지붕 밑에 기둥을 받쳐 만든 주랑 현관—옮긴이) 사이 V자 모양 틈에는 허접스러운 휴대폰 매장과 환전 창구도 있다. 대로변 건물은 로마노프 왕조가 좋아한 꽃처럼 화사한 이탈리아 스타일로 지어서 호화롭다(그중 일부는 그야말로 장엄하기도 하다). 대부분이 (적어도 외면적으로는) 복원되었으나 꼭대기의 다락방층 일부는 길에서 보이지도 않으며 여전히 비통한 처지를 면치 못했다. 상트페테르부르크는 예전부터 상투적으로 복원이 진행된다. 여러 차례의 홍수 이후에도, 독일의 포위 공격 이후에도, 구소련 정부의 고의에 가까운 방치 이후에도 어스름 녘이면 네브스키대로의 많은 건물과 호텔이 고골의 가스등 시대를 상기시키려는 듯 정면에 조명을 밝히며 슬금슬금 과거로 회귀한다.

　나는 낮에 길을 걸을 때면 우연한 일이 일어나길 바란다. 그때 그 일도 우연히 일어난 일이며, 따라서 기적 같은 일이기도 하다. 그날 한가로이 길을 걷다 우연히 네브스키대로 48번가의 유리돔 아케이드를 발견하고 그 통로에 들어가 보기로 마음먹었다. 안으로 들어서니 파리, 런던, 토리노에 남아 있는 더 작은 규모의 아케이드 통로에 필적할 만했으나 밀라노의 갤러리아 아케이드나 모스크바의 붉은광장과 마주 보는 굼백화점의 아케이드만큼 널찍하거나 탁 트이진 않았다. 하지만 도스토옙스키가 《이중인격》과 단편소설 〈악어〉에서 묘사한, 21세기의 기호에 맞춰 전면 복원된 이 19세기 쇼핑몰에서 눈에 들어온 매장이 있었다. 상트페테르부르크의 기념품점 어디를 가더라도 볼 수 있는, 색깔도 다채롭고 고급스러운 마트료시카 인형을 파는 매장이었다. 알록달록 채색한 커다란 인형을 열면 그 안에서 똑같은 모양의 인형이 나오는 이 나무 인형은 이곳의 모든 것을 상징한다. 이곳은 하나의 정치 체제, 하나의 리더, 하나의 시기가 다른 체제와 리더와 시기 안에 품어진 곳이자, 도스토옙스키가 했다는 말처럼 한 작가가 다른 작가의 외투 주머니에서 나오는 곳이니까.

이 아케이드 바로 맞은편, 네브스키대로 25번가와 27번가 사이에는 카잔성모대성당이 있다. 외부 주랑(여러 개의 기둥만 나란히 서 있는 벽이 없는 복도―옮긴이)은 로마의 성베드로대성당 주랑을 본뜬 것이 확실해 보였지만 내부에 들어서자 깜짝 놀랄 만한 풍경이 펼쳐졌다. 딱히 관광 명소가 아닌데도 중앙 신도석과 수랑(십자형 교회당의 좌우 날개 부분―옮긴이)이 사람들로 북적거렸고, 성베드로대성당과 다르게 예배당 분위기가 났다.

성당 밖에는 1997년에 세운 니콜라이 고골의 동상이 있는데, 고골의 깊은 신앙심을 생각하면 그 자리에 그의 동상을 세운 건 우연이 아니다. 하지만 먼저 짚고 넘어갈 부분이 있다. 고골의 단편소설 〈코〉(주인공 코발료프가 어느 날 감쪽같이 사라져 버린 코를 찾기 위해 고군분투하는 이야기다. 떨어져 나온 코발료프의 코가 살아 있는 인간처럼 행세한다.―옮긴이)에서 코가 코발료프의 얼굴에서 도망친 뒤 네브스키대로에서 금실로 수놓은 주 의원의 제복을 입고 마차에 타는 모습이 목격되는 곳이 이 교회 밖이다. 물론 코발료프는 자신의 코를 붙잡아 제자리인 자신의 얼굴로 되돌려놓으려고 열을 올린다. 이 코는 그동안 고골의 팬들 사이에서 남자의 코가 아닌 다른 뭔가의 상징이냐 아니냐를 놓고 음란한 추측의 대상이 되어 왔다.

이 성당은 공산주의 혁명 이후 운영이 중지되면서 종교 및 무신론 역사박물관으로 바뀌었다. 구소련 정부의 선전 활동에도 아랑곳없이 종교적 열정은 지하로 숨어들었다. 예전부터 아주 많은 것이 지하로 숨어들었듯이. 하지만 가장 관록 있는 종교 체계를 전용해 무신론의 역사를 수용시키려 했던 나라에서도 신앙은 오래 지나지 않아 되돌아오곤 했으니 모를 일이다. 어쨌든 이곳은 잠시 지하로 들어갔을 뿐 결코 사라지지 않는 것들의 수도이기도 하니까.

현재 상트페테르부르크는 소련의 70년 역사를 보여 줄 증거가 너무 부족해서 이곳 주민들이 마르크스주의에 빠진 적이 없거나 마르크스주의 자체가 지하로 들어간 것은 아닐까 하는 의혹이 들 정도다. 소련 이전 시대로 회귀하는 걸 보여 주는 증거는 또렷한데 그중 하나는 많은 거리와 대로가 러시아 제정의 명칭으로 돌아온 점이다. 특히 1924년 레닌 사망 직후 레닌그라드로 명명된 도시 이름 자체가 1991년 상트페테르부르크로 돌아왔는데, 지금은 구소련의 도로표지판이 묘실에 들어가긴 한 걸까 싶다. 현재 푸틴 정권의 힘을 보면 소련 체제가 과연 지하로 들어간 것인지 의문을 가질 수밖에 없다.

성당 서쪽으로 그리 멀지 않은 곳, 네브스키대로 35번가에는 고스티니드보르가 있다. 1757년에 지은 고스티니드보르는 상트페테르부르크에서 가장 오래되고 가장 큰 쇼핑센터다. 광대한 구획을 에워싸며 끝도 보이지 않을 만큼 길게 이어진 아케이드가 파리 리볼리거리의 비슷한 아케이드를 상기시킨다.

21번가에는 아르누보(19세기 말부터 20세기 초에 유럽과 미국에서 유행한 건축과 장식 예술의 한 양식. 나뭇잎이나 꽃 등의 자연물을 본떠서 복잡한 곡선을 사용한 것이 특징이다.—옮긴이)의 경이로움이 느껴지는 건축물이 있다. 1910년 메르텐스 푸리에가 세운 건축물이며 지금은 자라 의류 매장이다. 그 맞은편인 28번가에는 재봉틀 회사 싱어 건물의 아르누보 스타일 돔형 탑이 있는데, 지금은 네브스키대로가 내려다보이는 카페 딸린 대형 서점이 입주했다. 서쪽으로 한참 떨어진 네브스키대로 56번가에도 장엄한 아르누보 스타일 건물이 있다. 예전에 옐리세예프 상점이 입주했던 이 건물은 한때 이 거리에 존재했을 화려함을 가늠케 해 준다. 이 상점은 수차례 변경한 끝에 지금은 고급 식료품점으로 바뀌었다.

부유한 옐리세예프 가문이 살았던 네브스키대로 15번가의 치체린하우스는 여러 손을 거친 끝에 1858년 이 가문에서 매입했다. 이 집에 소설가 도스토옙스키, 투르게네프(러시아의 소설가 이반 세르게이비치 투르게네프—옮긴이), 니콜라이 체르니셰프스키(러시아의 사상가—옮긴이)와 주기율표를 발표한 드미트리 멘델레예프가 손님으로 묵었다. 이후 옐리세예프 가문이 혁명을 피해 도망간 뒤엔 작가 블로크, 고르키, 마야코프스키, 아크하마토바가 자주 모여서 건물 일부가 바리카다극장으로 개조되기 전까지 아지트로 삼았다. 바리카다극장은 젊은 쇼스타코비치(러시아의 작곡가 드미트리 쇼스타코비치—옮긴이)가 무성영화에 피아노 반주를 한 곳이기도 하다.

옐리세예프 가문은 러시아에서 로댕 조각상을 대거 수집해 소유한 것으로도 유명하다. 이 수집품은 혁명 이후 국유화되었고 지금은 에르미타주미술관에서 소장한다. 소련은 '징발'과 '몰수'로 악명이 높았다. 징발과 몰수보다는 개인의 예술 수집품 약탈이 더 적절한 표현이겠지만. 부호였던 직물상 세르게이 슈킨은 마티스와 돈독한 관계를 맺었고, 이런 연유로 에르미타주미술관이 세잔, 드랭(프랑스의 화가 앙드레 드랭—옮긴이), 마르케(프랑스의 화가 알베르 마르케—옮긴이), 고갱, 모네, 르누아르, 루소, 반 고흐를 비롯해 마티스와 피카소 작품까지 대거 소유한 것이다. 슈킨과 마찬가지로 이반 아브라모비치 모로조프 역시 혁명을 피해 도망갔고, 그가 수집한 보나르(프랑스의 화가 피에르 보나르—옮긴이), 모네, 피사로, 르누아르, 시슬레(프랑스에서 활약한 영국의 화가 알프레드 시슬레—옮긴이)의 작품이 볼셰비키의 손아귀에 들어갈 수 있었다. 슈킨과 모로조프 모두 용케 러시아를 떠났지만, 고향에서 *닥터 지바고* 같은 비참한 처지를 면한 건 아니다. 말하나 마나 한 얘기지만, 러시아의 탈공산주의화 선언에도 불구하고 값을 매길 수 없는 이 예술품들은 해외 반출이 허용되지 않는다. 해외에 거주하는 슈킨과 모로조프의 재산상속인들이 자신의 정당한 소유물을 되찾기 위해 현지 법원에 소송을 제기할 위험이 상존하기 때문이다. 에르미타주미술관에 소장된 오토 크렙스의 수집품인 세잔, 드가, 피카소, 툴루즈 로트레크, 반 고흐의 작품도 마찬가지다.

전문가들로 구성된 국가위원회에서 구입하거나 선물로 받은 작품(에르미타주미술관에 있는 극소수의 인상파, 후기인상파, 야수파, 현대 프랑스 작품)이 아닌 한 현재 에르미타주미술관에 소장된 프랑스 작품 가운데 1913년 이후의 작품은 단 몇 점뿐이다. 작품 소장의 시간이 1913년에 멈춘 셈이다. 우연의 일치지만, 1913년 미국에서는 그 유명한 현대 미술전인 뉴욕 아모리 쇼에서 현대 유럽 미술에 처음으로 문을 열었다.

지금 네브스키대로에 오면 300년의 러시아 역사와 문화가 이 길에 꾹꾹 채워진 느낌이 들지 않을 수 없다. 푸시킨, 고골, 도스토엡스키, 곤차로프(러시아의 소설가 이반 곤차로프―옮긴이), 벨리(러시아의 시인이자 소설가이자 문예이론가 안드레이 벨리―옮긴이), 나보코프(《롤리타》를 쓴 러시아 출신 미국의 소설가 블라디미르 나보코프―옮긴이)가 여전히 이곳을 떠나지 않고 남아 있다. 우리는 그들과 우연히 마주치길, 그들의 그림자라도 얼핏 볼 수 있길, 우리가 생각하는 그들의 인상이 투영되어 있으면서 결국은 그들보다 우리에 대해 더 많은 얘기를 해 줄 수도 있는 사적 공간을 우연히 발견하길 기대하며 네브스키대로에 온다. 비록 우리가 여전히 러시아의 혼이라고 부르길 좋아하는 그 불가사의한 기관(器官)의 맥박을 느끼려면 그들의 유령이 필요하겠지만.

* * *

온종일 네브스키대로를 이리저리 걸어 다녔다. 오늘 밤은 버스를 타고 네브스키대로를 올라가 강을 마주 보는 해군성 쪽으로 가서 새벽 1시에 열리는 겨울궁전 도개교를 볼 생각이다. 영어로 길을 알려 줄 수 있는 사람은 아주 드물다. 상트페테르부르크에서는 영어를 할 줄 아느냐고 물어보면 다들 두 단어로 "a leettl."이라고 대답한다. 그 말 그대로 영어를 정말 조금(a little)밖에 못한다. 하지만 러시아 사람들은 대체로 인심이 좋은 편이다. 특히 버스에서 길을 잘 몰라 쩔쩔매는 사람을 보면 정류장을 잘

못 알고 내리지 않도록 도와준다. 나는 순간 아차 싶었다. 여행자용 러시아어 기본 회화책이라도 봐 뒀으면 좋을 걸 그랬다. 그랬다면 부탁한다는 *pozhaluysta*, 얼마인지 묻는 *skol'ko*, 고맙다는 *spasibo*라도 말할 줄 알았을 테니까. 정말 아름다운 단어들이다. 그리고 힐끗 쳐다보는 낯선 이들의 눈길도 정말 솔직하고 경계심이 없다.

어느새 새벽 1시가 다 되어 가고, 나는 막차인 듯한 버스를 타고 에르미타주미술관으로 향한다. 이곳의 수많은 건물처럼 에르미타주미술관도 조명을 밝혀 놓았다. 강둑으로 걸음을 옮기니 다리가 개방되는 모습을 보기 위해 벌써 많은 인파가 몰려 있다. 큰 배들이 네바강을 지나가도록 새벽 4시까지 세 시간 동안 다리를 들어 올리는 장면을 보기 위해서다.

다리 앞쪽으로 인파가 계속 불어나고 정교한 카메라와 비디오 장비를 챙겨 온 사람들은 촬영 준비에 한창이다. 다리 좌우에서 각각 쏜 불꽃이 멀리 날아가는 연처럼 대지 위를 맴돌듯 아주 잔잔히 올라가며 공중으로 퍼져 나가더니 조심스레 물속으로 떨어지고, 이어서 나머지 불꽃 하나도 마저 떨어지자 다시 두 개가 쏘아 올려지고, 연이어 세 개가 쏘아 올려지고 또 하나가 떨어진다. 몰려든 사람들이 환호성을 터뜨린다.

강 건너편에도 페트로파블로프스크요새 옆 인공 모래사장에 인파가 모여 있다. 아직 다리를 건너는 차량이 많다. 젊은이들이 보안요원을 놀리기라도 하듯 무리를 지어 다리를 이리저리 뛰어다닌다. 그 수많은 인파 사이로 웃음소리와 음악 소리가 들려오는 가운데 축제 분위기가 무르익으며 때를 기다리는 그 순간, 다들 벌써부터 활기가 넘친다. 6월은 파티를 즐기기 좋은 때다.

새벽 1시 20분쯤 사람들 사이에서 웅성웅성해지더니 교통 관계자들이 차량을 막으러 나선다. 하지만 다들 별로 개의치 않는 모양이다. 차들도 여전히 다리를 쌩쌩 가로지른다. 몇 분 후 다리를 관리하는 직원들이 모두 다리에서 내려가라고 하자 사람들이 여기저기에서 소리를 지르고 박수를 친다. 한편 네바강 한가운데에서는 소형 배와 중형 배 여러 척이 작은 무리를 지으며 물 위에 가만히 떠서 지나갈 때가 되길 기다리고 있다.

그때다. 사방에서 휴대폰 불빛이 켜지며 다리 양편의 어스름 빛을 알록달록 물들이는 동시에 찰칵찰칵 카메라 셔터 소리와 함께 여기저기에서 플래시가 터진다. 이어서 아우성치는 소리가 터지는가 싶더니, 그 환호성이 해군성 옆 공원 지대까지 퍼져 나간다. 나는 그제야 그쪽에 더 많은 사람이 모인 걸 알아채고, 마침내 다리가 서서히 열리기 시작한다.

모두가 기다려 온 순간이다. 사람들이 다시 한번 박수를 친다. 잠시 후 별별 모양의 관광 유람선이 열린 다리 아래로 하나둘씩 지나가고, 자동차 경적이 울리고, 경찰선 사이렌이 반쯤은 인사인 듯 또 반쯤은 경고인 듯 울려 대고, 여전히 빛을 내며 배경을 받쳐 주는 에르미타주미술관의 환한 정면이 네바강에 비친다. 그 순간 내일 밤에 똑같은 광경을 보기 위해 다시 와야겠다는 생각이 든다. 이 광경을 다시 보고 싶지 않을 사람이 과연 있을까? 이렇게 많은 인파가 모여들고 이렇게나 흥겨우면서 경찰관은 그림자조차 보이지 않고, 민폐를 끼치거나 제멋대로 무례하게 구는 사람 하나 없고, 어딜 둘러봐도 건달같이 행패 부리는 일도 없고, 사방이 환희에 들떠 있는데 어떻게 안 끌리겠는가.

백야를 두 눈으로 직접 보는 것은 이번이 처음이고, 아주 어릴 때 도스토옙스키의 단편 〈백야〉를 읽은 이후 내내 이 순간을 기다려 왔다.

* * *

〈백야〉를 떠올리니 호텔로 돌아가고 싶지 않다. 시차 때문에 몇 시간 못 자고 일어날 것이 뻔하니 차라리 잠을 미루고 싶다. 해가 지지 않는 낮이자 밤인 그 시기, 그것도 매년 아주 잠깐씩만 일어나는 그 시기에 상트페테르부르크를 느껴 보기 위해 계속 걷기로 한다. 단지 그 이유 때문만은 아니다. 크루코프운하와 그리보예도프운하가 만나는 지점도 가 보고 싶다. 〈백야〉에 나오는 무명의 화자(책을 좋아하는 고독한 몽상가)가 황량한 제방길에서 "운하 난간에 팔꿈치를 대고 (중략) 난간에 기댄" 나스첸카를 본 그곳에 다시 가 보고 싶다. 그녀는 울고 있고, 두 사람은 얘기를 나누다 보니 어느덧 헤어져야 할 시간이다. 둘은 다음 날 밤에도, 다음다음 날 밤에도, 그 다음다음 날 밤에도 같은 제방길에서 만나는데, 세 번째로 다시 만난 이날 그녀는 마침내 화자의 사랑을 받아들이기로 결심한다. 하지만 그녀가 막 맹세하려는 찰나 갑자기 누군가 두 사람을 스쳐 지나간다. 그녀의 옛 애인이 약속대로 돌아온 것이다. 두 옛 연인은 그렇게 재회하여 함께 떠나고 우리의 무명의 화자는 홀로 남겨진 채 놀라고 외로운 심경에 잠긴다.

이 이야기는 철저히 감상적이지만 고골의 말처럼 특히 "가로등이 모든 것에 신비롭고 매혹적인 빛을 던져 주는" 그런 때는 서로 잘 모르는 두 사람이 다리에서 떨리는 대화를 나누는 것보다 더 현실적인 일도 없다.

호텔로 돌아왔지만 하루 종일 깨지 않고 잘까 봐 눕기 싫다. 앉아서 빈둥대며 잠깐 TV를 보다 호텔의 조식 시간까지 기다리느니 다시 밖에 나가 걷기로 한다. 길을 잃은 건 아니지만 어디로 가는지도 모른 채 무작정 걷는다. 싱어하우스 빌딩의 돔 지붕 바로 밑에 있는 서점 카페에서 아침을 먹을까 하다, 이미 한 번 커피를 마셔 본 곳이고 그다지 좋은 인상이 아니었던 기억이 난다. 마침 네브스키대로를 벗어나는 골목길이 눈에 띄었고, 아까 고로코바야거리에서 지나간 곳으로 가는 지름길일 것 같아 들어갔더니 루빈스테인거리가 나온다.

그리고 그곳에서 눈에 띄는 장소를 발견한다.

햇살이 듬뿍 내려앉아 하얀색 의자와 테이블이 반짝이는 보도변 카페다. 한쪽 구석에 커플이 앉아 있고, 웨이터와 얘기 중인 손님도 보인다. 단골인 듯 보이는 또 다른 손님도 있는데, 멋 부린 옷차림으로 미루어 파티에 갔다가 집으로 돌아가기 전에 아침을 먹으려고 들른 것 같다. 아무래도 동네 사람들이 즐겨 찾는 식당 겸 카페인 모양이다. 다른 쪽 구석 자리를 보니 남자가 발로 유모차를 흔들어 주며 세 여자와 담소 중이다. 저녁이나 이른 아침이면 공기가 서늘할 때가 있어 보통은 식당에서 손님에게 숄을 내주는데 그곳도 의자마다 숄처럼 걸칠 만한 담요를 개어 놓았다. 내 옆쪽, 네 명이 함께 온 테이블에서 여자 둘이 걸친 하얀색 담요에 카페의 엠블럼과 상호인 *Schastye*가 금색으로 박혀 있다.

내가 그 네 명 중 한 사람에게 담배 한 개비를 얻을 수 있는지 영어로 묻자 두 사람이 선뜻 담뱃갑을 내민다. 나는 담배를 끊은 지 한참 되었지만, 그들이 담배를 피우며 즐기는 모습을 보자니 참기가 힘들어서 그랬다고 사과의 말을 건넨다. 한번 말을 걸고 나니 대화가 꼬리를 문다. 어디에 사세요? 뉴욕이요. 나도 물어본다. 어디에들 사세요? 위층에요. 나는 소리 내어 웃는다. 그 사람들도 웃는다. 이상적인 친근감이 느껴진다. 원래는 그날의 영문판 신문을 대충 훑어볼 생각이었는데 그러지 않기로 한다. 이 고요한 일요일 아침에 다들 행복해 보여서 굳이 신문을 읽고 싶지 않아진다. 나는 커피와 반숙 달걀을 주문하며, 영어에 능통한 웨이터에게 달걀을 먹기 전에 아메리카노부터 마실 수 있는지 묻는다. 당연히 되죠. 달걀은 3분만 삶아 주실 수 있을까요? 나는 달걀이 너무 뻑뻑하게 삶아질까 봐 확인차 묻는다. 물론이죠. 카페도 단골손님들도 아주 포근한 인상에 절제된 세련미가 살짝 풍기고 꾸밈이 없으면서 더없이 *décontracté*, 즉 태평스러운 분위기다. 위층에 산다는 사람들의 생활이 내가 이곳에 와서 본 모습들과 일치하는지, 아니면 여전히 비좁은 소련 스타일의 집에서 사는지 궁금해지기 시작한다. 하지만 그게 무슨 상관이람. 어쨌든 이곳은 새로운 상트페테르부르크인데. 이제 이곳은 지금 그대로 행복한 곳이고 도스토옙스키식의 모습도 아니다. 열기나 군중이나 흙먼지나 취객이나 서로 밀치고 다니는 행상인들의 흔적은 어디에도 없고, 곳곳에서 내가 전혀 예상치 못한 모습이 펼쳐진다. 아주 기분 좋은 이곳에서 날씨마저 완벽한 이 순간을 한껏 즐기다, 이 아침 속 나의 새로운 상트페테르부르크를 발견하러 나서고 싶다. 가능한 한 나 자신과 멀어지고 싶다. 내가 아는 것을 잊고, 내 머릿속 소음도 지우고, 이번만은 실제 경험보다 책으로 아는 그런 관광객처럼 굴지 말고 바로 내 눈앞에 있는 그대로를 보고 싶다.

정확히 1년 후에 다시 와서 몇 달을 살아 보자고, 과감히 새로운 삶을 감행해 보자고 다짐한다. 이곳에는 아직 태어나지 않은 새로운 내가 생기를 얻길 기다리고 있으니 꼭 그래 보자고. 카페 위쪽으로 보이는 건물을 빤히 쳐다보다, 웨이터에게 널찍한 아치형 입구의 옆 건물이 톨스토이하우스라는 얘길 듣는다. 그러니까 그게 레프 톨스토이의 집은 아니고, 같은 집안 사람이 살던 집이에요. 나중에 꼭 가 봐야겠다고 마음속에 찜해 둔 그 건물에는 널따란 안뜰이 있는데, 그 안뜰로 곧장 가면 맞은편 54번가의 폰탄카운하 제방길이 나온다. 이 대단지 건물의 아파트 창문을 하나하나 들여다보며 그 안에 사는 이들의 삶과 경이로움을 밀탐해 보고 싶어진다. 나에게 운이 따라서 이곳을 다시 찾아 한동안 살 수 있다면 언젠가 내 것이 될지도 모를 그 삶과 경이로움을.

러시아어를 배워 담배 한 개비를 부탁할 땐 *pozhaluysta*를, 담배를 건네받고 고마움을 전할 땐 *spasibo*를, 좋은 하루를 보내라는 말 대신 *prekrasnyi den*을, 작별 인사를 할 때는 *poka*를 말하고 싶다. 물론 그 외에도 러시아어로 다양한 말을 해 보고 싶다. 그리고 상트페테르부르크에 머무는 동안 매일 아침 이 카페를 찾고 싶다. 앞으로도 나는 정확히 짚어 내어 이해하기까지 며칠이 더 걸릴 만한 뭔가를, (둘 중 어느 쪽인지 잘 모르겠으나) 내 내면과 내 외면의 그 뭔가를 발견할 테지만, 또 한편으론 날씨가 따뜻하지 않을 때면 러시아인 모두가 그러듯 이곳에서 흰색 숄로 몸을 감싸고 의자에 기대앉아 내가 확실히 아는 한 가지를 깨닫기도 할 테니까. '나는 병적인 인간이 아니고…… 심술궂은 인간이 아니며…… 호감 가지 않는 인간도 아니고…… 간에도 아무 문제가 없음'을.

나는 궁금증을 못 이기고 숄에 박힌 단어 *schastye*가 무슨 뜻인지 젊은 웨이터에게 묻는다. 그는 나를 바라보다 테이블에 아메리카노를 놓으며 대답한다. "행복이요."

스크린의 다른 어딘가

ELSEWHERE ON-SCREEN

1960년 영화 《아파트 열쇠를 빌려 드립니다》가 리알토극장에서 상영되며 붉은색 계열의 야한 포스터 광고를 내걸었다. 나는 너무 어려서 볼 수 없었지만 부모님이 친구들에게 파격적으로 대담한 영화라고 평하는 얘길 들었다. 이 영화에서 충격적인 부분은 내용이었다. 잭 레먼(베를린·베니스·칸·아카데미 영화상 남우주연상을 모두 수상한 미국의 배우—옮긴이)이 연기한 C.C. 백스터라는 다소 불운하며 젊고 소심한 중견 간부가 저녁에 정부와 느긋하게 몇 시간 보낼 장소가 필요한 고위 간부들에게 자신의 아파트 열쇠를 빌려준다. 어느새 열쇠가 사무실 건물을 이리저리 돌면서 이 젊은 간부는 회사 상관들의 호의를 얻어 마침내 승진한다. 1960년에는 이런 내용이 명백한 외설이었다. 하지만 부모님의 반응에 흥미가 생겼다. 부모님은 친구들과 그 영화 얘기를 즐겨 했다. 연기나 영화의 스토리 그리고 부모님도 부모님의 친구들도 처음 본 곳이자 아무도 발을 들여놓을 가능성이 없어 멀리서 서성거릴 뿐인 뉴욕이라는 장소가 주된 화제였다. 나는 그 영화가 환기시킨 뉴욕에 심취된 부모님의 반응을 잊은 적이 없지만, 1970년대 중반과 후반까지는 영화가 비디오나 심야 TV 프로그램으로 나오지 않아 좀처럼 다시 떠올릴 일이 없었다. 그런데 마침내 그 영화를 보고 나니 영화를 본 장소와 그날 저녁의 나 자신이 각인처럼 남을 만큼 인상 깊었다.

1984년 늦가을이었다. 나는 맨해튼의 어퍼웨스트사이드에 살았고, 두어 달 전에 여자친구와 헤어진 상태였다. 가진 돈도 없고 이렇다 할 커리어나 변변한 직업도 없고 전망 역시 아무리 봐도 암울했다. 어느 토요일, 할 일도 친구도 계획도 없는데 그렇다고 집에 있고 싶지도 않아 브로드웨이 산책이나 할 생각으로 나갔다가 토요일 저녁의 인파에 휩쓸려 다니게 되었다.

그러다 81번가에서 맨해튼에 하나뿐이던 셰익스피어앤컴퍼니 서점에 들어가 멍하니 이 책 저 책 대충 훑어보며 나처럼 길을 배회하다 서점으로 들어온 커플들을 부러워했다. 그러다 매기를 만났다. 매기는 우리 둘이 거의 매일 저녁 들르던 카페에서 만난 사이였다. 둘 다 사귀는 상대가 없었고, 주말에 혼자 집에 있는 걸 좋아하지 않았다. 또한 그녀는 나처럼 제대로 보수를 못 받는 일을 하고 있었다. 우리는 서로에게 끌리진 않았지만 그녀나 나나 외로운 마음으로 찾던 그 카페에서 무언의 우정 같은 뭔가가 꽃피었다. 그날 저녁 우리는 아는 사람을 우연히 마주친 일이 그렇게 반가울 수가 없었다. 우리는 서로에게 말을 걸며 평상시처럼 우리의 삶을 조롱했고 둘 다 담배를 피우는 사람이라 어서 빨리 서점을 나가 담뱃불을 붙이고 싶어 했다. 둘 다 바에 가서 돈을 쓰고 싶어 몸이 근질거리는 부류가 아니라서 뭘 해야 할지 몰라 그냥 담배를 피워 물고 브로드웨이를, 어퍼웨스트사이드를 걸었다.

68번가를 지나 브로드웨이의 리젠시시어터에 다다랐을 때 상영 중인 《아파트 열쇠를 빌려 드립니다》가 눈에 들어왔고, 그 순간 영화를 보기로 결정해 버렸다. 그녀의 경우는 왜 동의했는지 모를 일이지만, 내가 같이 보자고 꼬드겨서거나 그날 밤에 할 만한 더 좋은 일이 없어서 본 듯하다. 아무튼 정확한 이유는 앞으로도 모를 것이다. 그때도 묻지 않았으니까. 나는 리젠시시어터가 정말 마음에 들었다. 옛날 영화 두 편 동시상영을 고수했는데 대체로 좌석이 다 찼고, 직사각형이 아니라 원형인 영화관의 모습도 좋았다. 안에 들어가면 친밀하고도 아늑한 느낌이 들었다. 그것이 오랜 세월에도 불구하고 생명력을 이어 가는 것들에 대한 사랑에 불과할지라도 고전영화에 대한 사랑을 공유하는 사람들 사이에 있다는 것이 그런 느낌을 일으키는 이유였다. 그날 밤 늦게 매기를 집까지 걸어서 데려다 주었고, 우리는 그녀가 사는 건물 로비에서 작별 인사를 나눴다.

그날 저녁 이후 그 영화의 울림, 역류, 여운이 가시지 않았다. 그날 밤 내내 그러더니 다음 주까지 이어졌다.

그날 밤 매기와 헤어진 뒤 집으로 돌아가고 싶지 않아 그 아파트를 찾으며 영화의 인물들이 살았던 세계가 25년이 지난 후에도 여전히 존재하는지 확인해 보려는 듯 자정이 넘도록 1970년대 중반과 1960년대 후반의 어퍼웨스트사이드 주변을 배회했다. 의식하지 못하는 사이에 즉흥 순례에 나선 셈이었다. 수많은 사람이 좋아하는 영화나 소설의 경우 그 반향이 삶을 계속 맴돌아 돌연 더 현실적이고 자신의 세상보다 훨씬 더 흥미진진하게 느껴지는 세상으로 슬그머니 들어서도록 손짓하는 듯한 영화나 소설의 배경이 되는 장소를 여행할 때 취하는 즉흥 순례였다. 이런 순례자들은 그 이야기가 자신에게도 일어나길 바라는 마음에 그 인물들의 삶을 빌려 오고 싶어 하기도 한다. 혹은 영화의 이야기가 자신에게 이미 일어났던 일인 듯 다가오면 더 좋아하고, 그 순례 장소가 자신에게 해 주었으면 하고 기대하는 것도 자신이 화면에 들어가 살았던 순간을 다시 살게 해 주는 것이다.

　나 역시 그날 밤 누군가 자기 아파트를 쓰고 있어 추운 저녁에 밖에서 서성거려야 하는 C.C. 백스터와 크게 다르지 않은 기분을 느끼며 그렇게 어퍼웨스트사이드를 걸었다. 하지만 내가 찾아낼 수 있었던 것은 어떤 식으로든 흘러 들어가길 기대하던 그 1960년의 옛 어퍼웨스트사이드가 아니라 체계적으로 개조되고 현대화된 어퍼웨스트사이드뿐이었다. 그 많은 소소하고 사소한 랜드마크가, 그 수많은 동네 영화관은 말할 것도 없고 식료품, 제과점, 정육점, 구두 수선집, 과일과 채소 행상, 크고 작은 드럭스토어, 델리카트슨(고급 조리 식품, 샐러드, 빵 등을 파는 상점—옮긴이), 허름한 구멍가게가 이미 사라졌거나 사라지기 직전임을 드러내고 있었다. 자정이 넘도록 걸어 다닌 그날부터 30년도 더 넘은 지금, 나는 이렇게 사라진 극장들을 하나하나 다 열거하고 싶다. 파라마운트, 시네마스튜디오, 엠버시, 비콘, 뉴요커, 리비에라, 리버사이드, 미드타운, 에디슨, 올림피아를 비롯해 당연히 리젠시까지 전부 다 잊히지 않길 바라는 마음에서다. 더탈리아앤더심포니는 심포니 스페이스로 개명하여 지금까지 건재하지만 동시상영의 시대는 옛이야기가 되었다. 그리고 미드타운은 메트로로 이름이 바뀌었다가 수년 전에 전소된 이후 여전히 빈 뼈대로 남아 있다.

그날 밤 고급 주택이 대거 들어서는 중이지만 한때 아주 위험지대였던 콜럼버스애비뉴를 걸으며 여러 양품점을 계속 지나쳐 갔다. 모두 생긴 지 몇 주밖에 안 된 곳들인데 이전 모습이 생각나지 않아 기억을 못 하는 것에 죄책감이 들었다. 어쩌면 내가 의식한 것보다 더 오래전부터 이 동네의 변화를 눈치 챘으면서도, 그 영화와 영화가 더는 존재하지 않는 어퍼웨스트사이드의 고요하고 약간은 허름했던 이미지를 소중하게 다뤄 놓은 방식을 보고 나서야 이런 변화가 너무 널리 확산되어 뒤집을 수 없어졌음을 의식한 것인지도 모른다.

새로운 맨해튼이 살금살금 나타나고 있었다. 어느새 내가 미국산 스니커즈를 처음 샀던 그 가게가 사라졌고, 도시의 다른 곳보다 담뱃값이 저렴했던 시리아인의 잡화점도 없어졌고, 암스테르담애비뉴에 수두룩하던 보태니컬 향 가게 역시 하나도 남지 않았다.

영화 초반부에 잭 레먼의 음성으로 그가 웨스트 67번가 51번지에 산다고 말하는 대목이 있는데, 그 위치가 점점 가까워지자 시간을 통과하는 마법의 문으로 들어서기 직전인 듯한 느낌에 빠져들었고, 그러던 어느 순간 그 이전까진 관심 가진 적 없는 뭔가가 눈에 들어왔다. 콜럼버스애비뉴와 센트럴파크 웨스트 사이의 붉은 벽돌집들이 더 많은 세입자를 들이기 위해 현관 계단을 뜯어낸 상태였다. 설상가상으로 67번가의 그 벽돌집은 아예 사라지고 없었다. 나중에 온라인 검색으로 찾아봤더니 1983년에 대규

모 아파트 단지를 세우기 위해 철거했다고 한다. 《아파트 열쇠를 빌려 드립니다》를 촬영한 그 건물을 1년 차이로 못 본 것이다. 내가 더 이상 존재하지 않는 건물을 찾아간 셈이었다. 더군다나 역시 온라인에서 알아낸 사실인데, 나는 실재하지도 않은 벽돌집을 찾고 있었다. 심지어 영화 제작자들이 영감을 얻어 할리우드에 똑같이 만들어 놓은 원래의 벽돌집은 66번가가 아니라 웨스트 69번가 55번지에 있었다. 그리고 예술에서 빈번히 있는 일이듯 할리우드 복제판이 67번가에 있었다는 그 벽돌집보다 더 인상적이었다.

내가 살던 그 도시는 과거에 대한 충정이라곤 없이 부랴부랴 미래로 나아가려 해서, 내가 시대에 뒤처진 사람 같고 대출 상환액을 내지 못하는 채무자처럼 영원히 연체 상태인 기분에 잠기게 했다. 뉴욕이 내 눈앞에서 사라져 가고 있었다. C.C. 백스터의 집주인으로 브루클린 억양이 심한 리버만 부인, 옆집에 살고 영어 발음에서 이디시어 억양이 두드러지는 드레이퍼스 박사, 택시 운전사이자 프랜 쿠벨릭의 시동생으로 성격이 난폭해 C.C. 백스터가 쿠벨릭을 이용했다고 생각하여 백스터의 턱을 갈기고 (1984년에도 이미 구닥다리 발음 취급을 받았고 지금은 거의 사라진) 맨해튼 외곽 지대의 전형적 억양을 쓰는 칼 마투시카 같은 인물이 사라져 갔다. 《아파트 열쇠를 빌려 드립니다》는 잃어버린 뉴욕을 백미러 이미지로 보여 주며, 아무리 작은 부분일지라도 우리의 일부는 여전히 그곳에 속해 있고, 여전히 그곳의 삶을 그리워하고 있음을 생각하게 해 준다.

센트럴파크 웨스트에 이르러 공원으로 들어갔다가 영화에 담긴 모습 그대로 줄줄이 길게 늘어선 벤치를 발견했다. C.C. 백스터가 회사 상관이 자기 아파트에서 정부와 재미를 보는 동안 짜증 난 상태로 앉아 레인코트를 바짝 여미던 그 벤치다. 그는 여기에 앉아 살짝 감기 기운이 도는 몸을 덜덜 떨며 가망도 없고 사랑받지도 못하는 기분이 들어 깊은 고독에 빠졌다. 나도 공원의 황량한 자리에 놓인 그 벤치들 중 하나에 앉아 내 삶을 찬찬히 짚어보기로 했다. 나 역시 버려진 기분이 들어 외로웠고 현재도 미래도 나에게 희망을 갖게 해 주지 않는 세상에서 설 자리를 잃은 것 같아 삶이 순탄하지 않았다. 오로지 과거만 있었는데, 어쩌면 더 마음이 잘 맞았을지도 모를 어퍼웨스트사이드를 샅샅이 뒤지며 찾아다닌 그 밤을 생각하니 이제는 알 것 같다. 리젠시처럼, 내 유년기의 그 리알토극장처럼 이 도시에서 마음을 끌었던 그 지역이 그 이상한 억양, 옛 상점, 칙칙한 바와 함께 완전히 사라져 버렸음을. 리젠시는 1987년에 없어졌고, 리알토는 2013년에 인정사정없이 철거되었다. 랜드마크의 지위를 얻지 못할 영화관의 은막 말고는 내가 어디에서도 개인적 랜드마크를 찾을 수 없다면 어떻게 그곳에 속할 수 있겠는가. 우리는 그것이 실재 과거든 상상 속 과거든 때때로 과거조차도 빼앗긴 채 늦가을의 추운 밤에 남겨진 것이라곤 레인코트밖에 없을 수도 있다.

그러다 문득 이런 생각이 든다. 사람들이 빈티지에 매달리는 이유는 옛것이나 아주 조금 시대에 뒤떨어진 것을 보면 개인적 시대와 *빈티지* 시대가 신기하게 일치하는 듯 느껴서가 아니다. 그보다는 빈티지라는 말이 단지 비유적 표현이기 때문이다. 즉 우리 중에는 사실상 여기에(현재에도 과거에도 미래에도) 속하지 않은 경우가 수두룩하지만, 다른 어딘가의 시간에 존재하는 삶 혹은 스크린의 다른 어딘가에 존재하는 삶을 찾다가 결국은 찾을 수 없어 삶이 우리의 길에 던져 주는 대로 부족하더라도 어떻게든 살아 나갈 줄 알게 된다고 말해 주는 그런 비유이기 때문이다. C.C. 백스터의 경우 이런 일이 새해 전날 밤에 일어났다. 이날 셜리 맥클레인(미국의 배우—옮긴이)이 연기한, 그가 사랑하는 프랜 쿠벨릭이 그의 집 문을 노크하고 그의 집 소파에 앉아 그가 카드 섞는 걸 지켜보다 말한다. "닥치고 패나 돌려요."(영화의 명대사 중 하나로, 자신을 진심으로 사랑한 사람이 백스터임을 깨닫고 달려온 프랜이 사랑을 고백한 백스터에게 한 말이다.—옮긴이) 내 경우는 삶이 내어준 것이 훨씬 단순했다. 일요일 늦은 저녁 《아파트 열쇠를 빌려 드립니다》를 다시 보러 갔다. 영화는 꼭 내 얘기였다. 뛰어난 예술은 우리에게 똑같은 말을 하게 한다. 이거 정말 내 얘기잖아. 그리고 대다수는 그저 위안만으로 그치지 않는다. 자신만 그런 게 아님을, 다른 사람들도 자신과 같음을 일깨워서 격려해 주는 계시이기도 하다. 나는 더 이상 바랄 것이 없었다. 영화를 보고 나서 전날 밤과 똑같은 순례에 나섰다.

스완의 키스

SWANN'S KISS

한때 가졌던 생각인데, 마키아벨리(16세기 이탈리아의 정치학자이자 저술가 니콜로 마키아벨리—옮긴이)의 연구에서 주된 원칙이 획득이라면, 프루스트는 소유를 중시했다고 보았다. 마키아벨리에게 중요한 문제가 권력, 땅, 충성을 어떻게 얻을 것인가, 일단 얻고 난 뒤엔 그것들을 어떻게 지킬 것인가였다면, 프루스트에게는 소유하고 보관하고 간직하고 차지하고 갖고픈 욕망과 강박이었을 거라고 본 것이다. 그런데 지금은 잘 모르겠다. 요즘은 프루스트의 중심적 관건은 결핍이라는 생각이 든다. 더 정확히 말하자면 갈망과 동경 같다. 《아메리칸 헤리티지 영어 사전》에 정의된 갈망(yearning)은 "지속적이면서 대체로 애타고 애틋한 욕망"이다. 반면 동경(longing)은 "닿을 수 없는 대상을 향한 간절하고 진심 어린 욕망"이다. 이 둘의 차이를 훨씬 더 미묘하게 표현한 말이 있다. "사람은 미래의 뭔가를 동경하고 과거의 뭔가를 갈망한다."

프루스트의 대하소설 《잃어버린 시간을 찾아서》는 어머니의 굿나잇 키스를 집착적으로 원하는 소년의 이야기로 시작된다. 소년의 어머니는 아래층에서 손님들에게 저녁을 대접하는 중인데, 식사를 마친 뒤 이제 가서 자라는 말을 들은 소년은 굿나잇 키스를 원한다. 그것도 손님들 앞에서 받기를, 형식적으로 볼에 쪽, 하고 마는 입맞춤이 아니라 진짜 굿나잇 키스를. 하지만 위층 방으로 올라가는 동안 어머니가 성급히 해 준 키스의 기억을 되살려 음미하다, 제대로 된 굿나잇 키스를 다시 받아 내기 위해 온갖 방법을 궁리한다. 우선 하녀 프랑수아에게 갈겨 쓴 메모를 주며 어머니에게 전해 달라고 한다. 이 작전이 어머니를 위층으로 불러오는 데 실패하자 어린 마르셀은 손님이 모두 떠날 때까지 기다리다 침실로 가는 어머니를 가로막는다. 어머니는 아들이 침대로 가서 자라는 말을 듣지 않은 걸 알고 못마땅해하지만, 마침 그 자리에 있던 아버지가 평상시 아들에게 너그럽지 않은 편인데도 마르셀이 아주 불안해하는 걸 보고 어머니에게 그날 밤은 함께 자라고 말한다. 마르셀은 그 긴 저녁 내내 절실히 원하던 키스를 기어이 얻어 내는 건 물론 밤새 어머니와 같이 보낸다. 이쯤에서 C.K. 스콧 몬크리프가 번역한 다음 장면을 보자.

그 순간 나는 당연히 행복할 만했지만 그렇지 않았다. 어머니에겐 처음으로 당신으로선 무척 괴로운 일이었을 양보를 해 주는 일이자, 나를 위해 품어 온 이상을 처음으로 포기하는 일이자, 그토록 당찬 성정에도 불구하고 처음으로 자신의 패배를 인정하는 일인 듯한 인상으로 다가왔기 때문이다. (중략) 유년 시절 내내 몰랐던 그런 다정함을 이렇듯 전에 없이 받느니, 차라리 어머니가 화를 내는 편이 덜 힘들었을 것을. 눈에 보이지 않는 불경스러운 손으로 어머니의 영혼에 첫 번째 주름살을 긋고 어머니의 머리에 처음으로 흰 머리가 돋게 만든 듯한 기분이 들었다.

마르셀은 흐느끼기 시작하고 어머니도 울컥 눈물이 터지기 직전이다. 어린 마르셀은 갖고 붙잡고 얻어 내서 끝내 계속 유지하고 싶은 광적인 욕망 때문에 어머니가 저녁 식탁에서 해 달라는 대로 키스를 해 줘도 침대로 가지 못했을 테지만, 원하던 것을 얻고 나서도 즐거운 마음이 들지 않는다. 즐겁기는커녕 불만과 슬픔으로 혼동될 만큼 아주 낯선 유형의 만족을 느끼고, 그 점에서는 불만도 슬픔도 그를 달래지 못한다. 예전엔 키스가 두 모자 사이의 화목, 친밀감, 사랑을 몸으로 느낄 수 있는 징표였다면 이제는 거리감, 환멸감, 박탈감의 암시가 된다. 원하는 것을 얻음으로써 그 원하는 것을 빼앗긴 셈이다.

어머니와 아들 사이(또한 어머니와 아들과 할머니 사이)의 사랑을 제외하면, 프루스트의 작품에서 가장 흔하게 접하는 사랑은 사랑과 전혀 무관한 형태의 사랑이다. 사랑하는 이를 집착적 자학적으로 추종한 나머지 여자가 연인의 집에 갇혀 살아야 할 지경에 이르는 식이다. 그녀를 정말로 사랑하는 것이 아니거나, 그녀의 사랑을 원하지 않거나, 심지어 그 사랑의 정체가 뭔지는 물론이고 그 사랑을 어떻게 해야 하는지 모를 수도 있지만, 그러면서도 그녀가 자신을 배신할 수도 있다는 생각을 떨치지 못한다. 사실 그 사랑하는 상대는 자신도 전혀 의식하지 못한 채 (프루스트 특유의 박탈의 유령이 여기에서도 등장하여) 심지어 포로가 된 상태인데도 언제나 속이고 피해 달아날 방법을 찾는다. 설상 가상으로 그는 자신이 그녀와 친분을 맺게 내버려 둔 이들을 못 본 체하거나, 그녀의 배신을 무심결에 공조한 것까진 아니더라도 그 배신을 눈감아 주는 식으로 배신할 수 있는 여지를 만들기조차 한다. 오데트는 스완을 크나큰 슬픔에 빠뜨리긴 하지만, 그는 그녀에게 경의를 갖고 있지도 않고 그녀의 거짓말에 정말로 속아 넘어가지도 않는다(《잃어버린 시간을 찾아서》1부 〈스완네 집 쪽으로〉의 주요 내용으로, 마르셀이 태어나기 전 예술 애호가 스완과 오데트 부인의 이야기를 담고 있다.—옮긴이). 두 사람이 헤어질 때 그는 세계의 문학사에서 가장 유명한 맺음말로 꼽히는 말을 혼자 중얼거린다. "내 삶을 수년이 나 허비하며 끌리지도 않고 내 취향도 아닌 여자 때문에 죽고 싶 어 했다니."

하지만 몇 쪽 뒤로 가면 스완이 사랑한 적도 없고 첫 만남 때 "*une sorte de répulsion physique*(일종의 육체적 혐오감)"를 일으 켰던 바로 그 여자와 결혼했다는 걸 깨닫는다. 〈꽃핀 소녀들의 그 늘〉편에서 스완이 다시 나올 때 그는 아내 오데트를 사랑하지 않 은 지 이미 오래고 이제는 또 다른 여자를 선망한다. 프루스트가 썼듯이 "그럼에도 불구하고".

그는 몇 년째 오데트의 옛 하인들을 찾고 있었는데, 아주 오 래전 그날 6시 정각에 오데트가 포르슈빌과 한 침대에 있었 는지 여부를 알고 싶은 고통스러운 호기심을 도저히 떨쳐 내 지 못했기 때문이다. 그러다 어느새 그 호기심조차 사라졌으나 그럼에도 불구하고 찾는 일을 단념하진 않았다. 그가 더 이상 관심도 없는 일을 알아내려 애쓴 것은 극도로 *son moi ancien*(노쇠해져 버린 옛 자아)이 여전히 기계적으로 작동하여 스완 자신도 이제는 뭐가 그토록 고통스러웠는지 떠오르지 않을 만큼 깡그리 내팽개쳐진 집착을 계속 따라갔기 때문이다.

우리는 오래전에 뭔가를 원하는 마음이 멈춰 버린 대상에게서 여전히 뭔가를 원한다. "*par simple amour de la vérité*(단지 진실에 대한 사랑)"에 이끌려 오랜 의심을 풀고 싶어 하는 경우도 있겠지만, 이 경우 진실을 사랑하는 마음은 질투심 많은 괴물 같은 그 자신이 씌운 가면에 불과하다. 라파예트 부인(《클레브 공작부인》을 쓴 17세기 후반 프랑스의 소설가 마리 라파예트—옮긴이)이 보여 준 것처럼 질투는 그 원인이 없어진다고 해서 반드시 소멸하는 것은 아니다. 사실 우리는 누군가에게 매달려 그 누군가를 꼭 소유해야 한다는 확신만 있을 뿐 자신이 원하는 게 뭔지도 모른 채 계속 원한다. 스완이 마침내 오데트와 자는 밤, 화자는 스완이 "*le besoin insensé et douloureux de le posséder*(그녀를 소유하고픈 무분별하고 고통스러운 욕망)"에서 (역설적으로 소유자가 아무것도 소유하지 않는) "*l'acte de la possession physique—où d'ailleurs l'on ne posséde rien*(육체적 소유 행위)"으로 옮겨 간다고 아주 조심스럽게 쓴다. 그가 원하는 것은 친밀감이지만 그 대상이 꼭 오데트일 필요는 없으며, 그 점에서는 다른 그 누구라도 오데트와 마찬가지일 것이다.

전적인 친밀감은, 그것이 프루스트의 작품에 조금이라도 존재할 경우, 사랑이나 사랑에 가까운 뭔가의 참된 징후일 수 있다. 사람들의 생각을 읽고 꿰뚫어 보는 능력, 사람들의 의중을 짚어 내고 그 마음과 비밀스러운 나약함과 약점을 알아 내는 능력은 사랑을 가장 명확히 드러내는 신호일지도 모른다. 하지만 슬그머니 살피고, 진짜 배신이나 상상 속 배신의 신호를 가로채고, 상대방이 어떤 사람인지 완벽하게 파악해서 소유하려는 불굴의 열망에 불을 지피는 근원이기도 하다. 그런 능력은 사랑이자 신뢰지만 궁극적으로 불신과 적대감 속에도 깃들어 있다. 비유하자면 거래 방법만 다를 뿐 쓰는 수단인 통화는 똑같은 셈이다. 그럼에도 불구하고 《잃어버린 시간을 찾아서》를 통틀어 가장 감동적인 장면으로 전적인 투명성을 꼽을 만하다. 마르셀의 방이 할머니의 방과 붙어 있는 해변가 호텔의 그 장면이 한 예다. 할머니가 마르셀에게 아침에 일어나면 두 방 사이의 얇은 벽을 세 번 가볍게 치라고, 그래야 그가 마실 따뜻한 우유를 주문해 줄 수 있다고 당부한다. 하지만 마르셀은 아침에 눈을 떴을 때 할머니가 벌써 일어났는지 여부를 모르는 상태에서 괜히 벽을 세 번 두드려 할머니를 깨우고 싶지 않다. 반면 할머니는 손자의 망설임을 직감하고 벽을 두드리지 않는 이유도 정확히 안다.

그 작은 손마디를 안절부절못하면서 나를 깨울까 봐, 내가 마음을 알아주지 못할까 봐 걱정하는 그런 바보가 세상에 또 어

디에 있겠니? 손자가 아주 살짝 긁기만 해도 할머니는 내 강아지가 내는 소리를 당장 알아들을 수 있는데. 특히 내 강아지같이 딱하고 가여운 손자라면 더더욱. 이 할머니한테는 지금도 다 들린단다. 마음을 단단히 먹으려고 애쓰면서 이불을 부스럭거리고 그 작은 머리로 어쩌면 좋을지 생각하는 게.

친밀성이 발현되는 순간이지만, 이 순간에도 할머니와 손자 사이에 여전히 벽이 가로놓여 있다는 점을 상기할 수밖에 없다. 어머니와의 키스와 관련된 장면처럼 언제나 뭔가가 다른 누군가와 하나가 되는 것을 방해한다. 소유를 규정하는 정의로도 볼 만한 이런 독자성의 융합이 충분히 포괄적인 경우는 없다. 그 즐거움을 초조하게 기대하며 얼핏 엿보거나 그 찰나성을 상기할 따름이다. 아무것도 소유하지 않는다. 소유가 다가올 것에 대비하여 연습하거나 그것이 정말 소유였는지 분간할 만큼 오래 지속되지 않은 소유의 기억을 의식화한다. 두 형태 모두 현재 시점에서 일어나는 일이 아니다.

서신을 비롯해 워낙 여러 형태의 글에서 나타나기 때문에 프루스트의 글을 읽었다면 누구라도 상기할 수밖에 없는 또 다른 장면이 있다. 할머니와 나누는 장거리 통화다. 전화로 소통하기 어려운 탓에 마르셀은 할머니의 목소리를 못 듣기도 하고 자기랑 말하는 사람이 정말 할머니인지 알아듣지 못해서, 매번 실체가 없는 할머니의 목소리가 분해되어 허공에 들어갔다 나왔다 하는 것 같고, 지하 세계에서 울려오는 목소리처럼 그에게 닿으려 안간힘 쓰는 듯한 인상을 풍긴다. 그는 벌써부터 할머니의 임박한 죽음을 걱정한다. 사실 할머니를 잃는 연습을 하고 있다.

죽음은 최종적이고 영원한 이별이며, 따라서 겁나는 일이다. 죽음의 예감은 불안함을 일으킬 만하지만, 마르셀의 경우 이런 예감은 이별과 상실의 연습을 의미한다. 이별과 상실을 예행연습하고, 박탈을 예행연습해서 끝내 이별이 다가왔을 때 걱정한 만큼 충격받지 않는 것이다. 그는 자신에게 닥칠 충격을 잘 막기 위해 상상 속 미래로 시간여행을 떠나야 하지만, 그러려면 자신을 속여 현재를 빼앗고 할머니를 현재 살아 있는 존재가 아니라 과거로 빠르게 시간여행 중인 사람이라고 여겨야 한다. 사랑하는 할머니가 정말로 돌아가실 때 마르셀은 아무것도 느끼지 않는다. 그 자신조차 놀랍게도 자신이 거뜬히 충격을 면했다고 인정해도 될 만한 상태다. 그러다 예전에 할머니와 얇은 벽을 사이에 두고 그 벽을 세 번 두드렸던 호텔에서 구두끈을 묶으려다 느닷없이 깊은 상실감에 사무치며 깨닫는다. 죽음은 누군가를 두 번 다시는 볼 수 없는 일임을.

마르셀은 할머니의 죽음을 마주할 때 두 가지 수동적 방식 사이에 끼어 있다. 예행연습과 의식이다. 예행연습은 아직 일어나지 않은 일을 되풀이하는 행동이고, 의식은 이미 일어난 일을 되풀이하는 행동이다. 이 둘 사이에 확실히 빠진 것이 있다. 현재 혹은 경험이다. 현재에 살지 않을 경우 어떻게 할까? 시간을 끌고, 연기하고, 기대하고, 기억한다. 마르셀과 알베르틴(《잃어버린 시간을 찾아서》 2부 〈꽃핀 소녀들의 그늘에서〉에 처음 등장하는 인물로, 마르셀과 연인 사이가 되지만 이별과 만남을 반복하다 6부 〈사라진 알베르틴〉에서 승마 사고로 목숨을 잃는다.—옮긴이)이 마침내 침대 속이 아닌 침대 위에서 함께 하는 장면이 인상적이다. 마르셀은 둘 사이에 곧 일어날 일이 뭔지 확실한 느낌이 오자 한동안 그 일을 연기하는 게 낫겠다고, 알베르틴에게 다음을 기약할 것을 요구하는 편이 좋겠다고 마음먹는다. 바로 이런 상황에서도 가장 주목할 만한 사례라면, 스완이 마침내 오데트에게 첫 키스를 하려던 때다. 그 순간 그는 아직 손도 안 댄 오데트에게 그가 품었던 모든 희망과 환상을 쏟고픈 마음이 들면서, 또 한편으론 바로 그 순간까지 아직 소유되지 않은 오데트에게 작별을 고하고 싶어지기도 한다.

오데트가 할 수 없다는 듯 자기 얼굴에 그의 입술이 닿도록 순순히 응하기 전, 오히려 스완이 입술을 약간 떨어뜨린 채 잠시 더 기다린다. 그의 마음이 그녀의 몸짓을 추월하고, 그가 오래도록 품어 온 꿈을 인지하고, 자기 손으로 기른 사랑하는 자식이 상을 받는 자리에 초대된 어머니처럼 그 꿈이 잘 실현되도록 도울 만한 시간을 남겨 두려는 것이다. 어쩌면 스완은 여기에서 더 나아가, 그에게 아직 소유되지 않고 키스를 받지 않은 오데트의 이런 면을, 이제는 떠나는 날 다시 돌아오지 못할 나라의 광경을 기억에 담아 가려 애쓰는 여행자의 포괄적 시선을 통해 마지막으로 주시하는 것인지도 모른다.

스완은 현재를 추월하길, 곧 일어날 이 키스를 그토록 오래 기대해 온 과거의 순간들을 인지하길, 그리하여 과거를 현재에 적용하길 바란다. 그와 동시에 현재란 너무도 순식간에 기억될 과거로 사라질 순간임을 인식함으로써 이런 현재를 연기하고 싶어하기도 한다. 스완은 바로 그날 밤 결국 오데트와 자게 되는데 아주 우발적이고 아주 필연적인 인상을 띠어, 다른 경우 지나칠 만큼 세밀한 프루스트가 여기에선 그런 세밀함을 완전히 간과하며 단지 "(역설적으로 소유자가 아무것도 소유하지 않는) 육체적 소유 행위"로 칭하는 식의 빈말로 넘어가는데, 현재 시제의 경험과 성취가 화자에게는 포착할 수 없거나 관심 밖의 문제다. 화자가 더 관심을 두는 초점은 곧 일어날지 모르지만 우리의 손아귀에서 아주 쉽게 빠져나갈 수도 있는 일과, 오래도록 기다려 왔으나 우리가 완전히 의식하기도 전에 일어날 수 있는 일에 맞춰져 있다.

이것이 프루스트 특유의 시간대다.

감수성에서 프루스트와 다르지 않은 워즈워스는 알프스의 심플론고개를 넘으며 마침내 한 발은 프랑스에, 다른 한 발은 이탈리아에 섰을 때 무의식적 순간에 빠져들길 오래도록 기다려 왔다. 그가 그렇게 바라던 그 순간이 언제쯤 일어날지 현지 농부에게 물었을 때 돌아온 대답은 그가 이미 알프스를 넘었다는 것이었다. 그렇게 고대해 온 순간이 자신이 미처 포착하지 못한 채 일어난 것이다. 심플론고개를 넘어 이탈리아로 들어서며 무엇을 느끼길 기대했건 그 느낌을 경험하지 못한 건 못 알아채고 넘어간 일에 가깝다. 미래가 있었다가 그 미래가 과거가 되어 버렸을 뿐 현재는 없었던 것이다. 하지만 정신적 계시를 느끼지 못한 사실을 고려하면 그야말로 워즈워스는 가장 감명 깊은 상상력 찬가로 꼽힐 만한 글을 써서 "보이지 않는 세계를/ 우리에게 보여 준" 찰나들을 노래한다. 실수, 상실, 못 보고 넘어가는 부주의, 현재의 경험을 포착하지 못하는 일 등이 관념적인 프로이트주의자들에겐 미흡하게 여겨질지 몰라도, 프루스트에게는 미흡함에 대한 글을 쓰는 것이 곧 도움이 된다.

마찬가지로 경험을 완료하길 꺼리고 힘들어해서 오히려 예행연습을 하고 미루고 의식화하여 결국 경험을 "실현하지 않는" 것도 프루스트의 미학에서 근원을 이루는 요소다. 한편으론 붙잡고 쥐고[tenir(쥐다)라는 동사는 프루스트를 이해하는 핵심이다] 소유하고 싶은 동경을 절실히 느끼면서, 또 한편으론 경험에 대한 불신이나 경험과 관련된 역량 부족으로 인해 마르셀은 어쩔 수 없이 경험을 미루기 위한 온갖 정신적 전략을 펼침으로써 경험에서 비롯되는 피치 못할 실망을 미연에 방지하려 하거나, 너무 열렬히 원해서 얻을 때쯤 얻지 못할 수도 있거나 무관심해지면 어쩌나 두려워서 단념할 수밖에 없도록 하려고 한다. 심지어 뭔가를 아주 오래 갈망하다 체념하며 자신이 정말로 원한 적이 없다고 믿게 될 수도 있다.

마르셀은 거리에서 스완네 집 창문을 올려다보며 안으로 초대받아 질베르트(스완과 오데트의 딸이자 마르셀의 첫사랑—옮긴이)의 가족이 되고 그녀 부모님이 어울리는 권력층에도 끼기를 바란다. 어느 날 그는 마침내 그 사람들의 모임에 받아들여지고 그들의 단골손님이 되어 이제는 같은 창문에서 밖을 내다본다. 한때는 어떤 놀라운 일이 생길지 누가 아느냐고 약속해 주는 듯했던 그 창문 밖으로, 받아들여지기 전의 자신이 한때 그랬듯 열망과 위압감을 품은 사람들을 쳐다본다.

밖에서 바라볼 땐 나와 집 안의 귀한 이들 사이에 낀 장애물이었던 그 창문이, 반짝반짝 광을 내며 거리감을 주면서 하찮게 응시해 나에겐 스완네 집 사람들의 시선 같았던 그 창문이 이제는 내 차지가 되어 날씨가 따뜻할 때는 오후 내내 질베르트와 그녀의 방에서 보내며 바람이 좀 들어오게 그 창을 내 손으로 여는가 하면 그녀 옆에서 창틀 위로 몸을 구부리기도 하여 그녀의 어머니가 '집에 있는' 날이면 방문객들을 구경하기도 했는데, 대체로 방문객들은 마차에서 내리며 고개를 들었다가 나를 안주인의 조카쯤으로 여기고는 손을 흔들어 보이곤 했다.

프루스트의 소설에서 또 한번의 변화를 언급했는지는 잘 기억나지 않지만 줄곧 이런 생각도 든다. 마르셀은 스완네 가족에게 아주 환영받는 느낌일 때도 이미 창밖을 내다보며 언젠가 바깥 보도에 서서 한때는 아주 익숙하게 지냈으나 더는 환영받는 느낌이 들지 않는 방들의 창문을 올려다보는 자신을 보고 있었을 거라고.

스완네 집으로 들어가기를 동경했던 기억과 마침내 이루어진 집 안으로의 입성 사이에는 하지 못하는 마음, 어쩌면 꺼리는 마음이 맴도는데, 이는 현재의 기대를 망각하지 않도록 현재를 음미하는 동시에 그 기대를 실현하지 않음으로써 고통이나 실망으로부터 자신을 보호하기 위한 것이다. 결국은 더 이상 "자신의 행복을 깨닫는 데 성공하지" 못할 수도 있다.

현실이 우리가 오랫동안 꿈꿔 온 이상에 덧붙고 겹쳐질 때 현실은 그 이상을 완전히 가리고 그 이상 자체를 빼앗는다. (중략) 한편 우리는 욕망의 모든 지점에 손이 가 닿은 바로 그 순간, 우리가 느끼는 즐거움에 충만한 의미를 부여하여 그 모든 지점을 보호하기 위해, 또 우리의 손이 닿은 것이 바로 그 욕망의 지점임을 확실히 하기 위해 오히려 손댈 수 없는 것의 특징을 간직하고자 한다. (중략) 그녀의 응접실에서 15분을 보내고 나자 내가 그녀를 알지 못한 시절이 오히려 하나의 가능성이 실현되어 소멸된 또 다른 가능성처럼 환상적이고 막연하게 느껴졌다. 좀 전에 먹은 미국식 바닷가재 요리에서 꺼지지 않는 빛줄기를 쏘아 무한히 뒤쪽을 비추며 머나먼 내 과거까지 비춰 주는 그런 길을 가로질러야만 비로소 정신을 움직일 수 있는 마당에, 어떻게 그녀의 집 식당을 언감생심인 곳으로 여기며 또다시 꿈속에 그릴 수 있단 말인가.

마르셀은 심지어 스완네 집에 대한 동경의 기억을 갈망하기도 한다. 그런데 그 집에 실제로 들어온 일이 한때 원했던 그 동경의 기억을 되찾는 데 방해가 되는 듯하다.

우리의 생각은 예전 상태를 새로운 상태와 대면시키기 위한 재건조차 하지 못한다. 그 생각이 더는 확실한 영역을 갖지 않기 때문이다. 우리가 사귄 사람들, 예기치 않은 그 첫 순간, 우리가 들은 말들, 이 모든 것이 이제는 자리를 차지하여 의식의 통로를 막고 기억의 출구를 상상력의 출구보다 훨씬 더 통제한다.

끊임없이 반복되는 이런 8자형 전개는 현실(일시적이고 믿을 수 없고 이해하기 어려운 있는 그대로의 현실) 같은 것에서 프루스트의 세계관이 달리 더 나은 동사가 없어 기초로 삼은 것이다. 마르셀의 지극히 통렬한 통찰, 순진한 오독, 사소한 역설, 이 모두는 일상적 경험을 받아들여 완료하길 꺼리는 마음(혹은 할 수 없는 마음)의 지배를 받는다. 이런 면에서는 일상적이고 선형적이고 단일적인 시간 역시 따르길 꺼리고 하지 못하긴 마찬가지다. 마르셀은 언제까지나 그 이상의 뭔가를, 살살 꾀어 내야 하고 일상적 시간 속에는 존재하지도 않고 붙잡기 직전의 찰나에 잽싸게 사라지는 뭔가를 끈기 있게 기다리고 기대한다. 그의 스타일에 따른 서술은 모든 얘기가 중지, 회상 그리고 당연히 회상의 기대에 대한 것이다.

결국 마르셀과 질베르트는 사이가 안 좋아지고 마르셀은 그녀가 자신에게서 멀어진다는 게 확실히 감지되자 그녀의 부모님 집에 가지 않으려 애쓰면서, 혹시 가더라도 온갖 방법을 동원해 그녀와 마주치는 걸 피하고 무관심한 체한다. 하지만 마르셀의 사랑도 스완의 키스와 다르지 않다.

얼마쯤 시간이 지나면 나는 틀림없이 질베르트를 사랑하지 않을 것임을, 그녀가 후회스러워할 테지만 그때는 나를 만나려고 애써 봐야 지금처럼 헛수고로 끝날 것임을 나는 알고 있었다. 내가 질베르트를 너무 사랑하기 때문이 아니라 내가 다른 여자를 사랑하여 그녀를 욕망하고 기다리느라 더 이상 내게 아무 의무도 없을 질베르트에게 털끝만큼의 시간이라도 관심을 돌릴 엄두를 못 낼 것이기 때문이다. (중략) 질베르트를 사랑하지 않을 미래, 내 상상력은 아직 확실한 그림을 그릴 수 없었으나 내 고통 덕분에 가늠할 수 있었을 미래, 질베르트가 나서서 내 무심함을 그 싹이 트는 순간 바로 잘라 버리지 않을 경우 차츰 틀이 잡혔을 미래, 그 도래가 임박하진 않았더라도 적어도 불가피하다는 사실을 질베르트에게 미리 알릴 시간이 아직은 내게 있었을 미래. 이 말을 했어야 하는데 그녀에게 편지를 쓰거나 직접 말할 생각도 하지 않은 때가 얼마나 많았는가. "조심해. 난 결심했어. 이젠 최후의 결정을 하기로 했어. 다시는 널 안 볼 거야. 얼마 지나지 않아 더는 널 사랑하지도 않을 거야."

결국 모든 것이 실현되지 않는다. 스완이 오데트에 대한 욕망을 회상하길 바라면서도 "아직 소유되지 않은 오데트"에게 작별을 고한다면 마르셀도 상황이 거의 다르지 않다. 아직 들어가 보지 못한 스완네 집의 상상 속 그림을 회상하길 바라는 동시에 그 집에 대해서든, 소유된 적조차 없는 질베르트에 대해서든 더 이상 관심 갖지 않을 만한 순간을 기대한다.

* * *

프루스트의 이야기에 현재 시제가 있을까?

경험은 있을까?

사랑은 어떨까?

프루스트의 이야기를 이루는 언어 형태는 본질적으로 포괄적이다. 다시 말해 통찰력이 있다. 프루스트의 이해는 전반적이며, 아무것도 놓고 싶지 않아 한다. 사람들이 복잡하다고들 말하는 사실을 별문제로 친다면, 프루스트의 문체는 여태껏 언어상에서 모든 경험을 살펴보고 흡수하고 전유(專有)하기 위해 고안된 가장 완벽한 도구다. 단, 여기에서는 포착해 낸 것이 뭐든 그것을 계속 유지하지 않을 것에 유념한다는 단서가 붙는다. 프루스트의 문체는 홀딱 반한 연인처럼 모든 면을 붙잡으려고 한다. 상대방을 믿어야 할지 말아야 할지 알려 주는 그 모든 일시적 인상, 모든 순간적 감정, 모든 기억, 모든 변덕스러운 시선을 놓치지 않으려고 애쓴다. 과거를 단단히 잡아매고, 현재를 포착하고, 이미 예상되는 과거인 미래를 힘닿는 대로 최대한 예측하거나 경고하고 싶어 한다. 이 점에서 보면 질투는 프루스트의 포괄적 프로젝트에서 기저를 이루는 궁극적 상(像)일 뿐만 아니라, 모든 남자가 소유하고픈 욕망 혹은 어떤 사람이나 어떤 것을 믿고픈 욕망을 이루지 못함을 암시하기도 한다. 세계 문학사가 가르쳐 주듯이 질투는 근본적으로 요령이 없다. 잡지 못하고, 붙들지 못하고, 부적절하게 군다. 배신을 예상하거나 더 심각한 경우 배신을 유발하기도 한다. 소유의 욕망은 언제나 소유의 실패를 암시한다.

하지만 프루스트는 그 거짓말로 자기 영속적인 기만의 세포 조직을 드러내는 붙잡기 어렵고 솔직하지 못한 파트너처럼 세상을 대할 뿐 아니라, 교정쇄를 통해서도 드러나듯 글이 이미 세상에 행한 것을 글 자체에 행하기도 한다. 탐색를 마친 모든 문장이 추가 탐색과 삽입의 여지를 열어 놓는다. 오데트, 모렐(《잃어버린 시간을 찾아서》 4부 〈소돔과 고모라〉의 등장인물로, 성공을 위해 부르주아인 샤를뤼스 남작과 게르망트 대공을 이용한다.—옮긴이), 알베르틴의 기만을 속속들이 검토해 보는 장면도 그 장면 자체가 이후의 검토와 교정의 대상이 된다. 탐색적 글쓰기는 역행적이고 지엽적이며 더디다. 모든 쪽의 모든 글이 그 자체에서 흘러나온 물줄기와 작은 물줄기를 생성한다. 프루스트의 편집 후 식자공의 교정쇄 이미지만 봐도 나의 이런 논점이 분명히 확인된다.

복잡한 데다 방심할 수 없을 정도로 긴 프루스트의 문장은 현실을 신중히 포위하여 궁극적으로 꼭 진실을 부각하지 않더라도 진실을 지연시키고, 때론 방해하여, 결국 진실이 실현되지 않게 만드는 일에 가담한다. 무관하진 않더라도 우발적인 사실이 간과

되거나, 모든 문장이 여정을 시작할 때 올라탄 진지함이라는 안장을 아이러니가 벗겨 낸다.

　글쓰기 과정 자체가 화자에게 부여하는 보상과 기분 전환은 그 자체의 목적을 손상하기도 한다. 아주 빈틈없고 예리하게 쓰인 프루스트의 문장은 궁극적으로 볼 때 진실을 풀거나 심지어 연기하는 것보다 더 즐기는 한 가지가 있는 듯하기 때문이다. 즉 타의 추종을 불허하는 욕망으로 진실은 가치가 없고 그 어떤 탐색도 종결지을 수 없음을 보여 주는 데서 큰 기쁨을 느낀다. 아주 통찰력 있게 공들여 만들어 놓은 장치를 버리고 분명히 밝힌 듯한 것에 능히 의심을 품으며 자신의 오류와 간과를 즐긴다. 프루스트의 문장은 자기 자신을 비롯한 모든 것을 의심한다. 자신이 할 수 있는 최고의 앎은 자신도 모르고 어떻게 해야 아는지도 모르는 그런 앎과 확신임을 보여 주는 걸 즐긴다. 이런 결핍적 앎의 오류를 증명하려는 모든 시도는 뒤이어 더 방심할 수 없는 형태의 무지로 부정된다. 세상의 미스터리를 풀고 싶은 욕망은 프루스트 특유의 세상을 이야기하는 방식이자 마르셀 특유의 세상에 존재하는 방식이 된다. 마르셀은 행동하지 않으며, 프루스트의 문장도 행동을 이야기하지 않는다. 성찰하고 해석하고 기억하고 사색할 뿐이다. '뭐뭐가 이러저러했던 것을 그때는 내가 왜 몰랐을까'를 그림자처럼 따라다니는 아이러니가 언제나 솔직하고 그런대로 괜찮은 진실이었을 수도 있는 것을 제거한다. 이렇듯 완성은 언제나 방해를 받는다.

　프루스트식 연인은 프루스트식 화자와 마찬가지로 자신이 세상에 존재한다는 것은 곧 통찰과 강박적 사색이라는 행동의 연속이라고 특징짓는다. 그가 존재하고 행동하는 방식은 사색적으로 글을 쓰기 위한 사색하기이자 글쓰기다. 질투하는 화자로서 그는 행동, 플롯, 신뢰, 사랑의 세상에서 금지당하고 관찰자와 해석자의 역할로 폄하된다. 자신이 행동하는 방식을 쓰면서 이미 능동적 참가자의 역할에서 수동적 관찰자로, 사랑하는 연인에서 질투하는 연인으로, 질투하는 연인에서 무관심한 연인으로 강등 기반을 다진다. 글쓰기 자체가 질투의 복잡함에 휘말리게 되는 것이다.

프루스트식 글쓰기에는 세상과 현재 양면에서 훼방받는 감성이 반영된다. 프루스트의 글에서는 현재 시제만 아니면 돼, 라고 말한다. 프루스트식 화자는 프루스트식 연인처럼 결심이 행위, 행동, 확실성, 결정을 유발하여 그로써 자신의 안전하고 사적인 지식애적 고치에서, 즉 글쓰기와 사색이 삶의 지위와 약속을 획득했고 다른 삶의 지위들에 필적하는 보상과 만족을 부여해 줄 수도 있는 그 안식처에서 억지로 나오게 할 수도 있다는 이유로 진실과 결심을 회피한다. 이처럼 글로 쓰인 삶에 삶의 지위를, 문학적 시간에 현실적 시간의 지위를 부여하는 방식이야말로 프루스트식 탐색이 영속성을 이어 가는 이유다.

하지만 이런 지적 놀이를 펼칠 수 있는 의식은 이것이 삶과 시간에 관해선 근본적으로 진짜가 아님을 의식해야 하고, 글쓰기가 제시하는 답들에 만족하지 않음을 끊임없이 보여 줘야 한다. 그래야 탐색과 글쓰기를 계속 이어 갈 수 있고, 주제넘게 살아 있

는 삶의 최고 지위를 대체하려 해서는 안 된다는 사실을 잊지 않
는다.

따라서 프로이트식 글쓰기가 그 특유의 탐색을 영속시키는 이
유는 글쓰기에서 글쓰기의 존재 이유를 찾기 때문만이 아니라,
역설적으로 글쓰기에서 글쓰기의 존재 이유를 찾아서는 안 된다
는 점을 알고, 이 점을 안다는 걸 보여 주고 싶어 하기 때문이기
도 하다. 오류, 이를테면 질투의 폭발로 엉뚱한 창문을 두드리는
것은 사람들이 연기하고 속이는 세상에서, 통찰력 있는 사람들은
예외 없이 재간이 없는 세상에서, 글쓰기가 글을 쓰는 사람들에
게 등을 돌리며 문학으로 삶을 대신하려는 그들의 시도를 우롱하
는 세상에서, 그가 길 잃은 서투른 사색가라는 자신의 역할에서
받아 마땅하다고 느끼는 갈등을 반영할 뿐만 아니라 또다시 역설
적이게도 질투하는 화자가 위안을 얻은 글쓰기와 허구의 세계가
전혀 허구의 영역이 아님을 상기시켜 주기도 한다. 이 허구의 영
역이 질투하는 연인에게 그가 피해 달아난 바로 그 세계만큼 무
자비하고 잔인할 수도 있다는 점에서 아주 현실적임을.

가단조의 베토벤 수플레

BEETHOVEN'S SOUFFLÉ IN A MINOR

줄리아 차일드의 명저 《프랑스 요리의 기술》에 수플레 요리법이 실려 있다. 그 비결은 달걀흰자를 공기가 빠지지 않게 섞는 건데 그녀가 아주 자세히 알려 준다. 먼저 노른자에 우유를 섞은 반죽 위로 흰자 거품을 언덕처럼 봉긋하게 올린다. 다음은 "고무 주걱을 반죽의 윗면 중앙에서 소스팬(편수 냄비) 바닥으로 가르듯 내렸다가 재빨리 당신 쪽으로 당기며 소스팬 가장자리로 가져다 댔다가 왼쪽으로 올려 빼낸다. 그러면 소스팬 바닥에 있던 반죽이 흰자 거품 위로 올라간다. 소스팬을 천천히 돌려 가며 이 동작을 반복해 주걱을 가르듯 내렸다가 당신 쪽으로 당긴 후 왼쪽으로 빼내길 이어 가면 거품이 수플레 반죽에 천천히 포개진다."

그녀가 확실하게 알려 준 이 과정을 거치지 않을 경우 휘핑한 흰자는 간힌 공기에 불과하다. 줄리아 차일드가 알려 주려고 한 조리법은 고무 주걱으로 8자 그리기 같은 동작을 반복하며 반죽을 위로 올렸다가 다시 바닥 쪽으로 포갠 다음 방금 포개진 그 반죽 부분을 다시 위로 올리는 과정이다. 이런 식의 겹치기(앞이나 뒤로 나아가지 않는 고정된 손목 동작)는 말하자면 수영장에서 조금도 움직이지 않는 선헤엄(물속에 선 자세로 가라앉지 않으려고 팔다리를 쉴 새 없이 움직이는 헤엄—옮긴이)과 동격이라 할 만하다. 맨 위에 있던 것이 맨 밑으로 포개졌다가 옆쪽으로 포개진 뒤 다시 위로 올라온다. 문장으로 치면 아주 유사한 절들이 모두 앞 절을 양식으로 삼아 지그재그처럼 왔다 갔다 하는 셈이다.

과장해서 말하자면 이 과정은 베토벤 그 자체다. 베토벤은 4중창, 소나타, 교향곡의 종결부에 이르면 어떤 음렬이든 한 음렬을 취해 이 음렬을 거듭거듭 반복하고 포개 넣으며, 더 진전시키지는 않되 어떤 경우든 공기가 빠지지 않도록 신중을 기하면서 그의 천재적 창의성을 모두 끌어모아 끝까지 지연시킨다. 단, 막바지 순간에 이를 때만 더 새로운 음악적 기회를 발견하는 방법을 찾으려 한다. 다음은 베토벤이 실제로 한 말이다.

사람들은 내 곡이 이제 막바지에 다다랐다고 생각하고 요란하게 쾅쾅 울려 퍼지는 마무리가 이어질 것으로 예상하겠지만, 나는 아주 잠깐 곡을 멈추고 사람들을 애태우다 다시 곡을 더, 때로는 훨씬 더 연장하며 사람들이 곡이 멈추지 않았으면 하는 마음이 들도록 만들었다.

수많은 곡의 종결부가 이렇게 점점 고조되는 반복부로 이어지다 마무리 카덴차의 등장을 알리는 듯 갑작스레 정지되어 오로지 베토벤에게만 새로운 가능성을 들려주면서 곡의 전개가 포개지고 또 포개지다 보면 어느새 듣는 사람은 곡이 영원히 끝나지 않길 갈망한다. 모든 음악의 목적은 종결의 추구가 아니라 종결을 연기할 새로운 방법을 생각해 내는 것이라는 듯.

　문학은 플롯의 차원에서 언제나 이런 시도를 한다. 탐정소설이나 연재소설의 핵심은 바로 지연이다. 지연은 성급한 답을 내릴 계기를 만들어 결국 기만적 단서, 잘못된 추정, 뜻밖의 지체, 손에 땀을 쥐는 서스펜스로 독자를 놀라게 한다. 서스펜스와 놀라움은 산문과 음악 모두에서 새로운 발견과 해결만큼이나 없어서는 안 될 요소다. 브램 스토커(주로 공포소설을 쓴 빅토리아 시대 아일랜드의 소설가—옮긴이)의 《드라큘라》는 끝 모를 역행과 예기치 못한 지연으로 흐름이 간간이 끊어진다. 반면 제인 오스틴(《오만과 편견》으로 유명한 영국의 소설가—옮긴이)의 《엠마》는 엠마 우드하우스가 프랑크 처칠에게 반하고 그 역시 괴로워하는 것 같은 점이 확실해지는 중반부에 아주 쉽게 끝냈을 수도 있었다. 그렇게 끝났어도 납득할 만한 결말이었을 테고, 기억을 더듬어 보면 나도 이 소설을 처음 읽었을 때 이야기가 그런 방향으로 이어진다고 믿어 의심치 않았다. 하지만 내 오판이었다. 오스틴은 연인이 되었을 만한 이 두 사람의 결혼으로 이야기를 끝내기보다, 그럴듯한 이런 결말을 거부하고 또 다른 결말의 탐색을 이어 가서 새로운 결말을 제시했다가, 또 한번 그 결말을 버리고 완전히 새로운 결말로 마무리 지었다.

　음악은 이런 측면에서 훨씬 더 능숙한데, 무수히 포개고 또 포갤 수 있기 때문이다. 문학은 그럴 수 없다. 하지만 플롯을 제외하고 보면 문학에서도 문체상 비슷한 경우가 있긴 한데, 이런 면에서는 조이스(《율리시스》《더블린 사람들》《젊은 예술가의 초상》 등을 쓴 아일랜드의 소설가이자 시인 제임스 조이스—옮긴이)와 프루스트 두 작가를 언급하지 않을 수 없다.

영어로 쓰인 가장 아름답고 가장 음악적인 구절을 꼽자면 조이스의 단편소설 〈망자〉(《더블린 사람들》에 실린 단편소설—옮긴이)의 결말부를 빼놓을 수 없을 것이다. 이 구절이 더없이 음악적인 이유는 누구라도 소리 내어 읽다 보면 조이스의 산문에 흐르는 그 기막힌 서정미와 수구(首句) 반복의 매력에 혹할 만한 카덴차 때문만이 아니다. 이야기 자체가 끝나야 할 만한 대목에서 끝나지 않기 때문이기도 하다. 사실 이야기는 끝나기 전에 이미 끝이 났으나 조이스가 아직 딱히 끝내지 않은 채 베토벤처럼 이야기의 마침표를 보류하고 계속 이어 가며 한 구절을 다음 구절로 포개 넣길 반복했을 뿐이다. 종결의 탐색과 카덴차가 그가 쓰는 글의 부수적 요소가 아니라 줄곧 그 글의 진짜 드라마이자 진짜 플롯이었기에, 그가 아직 찾아내진 않았으나 단념할 마음도 없었던 어떤 종결을 탐색한 것처럼. 이 경우는 리듬이 소설의 주인공 가브리엘과 그의 아내 그레타의 이야기나 공현절(Epiphany, 그리스도 탄생 때 동방의 세 박사가 찾아간 날을 축하하는 1월 6일 또는 1월 2일 뒤의 일요일—옮긴이)의 나이 지긋한 숙모들의 초상화 이야기에서 부차적인 요소가 아니라 이야기가 된다. 〈망자〉를 읽은 독자가 이 소설을 떠올린다면 그 이유는 종결부의 리듬이 《더블린 사람들》에서 가장 길고 수다스러운 이야기일 것 같은 대목을 완전히 초월하기 때문이다. 늘 품어 온 생각이지만, 조이스는 (핵심을 잃은 이야기같이 느껴지는) 〈망자〉를 종결지을 방법을 몰라 단지 뭔가가 일어나길 기다렸고 그렇게 될 만한 여지를 만들고 열린 공간을 둘 만큼 천재성도 있었기에, 그 공간을 어떻게 채워 넣을지나 그렇게 채워지고 나면 이야기가 어디로 흘러갈지도 모르는 상황에서조차 그 마지막 대목을 우연히 찾아낸 건 아닐까? 그가 안 것은 그 종결이 눈과 관련 있을 거라는 점뿐일지도 모른다. 조이스는 대담하게 기다림을 포기하지 않았다. 뭔가가 일어나길 기다리고, 성급한 완결을 피하며 마침표를 미루고, 미지의 방문객을 위한 공간을 열어 놓고, 특정 리듬에 부응할 경우 무의미해 보이는 구절들을 시험해 보는 비범한 재능을 펼쳤다. 이런 식의 글쓰기는 말하자면 포개기는 아니더라도 채워 넣기라거나, 월터 페이터의 말마따나 과잉이라거나, 다시 수플레로 비유하자면 공기 가두기라고 할 만하다. 진정한 의미나 진정한 예술이 반드시 본질적이고 적나라한 마음의 폐품 가게에만 존재하는 건 아니다. 과잉스럽게 보이는 것, 가외의 것, 공기를 포개고 또 포개는 즐거움, 뜻밖의 방문객(이 소설의 경우는 이야기 말미에 거의 우발적으로 엑스트라로 등장하는 마이클 퓨리라는 젊은 남자)을 위한 공간 만들기 속에도 거뜬히 존재한다.

시간을 들여 천천히 하기, 정확히 어디로 향할지 확실하지 않은 상태에서 포개고 또 포개 보기, 공기 가두기, 아직 오지 않은 것들을 위한 가외의 여지 만들기는 새로운 상징을 불러일으킨다. 그 대표적인 사례가 원소 주기율표를 고안해 우리 행성의 원소들을 무게, 원자가(價), 성질에 따라 정리한 19세기의 러시아 화학자 드미트리 멘델레예프다. 멘델레예프는 주기율표에 몇 개의 세로열을 만든 뒤 같은 세로열에 드는 원소들이 원자량에는 차이가 있으나 원자가는 같아서 다른 원소들에 대해 비슷하게 반응할 가능성을 증명했다. 그에 따라 원자번호가 3, 11, 19인 리튬, 나트륨, 칼륨은 원자량은 다를 수 있지만, 원자가가 +1이고 원자번호 8, 16, 34인 산소, 황, 셀렌은 -2의 원자가를 갖는다. 멘델레예프는 그 발견에 큰 확신을 갖고 아직 발견되지 않은 원소들을 위해 표에 빈 '칸들'을 놔두었다. 바로 이 대목이 그를 사례로 제시한 목적이다.

멘델레예프의 주기율표는 이 표가 없었다면 무작위적으로 배열된 것처럼 보였을 행성 지구의 원소들에 불가피하고 이성적인 순서가 있음을 알려 주었을 뿐만 아니라 불가피하고 이성적인 순서 이상의 뭔가를 선사하기도 했다. 바로 미학적 설계다. 설계는 그 자체로 순서를 초월하고, 화학 원소들을 초월하고, 멜로디와 대위 선율을 초월하며, 조이스의 공현절 만찬 이야기도 초월한다. 설계와 리듬은 그 자체로 순서의 대상이 되기도 한다. 화학자나 작곡자나 작가는 주기율표에 빈 임시 칸들을 만들어 두거나 음악적 구(句)나 절(節)을 탐구적으로 포개고 펼치는 순간, 설계와 발견, 연기라는 세 마법에 사로잡혀 작업하는 것이다.

예술은 겹겹이 포개고 또 포갬으로써 혼돈의 주변에 질서를 회복시키길 희망한다. *회복시킨다*는 동사가 적절치 않다면, 예술이 포개고 다시 포갬으로써 질서를 *부과하기* 위해서나 잘해 봐야 질서를 *고안하기* 위해 애쓴다고 할 수 있다. 예술은 혼돈과 직면하는 것이고, 형태를 통해 의미를 드러내고 구축하는 일이다. 예술가는 포개고 다시 포갬으로써 더 심층적인 조화를, 다시 말해 기존의 설계 아티스트들이 즐겨 만들어 낸 것보다 훨씬 더 나아가는 조화를 일으킬 만한 기회를 만든다. 단순한 플롯 차원이 아니라 문체 차원에서 기다림을 통해 설계를 발견하는 기쁨이야말로 예술적 성취의 절정일 것이다. 좀 전에 말했다시피 예술은 언제나 발견과 설계자, 혼돈의 논리적 설득이니까.

이쯤에서 마르셀 프루스트로 돌아가 볼 필요가 있을지도 모른다. 프루스트는 조이스와 똑같이 음악을 아주 좋아했을 뿐 아니라 문체의 장인이었다. 딱 보면 프루스트의 문장임을 알 수 있는 이유는 세 단계로 작동하기 때문이다. 문장이 무언의 영감이나 정신 고양의 순간, 자세한 설명과 검토가 필요하고 문장의 경로를 설정하는 통찰이나 생각으로 시작되는 경우가 많다. 하지만 문장의 맺음말은 완전히 다르다. 프루스트 특유의 문장은 보통 자극제로, 즉 프랑스어로 *pointe*(뾰족한 끝)나 라틴어로 *clausula*(결말)로 끝난다. 비평가 장 무통의 말을 옮기자면 "갑작스러운 발견"인데, 아주 놀랍고 예상 밖이며 독자가 가졌을 법한 모든 기대를 벗겨 내는 뭔가를 간결할 정도로 짧고 신랄한 말로 표현한다. 문장 중간에서는 포개기가 일어난다. 이 중반부에서 프루스트는 아주 용의주도하게 이어지는 삽입 내용을 통해 문장이 지체되고 팽창되게 한다. 때로는 문장이 갈라지고 또 갈라질 수밖에 없는 구조로 이어지는 동시에 보충적 삽입문을 넣을 수 있는 여지가 열리다 예고도 없이 일어나는 오랜 고심이 충분한 공기와 안정력을 획득하고 난 이후, 문장이 갑자기 마지막 자극제를 폭발시킨다. 프루스트의 문장은 이런 중간 지대가 필요하다. 큰 파도처럼 마지막에 해안선과 부딪치기 전에 (때로는 완전히 무시해도 될 정도의 내용으로) 팽창하며 동력이 점차 고조되어야 한다. 프루스트의 *clausula*는 그 앞의 모든 것을 반전시키고 뒤집는다. 포개고 다시 포개기를 이어 가고 끈기 있게 공기를 가둔 끝에 산출되는 궁극적 산물이다. 이것이 프루스트가 기적의 가능성을 찾아내는 방법이다. 자신이 아직 모르고 아직 보이지 않고 결국은 글로 쓸지조차 감 잡히지 않는 것을 얻기 위해 버티는 방법인 것이다.

모든 예술가는 보이는 것 이외의 것을 보려고 공을 들인다. 그이상을 보고 싶어 하고, 지금까지 보이지 않았고 형태를 통해 앎이나 경험이 아닌 형태만이 발견해 낼 수 있는 것들을 불러내고 싶어 한다. 예술은 그저 노동의 산물이 아니라 미지의 가능성에 매달리는 걸 사랑하는 일이다. 예술은 경험을 포착해 형태를 부여하려는 시도가 아니라, 형태 자체가 경험을 발견하게 하고 형태가 경험이 되게 하려는 시도다.

이런 점에서 베토벤의 가장 아름다운 곡으로 꼽힐 만한 명곡이 떠오른다. 병으로 죽을 위기를 겪고 나서 작곡한 〈건강을 회복한 자가 신에게 감사하는 신성한 노래, 리디아 선법을 따름〉(현악4중주 15번 작품 132의 3악장—옮긴이)이다. 리디아 선법(고대 그리스와 중세 유럽에서 교회 음악을 연주한 선법—옮긴이)으로 쓰인 이 '감사의 노래'는 몇 안 되는 음으로 이루어졌을 뿐 아니라 곡을 오래 끌면서 지나치리만큼 연장된 찬가다. 이 작곡가가 이 곡에 이토록 애착을 가지고 끝을 보려 하지 않은 이유는 질문을 되풀이하며 답을 연기하는 걸 좋아하기 때문이자, 모든 답이 쉽기 때문이자, 베토벤이 원하는 게 답이나 명확성도, 심지어 모호함도 아니기 때문이다. 그가 추구하는 것은 연기와 팽창된 시간이다. 결코 끝나지 않으며 죽음이라는 다음 문을 기다리는 무시무시한 혼돈을 지연시키는 카덴차로 채워진 유예다. 베토벤은 계속해서 과정을 되풀이하고 연장시키다 점차 가장 기본 요소로 축소되면서 이제 5개의 음, 3개의 음, 1개의 음, 0개의 음, 0개의 숨만 남는다. 마지막 음 이후 음의 완전한 부재가 가장 큰 목적이며, 그는 대담성을 발휘해 우리가 그 음을 듣게 만들려고 한다. 어쩌면 모든 예술은 바로 그것, 즉 죽음 없는 삶에 매진하는 것인지도 모른다. 가장 위대한 예술(베토벤의 무음의 마지막 음, 조이스의 눈, 시간의 역설이 일어나는 프루스트의 문장)은 불가해한 것들을 정면으로 응시한다. 우리가 이미 그곳에 존재하지 않음을 알기 위해 그곳에 존재하지 않는 미스터리를.

거의 다 오다

ALMOST THERE

나는 거의 작가다.

거의는 거의 쓸모없는 단어다. 때로는 아무 도움도 되지 않은 채 리듬, 카덴차, 여분의 두 음절을 보탤 뿐인 경우도 있다. 만찬 테이블의 빈자리를 채우기 위해 막판에 초대한 손님처럼. 이 손님은 말이 별로 없고, 누구도 귀찮게 하지 않으며, 왔을 때처럼 조용히 사라지는데 이때는 보통 친절함을 베풀어 불러 세운 택시에 먼저 태워 줄 생각으로 연장자를 에스코트해 같이 나간다. 하지만 쓸모없는 단어는 없으며, 그것이 긴 그림자를 드리우고 어쩌면 그 전체가 그림자에 불과할지 모른다는 이유로 죽게 놔둬서도 안 된다. 그러므로 거의는 그림자 단어라 할 수 있다.

내 원고를 몇 장만 골라 무작위로 쓱 훑어보니 거의를 쓴 문구들이 눈에 들어온다. 거의 절대로, 거의 언제나, 거의 확실히, 거의 준비된, 거의 기꺼이, 거의 충동적으로, 거의 ……인 듯, 거의 즉시, 거의 모든 곳에, 거의 친절한, 거의 잔인한, 거의 흥분한, 거의 집에 다 온, 거의 잠든, 거의 죽은……. 그녀가 그에게 말했다. 그의 입술이 그녀의 입술에 닿기 거의 직전에 "시도조차 하지 마요."라고.

두 사람은 키스를 했을까?

우리로선 모를 일이다.

사실 R.J. 홀링데일 번역한 괴테의 《친화력》에는 이렇게 쓰여 있다. "그녀의 친구가 그녀에게 했고 그녀가 거의 돌려보냈던 그 키스에 샬롯은 제정신이 들었다."

우리는 거의의 의미를 안다. 사전상에는 그 의미가 모호하지만 수긍이 가게 정의되어 있다. 거의가 '부족한'과 '다소'의 중간쯤 된다고. 거의는 부사지만 들보와 충전물의 역할도 한다. 여분으로 추가되는 이 두 음절 단어는 빠져선 안 될 솔직함의 일례로서 모호함과도 같다. 연설 중간의 말 끊음, 피아노 페달을 추가로 가볍게 밟기, 의혹의 암시, 똑바르고 평평한 표면이 표준인 경우의 여운과 근사치 정도의 암시다. 괴테는 "내가 거의를 쓸 경우 그것은 '……에 못 미친다'는 말이지만 '……를 넘어설' 수도 있음을 암시한다."라고 말했다.

그래, 그렇다면 두 사람은 키스를 했다는 얘길까?

알기 힘들다. 거의.

"우리는 거의 알몸이었다."라는 말은 옷을 완전히 벗은 건 아니지만 어서 빨리 옷을 벗고 싶다는 얘기인데, "우리가 거의 알몸이었다는 것을 믿기 힘들었다."라는 뜻으로 해석해도 무리는 아니다. 거의 알몸이었다는 말이 완전히 알몸이었다는 말보다 더 강렬하고 더 에로틱하며 더 외설적이다.

거의에서 가장 중요한 것은 미묘한 차이와 뉘앙스, 암시와 기미다. 딱히 붉은색 와인은 아닌데 그렇다고 심홍색도 자주색이나 적갈색도 아닌 와인이라면, *거의* 보르도 와인이라고 생각할 만하다. *거의*는 딱 잘라 말하지 않으려는 공손하고 삼가는 표현 방법이 될 수도 있다. 확실히 못 박길 보류하며 충분히 뜸을 들이는 표현이다. *거의*는 곧 사라지겠지만 완전히 떨쳐지지는 않는 불확실성을 표현하는 말이다. 오긴 오는데 완전히 장담되는 건 아닌, 즉 *거의* 장담되는 게시를 표현한다.

*거의*는 확실성을 수식해 준다. 정육점에서 고기를 다질 때 쓰는 말로 바꾸자면 확실성을 연하게 해 준다. 반(反)확신적이고, 따라서 정의상 반전지적(反全知的)이다. 소설가들은 *거의*를 써서 명백한 사실을 명시하지 않으려 한다. 뭔가에 대해 딱 잘라 이러저러하다고 의미를 한정하는 것은 어딘가 퉁명스럽고 거칠고 너무 직접적이라는 듯이. 소설가들은(그 점에선 등장인물들 역시) 고찰과 철회의 여지, 사실이 아닐 수도 있으나 판단하는 이들의 마음에 편견을 품게 하는 뭔가를 넌지시 알려 주기 위한 여지를 열어 놓는다.

*거의*는 소설가에게 자신이 단지 소설가라는 점을 상기시킨다. 자신이 소설을 쓰는 것이지 보도문을 쓰는 게 아니라고. 소설가 자신이 X가 Y와 정말로 사랑에 **빠졌는지** 어떻게 확신하겠는가. 그럴 거라고 *거의* 추측할 뿐이다. 하기야 어느 누군들 알겠는가. "그날 밤 X는 옷을 입지 않은 Y의 모습을 *거의* 생각할 뻔했다." 그는 사실상 그녀의 벗은 몸을 생각했을까, 아니면 독자가 생각하지 않았을지도 모를 어떤 일을 생각하도록 유도하려는 걸까? *거의*는 즉결을 요하고 엄밀하고 실제적이고 결연하며 가장 핵심적

이고 노골적인 의사(擬似) 사실에 대한 작가의 꺼림을 나타내기도 한다.

*거의*는 애를 태운다. 예스도 아니고 노도 아닌 채 *거의* 언제나 ……일 수도 있는 상태다. *거의*는 상황에 대해 명확히 알아내는 걸 보류하며 이야기에서 발견되는 모든 것의 잠정성을 암시하는 데, 당연히 화자가 이야기하는 사실을 화자 자신이 아는지도 예외가 아니다. 신중한 화자가 *거의*를 쓸 경우 그것은 거의 특정 본질을 종이에 담아내기 위해 솔직한 시도를 베푸는 방법이다. *거의*는 화자에게 빠져나갈 구멍을 보장해 준다. *거의*는 저자에게 종이에 담은 그 어떤 내용이든 어느 순간이라도 철회하거나 취소할 수 있음을 암시해 줄 뿐만 아니라 반드시 감지되길 바라는 것은 아닌, 포착하기 어려운 허점이기도 하다.

*거의*는 모든 저자가 즐겨 쓰는 단어는 아니다. 아무도 중요하게 여기지 않는 점이지만, 헤밍웨이는 *거의*와 친하지 않았다고 볼 만하다. 상남자 취향에 맞는 단어가 아니긴 하다. 단호함이 아닌 소심함을, 우위의 차지가 아닌 후퇴를 엿보이는 단어니까.

하지만 *거의*, 혹은 프랑스어로 *presque*(거의)를 통해 퍼뜩 독자의 세계관을 계몽하는 작가들도 있다. 《클레브 공작부인》의 다음 문장을 보자. "그녀는 자신이 그렇게 위험한 일을 저지른 이유를 자문해 보다 거의 생각도 없이 벌인 일이라고 결론지었다."

그녀는 정말로 생각이 없었던 걸까, 아니면 생각은 했지만 그 점을 인정하고 싶지 않았던 걸까? 그 답은 저자인 라파예트 부인 자신도 모르는 듯하고, 알고 싶어 하지도 않는 것 같다. 저자가 원하는 건 자기가 만든 이야기의 등장인물이 적절하게 여겨질 만한 수준보다 좀 더 정직해 보이는 것이다. 어쨌든 클레브 공작부인은 미덕의 귀감 아닌가.

이 단어는 다른 효과를 일으키기도 한다. 즉 확실한 것은 아무것도 없고 글로 쓰인 모든 것이 철회되거나 정반대나 *거의* 정반대를 의미하기 시작할 수도 있는 세계관을 반영한다.

나는 *거의* 작가다. 나는 모호함을 좋아하고, 엄연한 사실과 사색 사이의 가변성을 좋아하고, 행동보다는 해석을 좋아할 수도 있고, 그래서 복잡하지 않고 단숨에 읽히는 소설보다 심리소설을 더 좋아하는지도 모른다. 심리소설은 영원히 해결할 수 없는 것들을 남겨 놓는 반면, 단숨에 읽히는 소설은 사건이 이내 해결된다. 스탕달, 도스토옙스키, 오스틴, 오비디우스, 스베보, 프루스트가 바로 이런 심리 묘사에 탁월한 작가들이다.

내가 *거의*에 마음이 쏠리는 이유는 *거의* 더 많은 생각을 해 보고 더 많은 문을 열어 보며 대담하면서도 안전하게 나아가 탐색과 해석을 이어 가면서 인간의 마음과 욕망의 숨겨진 내면을 간파할 수 있기 때문이다. 또한 내가 너무 멀리까지 벗어날 경우 빠져나갈 방법을 제시해 주기도 한다.

나는 글을 쓸 때 말하는 바를 누그러뜨리고 가라앉히기 위해 *거의*라는 단어를 슬쩍 넣지 않는 경우가 없다. 나에게 *거의*는 내가 쓴 글을 무효화하는 방법이자, 내가 쓴 글에 의혹을 던지는 방법이자, 경계가 없는 내가 여전히 불확실하고 속박에 매이지 않으며 어디에도 속하지 않는 상태에 남아 있는 방법이기 때문이다. 때때로 나 자신이 온통 그림자인 것 같기도 하다.

그리고 나는 *거의*의 진짜 의미를 거의 모를지도 모른다.

코로의 빌다브레

COROT'S VILLE-D'AVRAY

몇 년 전 11월 말 아침, 우리는 센트럴파크를 가로지르고 있었다. 길가의 헐벗은 나무, 얼음처럼 차가운 공기, 발밑의 흠뻑 젖은 땅이 기억나고, 그 엷은 안개 사이로 줄에서 풀려난 개들이 이리저리 뛰어다니며 코에서 김을 뿜어내는 와중에 개 보호자들이 안절부절못하며 손바닥을 비비던 모습까지 기억난다. 5번 애비뉴에 이르자 우리는 신발에 묻은 진흙을 문질러 털어내고 프릭컬렉션(뉴욕 맨해튼에 있는 미술관―옮긴이)에 들어갔다. 어느새 코로(프랑스의 화가 장밥티스트 카미유 코로―옮긴이)의 〈빌다브레〉를 마주했다가 잠시 후 코로의 〈모르트퐁텐의 뱃사공〉과 코로의 〈연못〉을 연이어 감상했다. 전에도 여러 차례 마주한 작품들인데 날씨 때문인지, 이번엔 그동안 느껴 본 적 없는 느낌으로 다가왔다. 그런데 친구에게 코로의 그림에 센트럴파크의 분위기가 완벽하게 포착되어 있다고, 그림 속 뱃사공이 우리가 방금 그 옆을 지나쳐 온 72번가의 버려진 보트 창고를 연상시킨다고 말하려는 순간 내가 완전히 반대로 이해했다는 자각이 들었다. 나에게 일어난 감응은 코로가 센트럴파크를 연상시켜서가 아니었다. 앞으로 센트럴파크가 나에게 어떤 의미를 띤다면, 그것은 코로의 억제된 멜랑콜리가 공원에 굴절되었기 때문임을 느껴서였다. 맨해튼에 발을 디딘 적도 없는 프랑스 화가로 인해 돌연 센트럴파크가 나에게 더 실재적이고 더 감동적이고 더 서정적이고 더 아름답게 다가왔다. 어느새 추운 날씨와 그 개들과 앙상한 나무와 습하고 메마른 풍경이 더 좋아졌다. 그런 풍경이 이제는 늦가을의 느낌으로 다가오는 게 아니라 이상하게도 초봄을 연상시키는 은은한 빛을 뿜기 시작했다. 뉴욕이 이전까지와는 색다른 모습으로 보였다.

하지만 이런 반전을 막 설명하려는 찰나 또 다른 것이 인식되기 시작했다. 수년 전 프랑스에 있을 때 가 본 빌다브레가 기억나면서, 그 아름다움에 빠져든 이유가 그 도시나 도시의 자연스러운 환경 때문이 아니라 세르주 부르기뇽 감독이 1962년작《시벨의 일요일》에서 묘사한 빌다브레 때문이었던 것까지 함께 떠올랐다. 이제는 그 영화까지 코로와 뉴욕에 편승했고, 그 영화에 코로도 투영되었다. 그제야 내가 코로의 그림에 끌린 진짜 이유는 내가 전에는 주목한 적 없는 어떤 부분 때문임을 깨달았다. 이 모든 투영과 반전에도 불구하고, 코로의 무언의 서정성 위로 맴도는 잿빛 가까운 하늘과 방치된 풍경에도 불구하고, 내가 그 모든 그림에 애정을 느끼며 돌연 기분이 들뜬 것은 그 뱃사공의 모자에 찍힌 명랑한 붉은색 얼룩이었음을. 그 모자는 시골 어느 우울한 날의 '갑작스러운 깨달음(epiphany)'처럼 내 주의를 끌었다. 이제 그 모자는 프릭컬렉션을 찾을 때마다 꼭 보는 부분이고, 내가 코로를 좋아하는 이유가 되었다. 왕의 케이크에 들어 있는 작은 아기나 다름없는 존재이며(프랑스는 공현절에 갈레트라는 납작하고 둥근 모양의 공현절 케이크를 만들어 먹는다. 누에콩이나 사기로 만든 작은 인형인 페브를 넣어 함께 굽는데, 이 페브가 들어 있는 조각을 먹는 사람이 그날 하루 동안 왕이 되어 왕관을 쓰고 축복과 행운을 받는다. 그래서 왕의 케이크라고도 부른다.─옮긴이), 눈부시도록 아름다운 얼굴의 바른 듯 안 바른 듯한 립스틱 같고, 뜻밖의 때늦은 생각 같으며, 내가 바로 내 앞에 있는 것을 알아보기 전까지 보게 되는 것 말고 그 외의 것을 보고 싶어 한다는 걸 매번 상기시켜 주는 천재적 증표이기도 하다.

페르난두 페소아에 대한 미완의 생각

UNFINISHED THOUGHTS ON
FERNANDO PESSOA

지금부터 무수한 버전으로 전해지는 이야기 한 편을 들려주겠다. 한 화가가 예수 그리스도의 삶을 그림으로 그려 달라는 의뢰를 받는다. 그는 가장 천사같이 생긴 청년을 찾아 온 나라를 떠돈다. 마침내 그런 청년을 찾아내 얼굴을 그리고 나서 수년 동안 야고보, 베드로, 요한, 도마, 마태, 빌립, 안드레 등 열두 제자의 모델을 찾아 무수한 도시와 마을을 돌아다닌다. 그리고 드디어 그려 넣을 제자가 한 명만 남는데, 바로 유다다. 하지만 그의 머릿속에 가장 끔찍한 인물로 그려진 유다 같은 사람을 찾지 못한다. 이 무렵 화가는 나이를 아주 많이 먹고 기억이 가물가물해져 그림을 의뢰한 사람이 누구인지도, 그림값을 지불해야 할 그 사람이 아직 살아 있는지도 잘 모른다. 하지만 의지가 완고한 사람이라 유다가 되어 줄 모델을 계속 찾아다니던 어느 날, 선술집 밖에서 아주 방탕하고 인상이 더러워 보이는 꼴사나운 부랑자를 만난다. 한눈에 보기에도 술과 여자를 밝히고 도둑질을 일삼는 작자 같은데, 그보다 더하면 더했지 덜하진 않을 성싶었다. 화가는 그에게 동전 몇 닢을 보이며 그림의 모델이 되지 않겠느냐고 묻는다. "그럽시다." 남자가 얼굴에 사악한 웃음을 띠며 대답한다. "단, 먼저 그

동전부터 주시오." 꼬질꼬질 더러운 손을 내밀며 조건을 붙인다.
화가는 그가 제시한 조건대로 돈을 건넨다. 그리고 몇 시간이 지
나간다. "누굴 그리려고 그러는데요?" 부랑자가 묻는다. "유다라
네." 화가가 대답한다. 화가의 대답을 들은, 곧 유다가 될 그 남자
가 흐느끼기 시작한다. "왜 우는 건가?" 화가가 묻는다. "오래전에
당신은 나를 예수로 그렸소. 그런데 지금 내 꼴이 어떻게 되었는
지 좀 보시오."

  이 이야기의 몇몇 버전에 따르면 부랑자의 이름은 피에트로 반
디네리다. 레오나르도 다빈치의 〈최후의 만찬〉에서 처음엔 예수
의 모델로 그려졌다가 나중엔 유다의 모델이 되기도 했다. 다른
버전의 이야기에서는 그의 이름이 마르솔레니인데, 미켈란젤로
에게 해맑은 모습의 어린 예수와 수년 후에 그려진 유다의 모델
이 되어 주었다고 한다.

  아버지가 이 얘기를 들려주었을 때 열세 살 정도였는데 그때
강한 인상을 받은 기억이 난다. 심지어 충격을 받기도 했다. 아버
지가 들려준 그 얘기는 단지 예수와 유다의 이야기나 시간이 자
아상을 철저히 파멸시킬 수도 있다는 이야기만이 아니라, 말로
표현할 수는 없지만 어떤 식으로든 나와 관련된 이야기이기도 했
다. 물론 우리 누구에게나 시간이 닥치지만 나에겐 예수와 유다
의 이야기가 교훈적인 이야기로 다가와 거의 훈계처럼 여겨졌다.
소년 예수처럼 내 안에도 방탕한 유다가 들어 있다가 어느 순간
이든 슬쩍 밖으로 나와 나를 장악해 돌이킬 수 없는 길로 데려갈
수도 있다고 말해 주는 것 같았다. 나는 아직 소년이었지만 내 안

에는 유다가 있었다. 나는 그것을 알았고, 설상가상으로 아버지 역시 아는 눈치였다.

그때 나를 감응시켰고, 앞으로 이 이야기를 듣는 사람 모두를 여전히 감응시킬 부분은 시간이 한 사람을 아직 순수하고 타락하지 않은 신성한 소년에서 죄와 파멸에 푹 빠져든 부랑자로 바꿔 놓을 수도 있다는 점이다. 이 이야기에는 그 이전까지 생각해 본 적 없는 나 자신의 일면과 관련된 진실을 확실하게 암시해 주는 뭔가가 있었다. 나도 쉽게 변할 수 있다고, 혹은 이미 변하는 중인데 모를 뿐일 수도 있다고. 나는 전혀 알지도 못하고 하물며 어떻게 저지르는지 그 방법도 모르는 행동들에 대해 이미 죄책감을 느끼고 있었다.

그 남자는 예전의 그 사람이 아니지만 여전히 같은 사람이다. 그는 *자신이 이렇게 태어났으나 지금은 저렇게 되었다*고 말한다. 소년 예수와 배신자 유다 사이의 거리는 여전히 영원히 메울 수 없고, 과거와 현재가 완전히 달라졌다. 남자가 화가 앞에서 흐느끼는 장면이 시사하듯 그가 아무리 방탕한 사람이라 해도 죄책감이나 부끄러움이 없는 건 아니다. *예전의 그 소년으로 살 수 있었는데 그러지 못했다고.* 이제는 예전에 되려고 했던 그런 사람이 될 수 없다고. 그는 이런 의문을 던지고 싶은 것이다. 나도 속죄받을 수 있을까? 다시 말해 이렇게 묻는 것이다. *어떤 대가를 치러야 나 자신을 되살릴 수 있을까?* 화가의 침묵 속에는 가혹한 답이 담겨 있다. *당신은 한때 더럽혀지지 않은 순수한 소년 예수였는데 이젠 인간의 역사 기록상 최악의 살인을 저질렀소. 신의 아들*

을 죽이고, 예전의 그 순수한 소년을 죽이고 당신 자신을 죽였으니까. 마르솔레니, 당신은 수년 전에 죽었소.

그림의 모델로 앉아 있던 시절의 그 소년은 미래에 자신이 어떤 사람이 될지 알지 못했다. 어른이 된 자신의 미래에 기대를 걸었을지도 모른다. 하지만 미래의 그 어른은 자신이 어떻게 변할지 몰랐던 그때로, 그런 미래는 생각도 할 수 없었던 그때로 되돌려질 수 있다면 더 바랄 게 없겠다며 후회한다. 이렇게 변해 버린 사람으로 사느니 차라리 미지의 어둠으로 돌아가고 싶다고. 언젠가 내가 될 그 소년이 되느니 다시 무로 되돌아가고 싶다고.

시간을 벗어나고 싶다고.

시인 페르난두 페소아(포르투갈의 시인이자 철학자. 20세기 문학사에서 가장 중요한 작가로 꼽힌다. —옮긴이)는 "나는 아무것도 아니다. 앞으로도 영영 아무것도 되지 않을 것이다."라고 읊었다.

* * *

지금 나는 열네 살의 나 자신을 보고 있다. 나는 햇살을 받으며 서 있다. 우리 가족의 삶에 곧 큰 변화가 일어나리라는 점은 감지했으나 그 미래가 무엇을 품고 있는지는 모르는 상태다. 나는 어디에 있게 될까? 나는 어떤 사람이 될까? 앞으로 어떤 고난이 펼쳐질까? 하지만 지금의 나는 사진 속의 소년이 부럽다. 소년은 어리고 그 앞길엔 숱한 발견과 기쁨이 기다리고 있다. 특히 몸에 대한 발견과 기쁨이, 아직 아무것도 모를 그 쾌감이 소년을 기다리고 있다. 하지만 슬픔과 패배도 소년을 기다리고, 여기에 더해 지루함의 늪도 기다린다. 소년은 그 늪가에 차츰 익숙해지고 심지어 모든 것이 무너지는 기분일 때 그곳에서 위안을 찾기도 한다. 정말로 그랬을지 확신할 수는 없지만 소년은 언젠가 자신이 이 사진을 찍은 시절을 되돌아보고 싶어 하리라는 걸 이미 알았을지도 모른다. 아직은 딱히 존재하지 않았을지 모를 의식(儀式)을 이미 예행연습 중이었는지도.

앞에서도 썼다시피 의식은 과거가 위안을 가져다줄 수 있기에 우리가 여전히 뭔가를 회복하려 애쓰고, 그걸 되풀이하는 것만이 유일한 회복 방법이기에 뒤를 돌아보며 이미 일어난 일을 되풀이하는 순간이다. 반면 예행연습은 아직 일어나지 않은 것을 되풀이하는 순간이다. 이 의식과 예행연습 뒤에는 반드시 따라붙는 후회와 자책이 몰래 숨어 있다. 자책은 이미 행한 일을 원래대로 되돌리고픈 마음이 간절할 때 나타나고, 후회는 자책을 일으킬까 봐 두려워했던 뭔가를 행했거나 말했더라면 좋았을 거라는 생각이 들때 나타난다. 또한 향수는 일어난 적 없는 일에 대해 일어난다.

이것이 비현실적 순간이며, 나는 페소아의 천재성 곳곳에서 비현실적 순간을 발견한다. "오늘 후회한 것에 대해 내일 할 후회에 대한 바로 지금의 후회"는 예상되는 향수다. 하지만 "일어난 적 없는 것에 대한 향수"는 "존재한 적 없는 것에 대한" 것이므로 "거짓 향수"다. 리차드 제니스의 번역본에서 발췌한 페소아의 다음 글을 보자.

잎사귀의 넝마 같은 그림자, 새들의 떨리는 노랫소리, 햇빛을 받아 차가운 빛을 반짝이는 강의 긴 물줄기, 초록빛 풀, 양귀비 그리고 감각의 단순함, 이 모두를 느끼는 와중에도 나는 그것들을 그리워한다. 그것들을 느끼면서도 느끼지 못하는 것처럼.

페소아는 《불안의 서》에서 이 글의 뒷부분에 다음과 같이 쓰기도 했다. "저녁노을과 달빛을 사랑하듯이 당신을 사랑합니다. 그 순간이 지속되기를 바라지만, 내가 그 순간 속에서 갖고 싶은 것은 오로지 그 순간을 가지고 있다는 느낌뿐입니다." 거의 프루스트적이다.

페르난두 페소아의 화자도 방해의 포로인 것처럼 언제나 다른 뭔가를, 느낌에 대한 느낌을, 생각에 대한 생각을, 시간은 어느 누구에게도 자신을 내주지 않는다는 식의 시간 관념을 찾는다. "나와 삶 사이에는 얇은 유리판이 있다. 그래서 내가 아무리 삶을 확실하게 보고 이해한다 해도 만질 수는 없다." 그림자의 그림자, 메아리의 메아리, 음미하길 바랄 때마다 언제나 살살 피해 다니는 것 같은 시간과 경험의 본질.

나는 언제나 현재의 내가 있는 곳에 있지 않은 것에, 또 내가 있을 수 없었던 것에 속해 있다. (중략) 지금 내가 있다고 느끼는 곳에 있어 본 적이 없고, 나 자신을 찾아보려 하면 나를 찾는 그 사람이 누구인지 모르겠다. 모든 일에 권태를 느끼고 그런 권태가 나를 무감각하게 만들고, 내 영혼으로부터 추방당한 기분이 든다(sinto—me expulso da minha alma). (중략) 우리가 누구인지 아는 것은 우리의 몫이 아니며, 우리의 생각과 느낌은 언제나 하나의 해석일 뿐이며, 우리가 원하는 것은 우리가 원했던 것이 아니거나 어쩌면 그 누구도 원했던 것이 아닐지 모른다는 것을 깨닫는다면, 그것도 이 모두를 매 순간 깨닫고 느낌마다 느낀다면 그것은 자신의 영혼 안에서 이방인이 되고 자신의 감각에서 추방당하는 것이 아닐까(estraneiro na própria alma, exilado nas próprias sensações).

그림자를 그토록 자주 대하다 보니 어느새 나 자신이 내 생각과 느낌과 존재 속의 그림자가 되었다. 내 존재의 본질은 한 번도 되어 본 적 없는 보통의 평범한 사람에 대한 향수나 마찬가지다. 그것이, 오로지 그것만이 내가 느끼는 것이다. 나는 수술을 앞둔 친구에게 그다지 안타까운 마음이 들지 않는다. (중략) 슬픔을 느낄 수 있는 사람이 아닌 것만이 안타까울 뿐이다. (중략) 나는 느끼려고 애써 보지만 이제 더는 느끼는 방법을 모르겠다. 나는 나 자신의 그림자가 되어 버렸다. 마치 내 존재를 그림자에게 넘겨준 것처럼. (중략) 내가 고통스러운 이유는 내가 고통을 느끼지 않기 때문이고, 고통을 어떻게 느끼는지 모르기 때문이다. 나는 살아 있는 것일까, 단지 살아 있는 척하는 것일까? 나는 잠든 것일까, 깨어난 것일까? 한낮의 더위 속에 시원한 미풍이 솔솔 불어와 나는 이 모든 의문을 잊는다. 눈꺼풀이 기분 좋게 무거워진다.

(중략) 그때 퍼뜩 떠오른다. 바로 이 태양이 내가 있지도 않고 있고 싶지도 않은 들판에도 빛을 비추겠구나. *(중략)* 도시의 소음 속에서 광활한 침묵이 떠오른다. *(중략)* 이 얼마나 감미로운가! 하지만 내가 느낄 수만 있다면 얼마나 더 감미로울 것인가!

느낌 또는 기왕이면 느낌의 의식은 곧 부재하는 것이다. 페소아는 다음과 같이 썼다.

이 순간 기이하게도 아득히 멀리 있는 기분이 든다. 나는 삶의 발코니에 올라서 있으나 그것이 꼭 이번 생의 발코니인 건 아니다. 나는 그 위에서 아래를 내려다본다. 내 눈앞으로 비탈길과 계단식 경작지의 다양한 풍경이 펼쳐지고 골짜기 마을의 하얀 집들에서는 연기가 피어오른다. 그것은 내가 실제로 보는 것이 아니므로 눈을 감으면 계속 보인다. 애당초 내 눈으로 보던 것이 아니므로 눈을 뜨면 더는 보이지 않는다. 나는 단지 막연한 향수일 뿐이다. 과거도 미래도 아닌 현재를 향한 향수. 신원 불명의 무한하고 헤아릴 수 없는 향수.

그가 갈망하는 것은 경험과 시간을 붙잡아 보충하는 의식의 과잉이지만 시간과 경험을 중단시키는 대가를 치르고, 그에 따라 시간과 경험을 방해하는 대가까지 치른다. 우리는 의식을 의식하고 싶어 하고, 경험이 내주는 것보다 더 많이 갖고 싶어 하며, 시간의 앞이나 뒤가 아니라 시간 속에 있고 싶어 한다. 그리고 시간을 알고 싶어 한다. 하지만 이것은 가능한 일이 아니다. 의식의 불확실한 상태는 의식의 한계를 뛰어넘기 위한 대가다. 라로슈푸코가 "통찰력(pénétration)의 가장 큰 결점은 핵심에 이르지 않고 핵심을 피해 가는 것이다."라고 썼듯이.

어떤 장소로부터 버려지는 것은 얘기하기 어렵지 않지만, 시간 속의 표류는 작가들이 웬만해선 깊이 생각하지 않은 저주다. 페소아는 "나는 미래가 그립다. 뒤돌아보며 이 모두를 그리워할 미래가 그립다."라고 썼다. 같은 책의 다른 부분에서는 다음과 같이 덧붙이기도 했다.

나는 내 영혼으로부터 추방당한 기분이다. 뭐든 내가 느끼는 것은 (내 의지에 반해) 느껴지는 것이다. 내가 그것을 느꼈음을 글로 쓸 수 있도록. 내 생각은 즉시 글로 적히고, 그 글을 무효화하는 이미지와 섞여 완전히 다른 뭔가인 리듬으로 주조된다. 상당한 자기 교정으로 내가 나 자신을 무너뜨렸다. 상당한 자기 사고로 이제는 내가 내 생각이고 내가 아니다. 그동안 나는 실제로 살지 않은 생을 얼마나 많이 살았는가! 생각하지 않은 생각을 얼마나 많이 생각했는가! 정적인 격정의 세계와, 근육 하나 움직이지 않고 겪은 모험으로 인해 나는 기진맥진한 상태다. 내가 한 번도 가진 적 없는 것과 영영 가질 일 없는 것에 싫증이 나고, 아직까지도 존재하지 않는 신들에게 질린다. 나는 내가 피했던 그 모든 전투에서 부상을 당했다. 내 근육은 내가 해 볼 생각조차 한 적이 없는 그 모든 노력으로부터 욱신거리는 통증을 얻었다.

페소아의 《불안의 서》에 대해 쓴 비평가들이 예외 없이 살펴봐 야 하는 부분은 저자의 동철이음이의어(철자는 같으나 음과 뜻이 다른 단어—옮긴이), 즉 그가 작품의 모든 목소리에 저마다 다른 저자를 부여함으로써 작가로서 다수의 정체성을 취하는 점이다. 나는 여 기에 관심을 가진 적이 없어 제쳐 두려고 한다. 내가 관심 갖는 부 분은 따로 있다. 하나의 시간 지대에 발을 들여놓지 못하는 그의 의식이다. 오히려 그는 비현실적 서법에 깃들어 있고 비현실적 서법이 그에게 깃들어 있다.

어제를 기억하기 힘들었고 매일 내 안에 사는 자아가 정말로 나의 것이 맞는지 잘 믿기지도 않았다.
가장 고통스러운 느낌과 가장 쓰라린 감정은 터무니없는 것 들이다. 불가능한 일이기에 품는 불가능한 일에 대한 동경, 존재한 적 없는 것을 향한 향수, 존재했을 수도 있었던 것에 대한 갈망, 다른 사람이 아닌 것에 대한 유감스러움, 세상의 존재에 대한 불만. 영혼의 의식에 깃든 이 모든 어정쩡한 색 조(meios tons da consciência)가 우리의 내면에 고통스러운 풍 경을 만들고, 영원한 일몰(um eterno sol—pôr)을 만든다. 그러 면 우리 자신이 어둑어둑한 해 질 녘에 배 한 척 없는 강가의 갈대숲과 강둑 사이에서 번들거리며 검게 변해 가는 물빛으로 쓸쓸함이 흐르는 황량한 들판에 있는 듯 느껴진다.

내가 지나쳐 가는 모든 집, 모든 산장, 석회 페인트칠과 침묵으로 덮인 모든 외딴 별장에서 나 자신이 잠시 살아 보는 상상을 한다. 처음엔 행복하다가 좀 지나면 따분해지고 더 지나면 지긋지긋해진다. 그런 집 중 하나를 버리고 떠나자마자 그곳에 살았던 시간에 대한 향수가 한가득 밀려온다. 그래서 내 모든 여행은 크나큰 기쁨, 크나큰 권태, 허구적 향수를 거두어들이는 고통스럽고도 행복한 수확이다.

언젠가 그들이 우연히 이 글을 본다면 자신들이 말한 적 없는 부분을 알아볼 테고 나에게 고마워하기도 할 것이다. 내가 그들의 실제 본성만이 아니라 그들이 그렇게 되길 바란 적도 없고 그렇게 된 줄조차 모르는 본성을 아주 정확히 해석해 준 것에 대하여.

이런 역설적 경향은 정의할 수 없는 두 측면, 정확히 설명할 수 없는 두 층의 정체성, 양립할 수 없는 두 시제 사이에 다리를 놓아 주려는 시도나 다름없다. 지금 존재하는 것이 아니라 "존재했을 수도 있었던 것에 대한 열망"이다. 두 영원한 존재 사이의 공간에는 양쪽의 극단에 못지않게 비실재적인 틈이 있다.

나는 내 영혼을 갖고 싶지도 않고 포기하고 싶지도 않다. 나는 내가 원하지 않는 것을 원하고 내가 갖지 않은 것을 포기한다. 나는 무도 될 수 없고 전부도 될 수 없다. 나는 내가 갖지 않은 것과 내가 원하지 않는 것 사이를 이어 주는 다리다. 나는 존재하는 줄 모른 채 존재하며 죽음을 원하지 않은 채 죽을 것이다. 나는 나와 내가 아닌 것 사이의 틈이며, 내 꿈과 삶이 만든 나 사이의 틈이다.

파울 첼란의 "언제나와 결코(zwischen Immer und Nie)"의 사이, 떠남과 머무름의 사이, 존재함과 존재하지 않음 사이, 프루스트의 보이지 않는 것과 중복되어 보이는 것(voir double dans le temps) 사이에서 그의 공간은 언제까지나 비현실적 영역일 것이다. 일어났을 수도 있었으나 일어난 적 없되 일어나지 않았다고 해서 비실재적이지 않으며 여전히 일어날 가능성이 있었지만, 결코 일어나지 않을까 봐 초조하고 때때로 일어나지 않거나 아직은 일어나지 않길 바라기도 하는.

감사의 글

ACKNOWLEDGMENTS

《그란타》지의 시그리드 라우싱,《어메리칸 스칼러》지의 수디프 보스,《파리 리뷰》지 편집진, 크라이테리언컬렉션사의 앤드루 챈, 카바피 이브닝 행사에 나를 초청해 준 펜 아메리카(PEN America),《코다 쿼터리》지의 로라 마르티노,《플레이스 오브 뮤직》지(바드 칼리지)에 내 글을 게재해 준 로버트 마틴,《뉴욕 타임스》지의 휘트니 데인저필드,《에릭 로메르의 영화들: 옛 거장을 향한 프랑스의 새로운 물결》에서 나에 대해 언급해 준 옛 제자 레아 앤더스트, 프릭컬렉션의 미켈린 미첼, 페르난두 페소아의 작품에 눈뜨게 해 준 로버트 갈리츠, 이 책의 영문판 표지에 그의 멋진 사진을 기꺼이 허락해 준 유세프 나빌, 그곳에 머물며 아주 즐겁고 생산적인 시간을 보내게 해 준 야도 측에 감사 인사를 전하고 싶다. 특히 출판사 파라, 스트라우스 앤 지루의 조너선 갈라시와 캐서린 립탁, 내 출판 대리인 린 네스빗에게 각별한 감사를 드린다.

옮긴이 **정미나**

출판사 편집부에서 오랫동안 근무했으며, 이 경험을 토대로 현재 번역 에이전시 엔터스코리아에서 출판 기획 및 전문 번역가로 활동하고 있다. 《비터스위트: 불안한 세상을 관통하는 가장 위대한 힘》《믿음의 마법: 나의 인생을 바꾼 성공 공식》《평균의 종말: 평균이라는 허상은 어떻게 교육을 속여왔나》《다크호스: 성공의 표준 공식을 깨는 비범한 승자들의 원칙》《스피치 세계사: 세상을 설득한 명연설 50편으로 현대사를 읽다》《그녀를 모르는 그에게》《스티비 원더 이야기: 최악의 운명을 최강의 능력으로 바꾼》《인생학교: 섹스: 섹스에 대해 더 깊이 생각해보는 법》《인생학교: 정신: 온전한 정신으로 사는 법》《인생학교: 시간: 디지털 시대에 살아남는 법》《안데르센을 만나다: 철학자 고양이 토머스 그레이》《성혈과 성배》《피싱: 인간과 바다 그리고 물고기》《강으로: 버지니아 울프와 함께한 가장 지적인 여행》등을 번역했다.

호모 이레알리스

초판 1쇄 발행 | 2023년 3월 16일

지은이 | 안드레 애치먼
옮긴이 | 정미나
펴낸이 | 이정헌, 손형석
편집 | 이정헌
교정 | 노경수
디자인 | 이정헌
인쇄 | 공간코퍼레이션

펴낸곳 | 도서출판 잔
출판등록 | 2017년 3월 22일 · 제409-251002017000113호
주소 | 경기도 김포시 김포한강3로 432 502호
팩스 | 070-7611-2413
전자우편 | zhanpublishing@gmail.com
웹사이트 | www.zhanpublishing.com

표지 그림 ⓒ 이고은

ISBN 979-11-90234-93-1 03840